大叔西游记

秦巴子◎著

江苏凤凰文艺出版社
IANGSU PHOENIX LITERATURE AND
ART PUBLISHING LTD

图书在版编目(CIP)数据

大叔西游记 / 秦巴子著. — 南京：江苏凤凰文艺出版社，2018.1
ISBN 978-7-5594-1495-3

Ⅰ. ①大… Ⅱ. ①秦… Ⅲ. ①长篇小说－中国－当代 Ⅳ. ①I247.5

中国版本图书馆CIP数据核字（2017）第308282号

书　　名	大叔西游记
著　　者	秦巴子
责任编辑	聂　斌
特约编辑	苟　敏
责任校对	郭慧红
封面设计	赵　博
出版发行	江苏凤凰文艺出版社
出版社地址	南京市中央路165号，邮编：210009
出版社网址	http://www.jswenyi.com
印　　刷	三河市金元印装有限公司
开　　本	880毫米×1230毫米 1/32
印　　张	9
字　　数	187千字
版　　次	2018年1月第1版 2018年1月第1次印刷
标准书号	ISBN 978-7-5594-1495-3
定　　价	39.80元

目录

Trip
to
the
West

[第一部]

[第二部]

[第三部]

第一部

Trip to the West

两条路分岔于金黄的林中

对不起，我不能脚踩两条路

作为行人，我站立良久

1. 纸上的旅行

四十八岁的时候，我打算出门漫游。

这件事应该在十八岁的时候去做，就像有个作家的小说名字：十八岁出门远行。三十年前没做的事情，现在做就晚了吗？老托尔斯泰八十二岁还出门远行呢，之所以冻死在小火车站，是因为他把这事推得太迟了。现在我四十八岁，四十八岁出门远行，有什么不妥？我知道同胞们的想法几千年一贯制：三十而立，四十不惑，五十知天命。在我们还没有出生的时候，把人生都严格地定制好了，什么年龄该做什么事情，什么年龄该是什么样子，如果在规定的年龄没有个规定的样子，就变成了怪物。可是人生又不是体操比赛，为什么非要完成规定动作呢？怪物就怪物吧，怪物的另一个意思就是不同凡响。我就是要不同凡响啊，怎么了？

坦白地说，我把十八岁时想做的事情推迟三十年才做，是有原因的。

我知道很多男人都有出门远行的念头，但总是被各种各样的事情绊住手脚，手脚动弹不得并不说明心里没有冲动，只是他的脚还没有跨出门槛，所以我们看不到他内心的冲动罢了。

我现在有了冲动，而且很强烈。当然，也不是现在才有冲动，十八岁的时候我就有冲动了，但那时候我胆儿小，那时候的我是个内心怯懦的人，我的冲动仅仅是在想象中自由自在地漫游，顶多也就是拿着地图，让手指在地图上漫游一番。在想象中，我开着一截火车那么长的大货车，在美国西部的公路上驰骋，像个现代牛仔，大货车就是我的高头大马，汽车的轮胎比我的个头还要高出许多，坐在驾驶室的我威风无比。现在你知道了，我其实是个大货车爱好者，当然那不过是少年梦，我的漫游也只是一种纸上的旅行。

二十八岁的时候，我的冲动仍在。不过二十八岁的时候，我的梦想已经降格，年龄的增长让人变得相对现实，我不幻想驾着大货车漫游了，有一辆自行车已经足够。我在报纸上看到一个报道，说是有一个美国人，开着自制的自行车——我说"开着自行车"是因为那家伙给自己设计的自行车是三个轮子的，而且座位有点接近汽车的驾驶座，座位后面放着他的全部家当：衣物、睡袋、帐篷、打字机，等等。那家伙走到哪里吃到哪里，停在哪儿睡在哪儿，他不需要按部就班地朝九晚五，坐在咖啡馆或者酒吧的时候，就在他的打字机上敲敲打打地写稿子，然后找个邮局把写好的稿子寄出去，过不了多久，稿费就打到他的银行账号上了，报道说那家伙以这样的方式走遍了美国。这样的生活令我羡慕不已，我看那篇报道的时候蠢蠢欲动地搓着双手，恨不得自己立即就出发。但是那时候我的儿子刚刚出生，双手还没有搓热我就得去抱儿子，我得让他撒尿，一泡尿的工夫，我的冲动就被冲跑了。

三十八岁的时候，我已经有点经济实力了，我买了一辆100CC排量的摩托车。其实我上班的地方和我的住处只有一墙之隔，根本用不上摩托车，连自行车都不用骑，但我还是买了摩托车。我知道那是内心里想要出门远行的冲动在作祟，但我那时候也只有周末敢把摩托车开到几十公里以外，短暂地体验一下漫游的滋味。客观地说，那不能叫漫游，说得好听一点，就叫作漫游练习吧。那时候，一百公里是我的最大半径，因为家里还有老婆孩子牵着，我不敢跑得更远，在离家一百公里的地方，望一望更远的远方，然后神情黯淡地回家。

现在你看出来了，我不仅内心胆怯，而且还是个负责任的男人。对男人来说，责任是个很重要的东西，同时也是个致命的东西，扛得动扛不动都要扛着，扛着就得压制自己内心的冲动，转眼就人到中年了。

人到中年，是个什么东西？有个姓董的先生说中年是下午茶，也就是说，剩下的时间眼看着已经不多了。董先生还说，中年是想法太多而精子太少的年龄，或者是精子太少而想法太多，反正都一样。就是那种俗称有想法没办法的年龄。但我不以为然，我觉得“没办法”是因为顾虑太多。

中年的顾虑，归结起来，无非以下三个方面：一、经济问题是否得到解决，也就是说能否实现财务自由。二、有没有脱离组织的勇气。这一点十分重要，一个中国的中年男人血液里，已经充满了习惯于被组织管理的因子，能否脱离是个很大的问题；还有就是会不会放弃工作，和财务自由有连带关系。三、家庭牵扯。这样的三个顾虑，足以把一个男人内心的所有冲动都消磨殆尽。当然，如果经过这样的消磨内心的冲动仍在，而且愈发强烈，那他就可以出门远行了。譬如我就是，有点不自谦了。其实我是想说，在这样的消磨中，我的胆怯被消磨掉了，而不再是内心的冲动。当然，我现在也稍稍地有了一点经济实力，也就是说，有了一点点钱，这样一来，腰板就莫名其妙地硬了许多，相应地，出门的冲动就得到了支持。

那天恰好有个朋友想要换车，打算把他那辆 Jeep 2500 卖掉，换一台更好的车。他说，五万块钱卖给你，要不要啊？这车才跑了十几万不到二十万公里，用着正好呢。我围着老吉普转了两圈，它的样子很酷，大气，硬朗，而且是四驱，身板看上去也还结实，像个有力量的中年男人的样子，与我的年龄相配，是一辆很男人的车。当然，最理想的是一辆 MAN，那样我就可以不要房子了，搞成房车，里面一应俱全，是个流动的家。可是我没有那么多钱，如果打算挣到买一辆 MAN 的钱，那我此生都不要指望出门了。可我现在就想出门远行，我可不想像老托尔斯泰那样，到了八十二岁才逼着自己下定决心。所以在我绕着吉普转第三圈的时候，我就已经决定要这辆车了。

中年男人老吉普，我觉得相当不错。

2. 老吉普驶出古城

第一站，我打算去我以前插队的地方看看。对了，就像是歌里唱的"在那遥远的小山村"，就像是书里写的"我那遥远的清平湾"，不过我的小山村并不叫清平湾，而是叫小溪头。反正所有这样的地方也差不了多少，在山脚下或者山坳里散乱地分布着些房子或者窑洞，不远处有一条小溪或者小河，水边经常有戏水的孩子和洗衣裳的妇女。当然，其中肯定也少不了会有村里的一个或者几个"小芳"，不一定都有一双美丽的大眼睛，但却一律都梳着又粗又长的大辫子。你现在肯定认为我要陷入一个庸俗的故事里了。但现实通常就是庸俗的，或者说，只有庸俗的才是真实的。

我一直都渴望不同凡响，我一直都希望自己的生活充满传奇，我却一直都生活在庸俗之中。上班下班，挣钱吃饭，老婆孩子，柴米油盐，鸡毛蒜皮，鸡零狗碎，这是我的现实生活。我以为永远就这样了，可是不经意间孩子就长大了，上大学了，离开家了，剩下的一对中年狗男女，每天四目相对面面相觑，甚至都不想叫唤一声。没什么可争吵的了，没什么可讨论的了，没什么可商量的了，也没什么激情可以燃烧了，庸俗，庸俗到窒息，这就是现实生活。所以我打算出门远行，在还没有染上时髦的抑郁症之前，我得先出去转转；在老婆还没有正式地、严肃认真地提出分床、分居、离婚之前，我得先出去转转。我为什么说是老婆提出？统计调查表明，中国的离婚案百分之七十是由女方首先提出来的，这我可以做证。在我们家就是我老婆非正式地首先提出过，在我们家这算是百分之百由女方提出，考虑到我们是两个人，一男一女，人数上各占百分之五十，所以打个折，女方提出的百分比是百分之七十五。哈哈，你觉得这计算方法荒诞，但我告诉你，计算结果正确，和专家们的统计调查相吻合。

这种时候你心里会怎么想？会想到什么？想到村里的“小芳”。如果你曾经有过一个村里的“小芳”，那你一定会想到她，自然而然地，毫不经意地就想到了她。其实你也不是想到了“小芳”，你是想到了青春，想到了“小芳”所代表的你的青春年代、你的青春岁月。前些年，大批大批的北京知青挈妇将雏回陕北、回内蒙插队的地方，你以为是干什么去了？是二次支农支边吗？二度接受再教育吗？我告诉你，是寻找逝去的青春去了，是重温青春年代去了。在四十八岁的时候，去十八岁的地方，找东西去了。

四十八岁出门远行，我第一个想到的地方，甚至连想都不用想，本能地就觉得要去那个地方，青春过的地方，也就是以前插队的小溪头。现在你明白了吧，庸俗是有道理的，是有心理依据的，庸俗是不可救药的。

现在，你觉得我和村里的“小芳”之间一定有一些纠缠不清的关系，而且你认为那一定是和青春期、和荷尔蒙、和性冲动有关，你很想听到一个“我和 ××——不得不说的故事”的真人版吧？那我告诉你吧，无须借助想象，依最正常的状态，你就应该知道，村里的“小芳”犹在，只是已苍老。

老吉普驶出古城，沿着国道一直向西。向西是个大致的方向，而漫游并不需要目标。至于小溪头，也不过是顺便想到的一个地方罢了，我的内心并没有你所想象的那种急切。所以我开得并不快，走走看看，信马由缰，我需要的是把状态从庸常黏滞的生活调整到漫游中来，而开车跑路，就是一种自然的调整。开了一百公里之后，我就已经很适应了，也就是说，我已经感觉到了自由与自在带来的愉快。二百公里之后，我已经开到了通往小溪头的岔路口。我把车停了下来，稍稍地犹豫了一下。因为我不能确定是不是真的想去小溪头，出发前的想法，到此时变得有点可疑。

从十五岁到十八岁，小溪头于我到底意味着什么呢？我突然感到很不确定。而这个三十多年前我反复停过的路口，在眼前竟有一种熟悉的陌生，由此拐进去十几公里，我就能回到三十多年前吗？儿童相见不相识，笑问客从何处来。那贺知章老先生回的是故里，而我原本只是小溪头三十多年前的一个过客而已，以前的过客再过一次，有什么意义？我不确定。确切地说是我不知道。其实人活到四十八岁，可以确定的意义似乎也没有多少了，所谓“知天命”，是不是也就是放弃追寻意义而只是知趣地活着的意思？管球它，走着瞧。

我拐上了通往小溪头的路。路面坑坑洼洼，已经不是当年的模样，显然是因为年久失修。三十多年前这条县道是一条柏油马路，虽然窄，但平整光滑。三十多年前并没有多少车在这路上行驶，那时候路上的马车、牛车比汽车多；三十多年过去，它似乎已经因为不堪重负而伤残了。在伤残的县道上经过十几公里的颠簸之后，拐向一条土路，进去不远，就是小溪头了。此时我有了再次的犹豫。每到一个路口，人都会有些犹豫，这似乎暗合了人生，人生的痛苦就是选择的痛苦，左或者右，结果完全不同。

两条路分岔于金黄的林中，
对不起，我不能脚踩两条路
作为行人，我站立良久
……
从此以后，时光荏苒，某个地方
我将长叹一声讲述这一切：
两条路分岔于林中，然后我……
我选择了鲜有人迹的一条，
于是便造成了全部的差异。

令人吃惊的老弗罗斯特，像哲人一样把我们放在了岔路口，也把此时的我放在了去小溪头的路口。我熄了火，下车，点了根烟抽着，望着小溪头的方向。

3. 苹果园爱情

“师傅，你去小溪头吧？能不能捎我一段？”背后传来一个女人的问话声，但我不知道是在问我。有人碰碰我的胳膊，又说了一遍，“师傅，你去小溪头吧？能不能捎我一段？”我回过头来，见是个二十来岁的姑娘，染着韩式的黄头发，米色的套头衫外面胡乱地穿着件小背心，鼓突的胸显得更加突出，手里拎着个LV格子图案的大包包。我注意到她的眼睛很大，因为画了浅浅的黑眼线尤其显大。眼神里没有丝毫的生怯，大概是嫌我没有及时回答，倒是有种责怪含在眼里。

“你怎么知道我要去小溪头？”我说。

“你那么出神地望着那边，不是要去小溪头是什么啊？”

“我看风景呢。”

“风景？好看吗？”

“好看。”

“那我告诉你，站到前面的梁上，风景才好看呢。”

我当然知道站到前面的梁上是什么景色。站到前面的梁上，小溪头尽收眼底，一条小河曲折地绕村而过，绿树掩映下的村庄被小溪环抱着，村后的山坡上是大片的苹果园，春天的时候满坡是粉红粉红的花朵。而此时正当夕阳辉映，晚霞的红色洒下来，整个河谷都被披上了透明的纱衣，刚刚升起的袅娜的炊烟，也会被镶上美丽的金边。1975年的春天，我第一次站到前面的山梁上的时候，看到的就是这样一幅田园风景。

“是吗？有多好看啊？”

“像画一样。”

“呵呵……”

“你笑什么？不相信啊？不信你过去看看啊！”

“能看到苹果园吗？”我诡谲地笑笑。

“你来过我们这里？不过要买苹果你是来得太早了，现在才鸡蛋大。”

“会长大的。”我自言自语地说。

“还得好几个月才熟呢。”

三十多年前的某一天，类似的情景发生在苹果园里。当时我正在果园里施肥，我望着枝头鸡蛋大的苹果出神。梳着两条大辫子的“小芳”说，发啥呆哩？想吃啊？还得好几个月才熟呢。那时候我突然说了一句连自己都吃惊的话:“我想吃你衣服里面的苹果。”说过之后自己的脸都红了，村里的“小芳”脸也红得像个苹果，佯怒带嗔地说，你是个坏蛋。其实坏蛋并没有怎么坏，一个懵懂少年的青春期冲动只停留在嘴上，然后从言语到眼神，盯着人家的胸死看。而村里的“小芳”当然要比我成熟得多，我的话她往心里去了，从那以后，时不时地会拿言语撩拨那个懵懂少年。那年苹果成熟的时候，也是在苹果树下，她变得异常大胆。她问，想吃苹果吗？我觉得她问得蹊跷，成熟的苹果就在枝头挂着，我伸手就可以摘到，难道还要她提示？所以我疑惑地看着她，大胆的眼睛那时已经垂下了眼帘，并且低下了头。“你不是说想吃人家衣服里的苹果嘛。”声音是低而细地咕哝着出来的，含着羞怯。我的手被她默默地拉向胸前，隔着衣服，我第一次触摸到女人的乳房，身体筛糠一样发抖，手停在那里无所作为，时间凝固了一般。不知道过了多久，她突然推开我，迅速地撩起衣服，胸前的两个大苹果赫然显现。等我稳下神来想要再看时，她已经转身跑掉了。从那以后，再见面时，我们之间已经有了一种莫名其妙的距离。这就是你很想听的“我和××——不得不说的故事”，奇怪吗？当年那两只诱人的“大苹果”，现在大概是已经熟过了吧。

“熟过了的是去年的苹果，已经蔫了，不好吃了。”旁边的女孩听到我心里在说的话了吗？我并没有出声，只是有些出神罢了，她怎么会听到呢？

“哦，我知道，我不是来买苹果的。”我连忙掩饰道。

“那你是专门来看风景的？我看你的车牌子是省城的。”

“唔……”

“可这里也看不到什么风景啊。”

“我随便走走。”

“那你到底去不去小溪头啊？”

其实我自己也不知道要不要去，去干什么，去凭吊还是去追忆？知青屋恐怕早已不在，苹果园依旧，小河边的捶衣声或许已经被洗衣机取代，村里的“小芳”大概已经是老大妈的样子，去让现实把美好的回忆撕开来吗？三十多年，也许已经没有人认得当年小小少年样的插队知青了吧。纵使认得出来，又有什么意义？感叹岁月易逝，共话当年旧事，吃一顿过客式的热闹的饭食，然后呢？老去的“小芳”站在村头像当年一样望着过客远去的背影？但是并没有什么背影，过客总是绝尘而去，车后扬起一股尘土。

“太阳都落了，你到底去不去啊？去就捎我一段嘛。”

“上车吧，我送你。”

坐在副驾驶位置上的小姑娘，从侧面看，很像是当年的“小芳”

的模样。但是当年，村里的姑娘们在我看来都是差不太多的，除了穿着，都有着差不多的脸盘、差不多的眼睛和差不多的身材。我没有问她是哪家的姑娘，也没有问她叫什么。五六里的土路，翻过山梁下个小坡就到了。但我并没有开进村里，在离村子还有七八百米的地方，我把车停了下来。

“就送你到这儿吧，我还得回县城呢。”

“我叫小芳，”小姑娘很大方地伸出手与我握了一下，“谢谢你，下次有机会到我家来玩，我家在村西头，那个二层楼就是。”小小芳下了车，走几步，又回头摆摆手。我倒车掉头，轻轻地踩下油门，后视镜中，小溪头村渐渐远去。

4. 出门第一个晚上

你一定想不通我为什么到了村口又掉头跑了，你觉得我是怯场了，害怕面对故人吗？跟你说吧，我也一直想不通。但我想不通的是为什么要去小溪头，只是快到村口的时候我才想通了，所以我立即停下，让那小小芳下去了。那一刻我突然想明白了，自己这次出来是看新鲜找自由的，不是大老远跑过来忆旧的。之所以想到个“第一站”，其实是我的生活惯性和思维惯性在作怪。人总是这样的，虽然出门了，但仍然希望能待在熟人中间，希望有个熟悉的环境，那样才会感觉是踏实的，安稳的，潜意识里其实是想有个依托。也只有在熟人与旧事构成的环境中，才会有这种踏实的安全的效果，即便那熟人与旧事遥远而且牵强。快到村口的时候，我突然明白了这一点，明白之后，我就不想再去小溪头了。

“没有什么能够阻挡，你对自由的向往，天马行空的生涯，你的心了无牵挂，穿过幽暗的岁月，也曾感到彷徨，当你低头的瞬间，才发现脚下的路，心中那自由的世界，如此的清澈高远……”我车上的音响里是许巍在唱，你明白我的意思吗？或者是许巍的歌也帮了我一把我才掉头而去的呢。你明白我的意思吗？我都四十八岁了，才鼓足勇气一个人开车出来漫游，知道我要找什么吗？自由！但是在熟人中间、在熟悉的环境里就没有自由可言。所谓的熟人和熟悉的环境，其实就是一种限制，一种制约，约定俗成，就成了一种定制品。也就是说，熟人和熟悉的环境在某种意义上相当于一种制度。自由根本就不在那里，虽然有时候你会觉得在熟人和熟悉的环境里会很自如，会很自在，会很舒服，但这自如、自在、舒服都并不是自由，而是对自由的误解，真正的自由是“天马行空的生涯，你的心了无牵挂”，你明白我的意思吗？不明白也没关系，我会慢慢让你明白的。

在小溪头村外掉头，我一溜烟把车开进了县城。找宾馆，吃饭，洗澡，然后心情放松地坐在床上打开笔记本电脑上网，看看新闻，聊聊天。不知道你有没有过这样的感觉，在家上网聊天也是不自由的。虽然老婆不干涉，但老婆毕竟是熟人，虽然她并不坐在旁边而是在另外的屋子里，可她仍然是这环境中的一个存在，存在于无形，制造出一种心理笼罩，形成一种心理制约，让你没法感到自由。我还告诉你，即使不认识我而我认识或者我心里以为自己认识的人在场或者仅仅是感觉到他可能在场，我也会觉得不自由。譬如有一次，我和一个朋友在北京逛三联书店，看到某个人的小说集，我本来想跟朋友说两句来着，但是想到这是北京，是著名的三联书店，没准儿那不认识我但我认识他作品的人也许在背后某处，或者不是他本人而是他的朋友也许在旁边而我全然不识，我就觉得自己不能自由地说话了。我不是怕挨骂、怕被抢白，就是觉得不自由。懂点心理卫生知识的人或者精神科医生，可能会认为我这样的心理状态带有某种程度的强迫症。我自己当然不能确定，但我能确定的是，我在这里想说明的是“不自由”的状态。

我这么努力地解释，没准儿更让你怀疑了。你可能会认为我这样做其实是想掩饰些什么东西，大概你觉得我像个拙劣的剪辑师，掐掉了中间的某一段，现在想把原本不搭的两段接在一起，但是却接得非常笨拙，有点越描越黑。也许你在心里已经替我编好了你以为是被我掐掉的那一部分。譬如说，我并没有掉头离开，而是把车一直开进了小溪头，见到了当年的小芳，非常巧合的是小小芳其实就是当年的小芳的女儿。短暂的吃惊与尴尬之后，我被热情招待，与小芳共同回忆青春岁月，甚至还和小芳单独去了趟当年的苹果园，在当年的那棵树下触景生情什么的。然后再各自感叹一下岁月的无情，人生的无常。如此不浪漫的浪漫故事你以为会发生吗？或者，你以为我见到已然苍老惨不忍睹的当年的小芳，失望地逃掉了，所以羞于提及？当然，你是作家，编故事你在行，也许你会替我编出个更曲折而且更有意味的故事，但是现在，关于自由与不自由的说法，在你看来只是我拙劣的剪辑手法的一个表现。随便你怎么看，不过这会儿我的感觉是自由的。

宾馆是陌生的，房间的门反锁着，这种县城里的小宾馆，我相信也不会有什么针孔探头之类的第三只眼存在，骚扰电话响过两次之后，听筒已经被我拿起来撂在一边。我的QQ上线之后，就看到有几个好友的小头像在欢快地闪动，我的心情也随之欢快起来。我挨个地打了招呼，都是同样的一个意思："我在路上，心情愉快，信马由缰。"这是出门的第一个晚上，心情愉快，却也茫然。下一站该去哪里？用诗人的话说就是"明天早晨醒来，我在哪一只鞋子里流浪？"我翻开地图察看，沿着国道一直向西，兰州，武威，酒泉，敦煌……"我在路上，信马由缰，没有目标，只有方向。"

这是我独自开车出门的第一天，你也看出来了，我显得有点兴奋。人一兴奋，就睡不着了，虽然身体很累，感觉疲惫，但神经却仍在兴奋之中，于是就睡不着了。这是一种拧巴状态；更严重的时候，则是身体和精神都处在极度的困倦之中，非常努力地想要睡去，但却是无论如何也难以入眠，那就是植物神经紊乱了。好在我这会儿只是身体与精神拧巴着。以我往日的经验，这种时候，不动脑子的没心没肺的聊天最为管用，可以收到服用刺五加片和谷维素的效果。QQ好友里还有一个叫"双面伊人"的在线，正好可以聊上一会儿。

中年客：美女在忙什么？

双面伊人：美女在忙着泡GG。

中年客：看样子今天心情不错。

双面伊人：是看到GG你来了啊，呵呵。

中年客：我来了又能如何啊？

双面伊人：来了就可以安慰我寂寞的身心啊！

中年客：没想到美女也会寂寞啊！

双面伊人：寂寞死了，没看见妹妹找哥哥找得泪哗哗流吗？（流泪满面的表情）

中年客：（掩口窃笑的表情）

双面伊人：你还笑啊？人家都哭成泪人儿了啊。

中年客：是不是需要我陪你垂泪到天明啊？

双面伊人：想倒是想啊，就怕那么多泪水会把我漂到黄河里去啊。（吐舌头的表情）

中年客：怕什么啊？哥哥这有羊皮筏子呢。

双面伊人：那还不赶快送过来。

中年客：好啊好啊，我这就连夜送过去。可你得请哥哥吃好的。

双面伊人：牛肉拉面凉皮子，成吗？

中年客：哥哥跋山涉水的，就没有更好的东西款待哥哥啊？（挤眉弄眼的表情）

双面伊人：看来哥哥嘴很刁啊。

中年客：哥哥嘴不刁，就是这嘴想叼点什么啊，哈哈。

双面伊人：那给你买一盒兰州烟叼上吧。（掩口窃笑的表情）

中年客：哥哥已经刷过牙了，不抽烟。

双面伊人：那给你一块糖吧，含着睡，睡得甜。

中年客：抱一抱就更甜了。（拥抱的表情）

双面伊人：（连续十个拥抱的表情）

中年客：睡了。

双面伊人：88。

5. 自驾游车队

我站在路边撒尿的时候，一个自驾游车队恰好经过，可能是车上有人看到了我站在路边威武的双手叉腰大撒把式的撒尿姿势，我听到了嗷嗷的叫声夹着很响的唿哨声从我的身后一掠而过。我提好裤子上了车之后，决定追赶他们。起步，换挡，加油，只十几分钟的工夫，我就已经排在这支车队的最后面了，就像小嘎子追赶八路军的队伍一样，哭着闹着人家还不要，就只能像个小尾巴似的，不远不近不即不离地跟在后面。

尾随这样一支蜗行的车队，本来是一件无聊而且郁闷的事情，但是对于我这样一个独行者来说，却是寂寞路途上的一个消遣。你肯定认为我这是拿无聊当有趣，不过，拿无聊当有趣也并非完全没有意义，有时候也称得上是个乐子。如果玩着玩着玩出了趣味，那就可以叫作娱乐活动，如果这活动娱己而且娱人，一不留神还可能具有公众意义，那参与者们也就算进入了娱乐圈啦。我决定一辆一辆地超越它们，在他们的队伍里活动活动。殿后的三菱帕杰罗很快被我超过，我插进了它的前面，算是混入了这个汽车编队；在我前面的是一辆别克商务车，里面显然是几个年轻人，他们一首接一首地在唱歌，带着出门旅行刚上路的那种兴奋。在我超他们的车的时候，车里传出了我半个多小时前听到过的嗷叫声和唿哨声，我估计是他们认出了我这台老吉普，我接连按了三下喇叭，算是对他们的回应。可能是我的喇叭声让更前面的 QQ 以为有情况，它很谨慎地减速并往右边让了一下。看着 QQ 的摆动，我能想象到司机打方向盘那一瞬间的紧张，我也就不客气地超过去了。因为 QQ 的减速，它和前面的标致 307 之间拉大了距离，我便迅速地并了进去。

现在我已经看清这支混合编组的自驾游车队了。开在队伍最前面的头车是一辆现代途胜，接下来依次是标志 307、QQ、别克、帕杰罗。虽然每辆车都贴着编号，我还是从车型上看出了他们的不专业，显然是个临时拼凑起来的玩耍团。他们的行驶速度被头车控制着，仿佛有人在“一二一”地喊着口令似的，队列整齐，步调一致。这样一支车型与动力差距悬殊的车队，因为要互相迁就，形成了明显的短板效应，这就是组织带来的结果。在仪式化的集体的名义下，配备 3.0 升 V6 发动机的别克商务和配备 3.8 升 V6 发动机的四驱帕杰罗，只能委屈地待在队伍的后面，无论有多少澎湃的动力，无论有多么张扬的个性，都得服从组织的要求。

这样想的时候，我决定挑逗一下这个临时组织。迅速地超过了 307 和途胜之后，我排在了这个车队的最前面，我想，我可以当一会儿穿黄色领骑衫的人，也就是说，我打算暂时地控制一下这支队伍的行进速度。

我逐渐地降低车速，压住了整个队伍，当我感觉到跟在后面的途胜试图超车的时候，又迅速地提速，然后再次降低速度，始终不给它超车的机会。这样反复几次之后，途胜已经明白我是故意在和它玩呢，但它要照顾后面的车队，所以不能与我飙车强超到前面去，或者把我拦下来与我理论。坐在途胜副驾驶位置上，手里握着车载对讲机的家伙，显然是这个临时玩耍团的领队。我很了解这种组织，他的权威也是临时性的，随时都会受到挑战，如果他是个负责任的人，要维护自己的权威，就得照顾到整个车队的情绪，如果仅仅是一台车的话，我估计他把我拉下车来打一顿的心可能都有了。当然，我知道游戏不可以过分，在我估计他快要恼怒的时候，我识趣地减速靠边，让他们超过去了。我看到途胜超过我的时候，副驾驶上的家伙扭头看我时的那一脸怒相，我估计他骂了一句难听的，但我没有听到。我让过了整个车队，又像个尾巴似的跟着他们。

因为欣赏路边的风景，也可能是他们加快了速度，这个玩耍团车队竟然被我跟丢了。当我意识到的时候，车队已经没影了，心里稍稍地有点莫名的失落感，尽管彼此不认识，可也毕竟是个伴儿啊。不过到了静宁的时候，却又意外地遇到了他们。那是在国道边的一家饭馆，他们的车就停在外面。我进去的时候，这一行近二十号人，已经占据了饭馆里两张最大的桌子，饭菜正在陆续上桌，但他们的争论却比饭菜热烈多了。渐渐地我听出了他们的意思，大家一致的意见是行驶速度太慢，言语中表露出来的当然是对头车和领队的不满，尽管那个领队一再地解释原因，强调团队观念，却仍然有人不买他的账。接下来很明显地出现了分歧，有人主张各自行动，说是像这样走法，天黑也到不了兰州，所以不要再“立正”“稍息”“一二一”地排队了，沿着事先设计好的路线，到下一站集合就行了。持这种主张的，我猜大概是帕杰罗和别克商务上的人，而那一直屏声敛气像个做错事的丫鬟似的小心地观察着每个人情绪的，估计就是开 QQ 的了。领队还在循循善诱苦口婆心地说着团队意识，但显然已经支持者寥寥。组织的力量只有在面对强大敌人的时候才会显示出来，而当假想敌缺失的时候，它存在的必要性就会受到质疑，被压抑的个性在这时候就会脱颖而出，于是制度开始松动，组织的瓦解成为一种不可逆转的趋势。

我吃完饭出来的时候，帕杰罗和别克商务已经不知去向，那个很负责任的领队，正在安排剩下的三台车的顺序：307 打头，QQ 中间，途胜殿后。正说的时候，突然发现我正靠在自己车门上悠闲地抽着烟欣赏着他，他愤怒地瞪着我，我以为他会冲过来找麻烦呢，毕竟他们人多势众。但我并不想再激怒他，看着他力不从心地勉力维持着组织的存在，我觉得他也蛮可怜的。于是我向他挥挥手，做出请他抽烟的姿势。大概是看到我一脸无辜的样子，他没有再瞪我，而是招呼他的车队出发了。

6. 河边的城市

在兰州，我被一个女人绊住了。细究起来，这样说显得有失公允。男女之间的事情，从来就不是单方面的，一个巴掌拍不响，如果有什么纠缠，肯定是两个巴掌掌心对掌心了，区别只在于谁先动作，而另一个也并没有躲闪，拍在一起才会有动静。

人在异地，难免地偶尔会有些漂泊无寄之感泛上心头，当然，说是犯酸也未尝不可。我的老吉普进入市区的时候正是傍晚，天上飘起了细雨，路上的行人脚步匆匆，传达的都是回家的心情，我心里突然就有一种酸楚之感泛起。当然那只是一个瞬间的感觉，就像琴弦被不小心地碰了一下，一次意外地拨弄而已。十八年前，我曾经出差到过兰州，这个紧贴着黄河的狭长的城市，它的长简直令人绝望，那次我从兰州市城关区的兰州站到西固区去看一个朋友，摇摇晃晃的公交车怎么走都不到站，给我的感觉像是从一个城市到另一个城市的长途车。现在我开着老吉普缓慢行驶在东岗路上，留意着街边的宾馆酒店，因为知道它的长，不怕这城市被我一踩油门就走穿，我可以从容地找一家合适住处。哦，扯远了，还是回到两个巴掌怎么拍的吧。

我在东岗西路的一家宾馆住下，洗了澡之后躺在床上休息，同时在想，要不要和兰州的朋友联络，一起吃吃饭喝喝酒聊聊天？我拿出了通讯录找到他们的电话，但是很快又打消了这个念头。这有违我这次出游"不见旧朋友只交陌生人"的原则，不能因为偶然犯酸就坏了自己定下的规矩。忽然想起 QQ 好友里从未谋面的双面伊人就是兰州的，现在何不跟她联络一下呢？于是打开电脑上线，给双面伊人留言：我在兰州。并且留下了我的手机号码。这算不算是我先主动招惹？

在宾馆旁边小巷子里的牛肉拉面馆，我要了大碗的牛肉面，这是我的记忆里吃得最为酣畅淋漓的一碗牛肉拉面。这种被兰州人当作早餐的著名小吃，正适合如我这样的异乡客在这微凉的细雨之夜调理身体与心情。回到房间刚刚坐下，双面伊人的电话就到了。她说刚刚看到留言，现在她正好在线，方便的话可以聊聊。

双面伊人在兰州的一家公司里任职，是做财务还是做行政我已经忘了，当然这都是她自称的，虚拟的网络世界和现实生活还是有那么一点点不同，也用不着细究。不过从以前的聊天中倒是可以感觉到，她的性情与网名相配，双面伊人，有时候阴郁沉闷，有时候开朗大方。阴郁沉闷的时候半天不回一句话，一旦开口，则说话生硬，能把人噎死；开朗大方的时候，嬉皮笑脸，口无遮拦，甚至打情骂俏，撩拨挑逗，也都绝对不恼，不仅不恼，有时候还会非常配合，表演得像个轻薄浮浪之女。不过这都是网上聊天时得来的印象，也许只和对方当时的心情有关，并不就真的是她的性格与性情。这天她似乎心情不错，在问了我何时到的兰州、来兰州做什么等例行的客套之后，她突然话题一转，就转到了性与爱是不是必须统一的问题上。

双面伊人：你说是男人能把性跟爱分裂，还是女人？

中年客：都能。

双面伊人：唔，我看也是。

中年客：呵呵。

双面伊人：原来我还觉得有点不可思议呢。

中年客：很正常的。只是有些人，以女人居多，不大愿意承认这一点，或者说是因为教育的原因，在观念上认为没有感情就不可以有性。

双面伊人：嗯，不过我觉得做的时候，得投入，没感情怎么投入呢？如果当时真的很投入，那你说算是有感情还是没感情啊？

中年客：感情是个橡皮尺子，从有点好感、印象不坏，到抵死相爱之间，幅度巨大，但是并没有一个固定的刻度是性与情的平衡点，所以这完全是当事人双方来定的。

双面伊人：我是说当时，那会儿。

中年客：那得看互相的感觉，如果是喜欢的，就算是有那么点情的因素存在的吧。如果当时感觉很好，过后也许感情的成分会增加。

双面伊人：不知道，我估计最多会偶尔怀念一下对方的身体跟当时的感觉。

中年客：下次还会接受，大概就算是有点感情了。

双面伊人：谈不上什么情的。

中年客：那就算是好的性伴吧。

双面伊人：是的，可是再好的性伴也不会演变成感情啊。

中年客：你似乎是有感而发？

双面伊人：我就是纳闷，求证一下而已。不一定非得产生感情是不？

中年客：你是指达到爱的程度？

双面伊人：是啊。如果感觉好到无可比拟的程度呢？

中年客：那要看双方了。

双面伊人：哦。要是都觉得好呢？

中年客：都觉得好也未必。

双面伊人：？？？

中年客：如果本来就是只想要性呢？好感或者微量的感情，只是接受对方身体的前提，很大程度上不会走向感情的深处。

双面伊人：嗯，也许你说得有道理。不过我觉得这不能称为感情，那应该叫什么呢？

中年客：就是性伴侣。

双面伊人：这倒也是，直接，简单，无伤大雅。

中年客：呵呵。

双面伊人：你想什么呢？半天不说话。

中年客：我在想你可能是遇到这方面的问题了。

双面伊人：唉，也不是，就是不太明白。因为我跟别人说起这事情，我觉得性跟爱完全能分离，但是别人说时间长了就会有感情。

中年客：那是一般人的想法。

双面伊人：哦。明白了，我是二般人。可能我跟一般人不太一样。

中年客：哈哈。

双面伊人：笑P呢。你呢？是一般人还是二般人？

中年客：我是三班的。（窃笑的表情）

双面伊人：我看也是。你什么时候离开兰州？

中年客：不确定。

双面伊人：早点休息吧，开一天车，你也很累了。明天你有时间的话，我请你吃饭。

中年客：好的。晚安。

7. 艳遇或者不遇

有目的的出行是一种旅行，无目的的出行是一种流浪；介于二者之间的，目的地未明，但被朦胧的憧憬强烈吸引着的出行，是一种漫游状态。人生的旅行并不总是确定了明确的目标，当然人生也不是一种流浪，更多的时候，它是一种漫游状态。隐约的方向，未知的前程，意外的遭遇，以及无限的可能性。在漫游中，急切换成了从容，追逐化作了退为守势的期待，沉重溶解成不经意的轻松，而生命也因此变得大胆而且大气，生活也因纵情而气定神闲，浑然天成。这是我理想中的漫游状态，我希望这次出来能体验到并且能在这样的状态中浸淫一段时间。但是在兰州的这个早晨，为什么我感觉到的却是百无聊赖？

网络上有个不著名的版主说："我无论在天堂，还是在地狱，都百无聊赖！"有个著名的作家跟帖："很可能是因为我们对'天堂'或'地狱’的想象都被用旧了。”然而兰州对我而言，还称得上是陌生的，难道也已经被我用旧？五泉山，黄河母亲雕像，羊皮筏子，牛肉面，除了牛肉面之外，别的都还没有被我“用”过，但为什么也“旧”得令我蔫头耷脑，令我百无聊赖呢？可见，百无聊赖和外界的物质无关，它纯是一种精神状态，而一个中年男人的百无聊赖大概就在于激情不再，然而我似乎又并不是为了重拾激情才出来的。那又是为了什么呢？寻找艳遇吗？

你不要用这种狡黠的眼神看我，好像你已经看穿了我的心思似的。艳遇或者不遇，总要强过百无聊赖。

如你所料，我主动地给双面伊人打了电话。但是电话并没有打通，对方关机。放下电话的时候，我隐约捕捉到了自己在这个早晨的情绪轨迹：起床之后，无事可做，先是感觉心里空落落的，继而找到了一个词：百无聊赖。百无聊赖这个词是突然蹦出来的，但是现在看来用它来说明我在这个早晨的状态并不准确，放下电话的那一刻，我忽然明白了，那是一种失落感。失落来自电话，从我出来到现在，除了双面伊人昨晚打了一下，我的手机就没有响过。这么想的时候，突然就觉得自己有点可怜。我出来都第三天了，竟然没有一个人给我打电话。也就是说，这三天里，没有人想起我，也没有人觉得需要用到我。四十八岁，就已经无用，失落缘此而生。四十八岁，做官的还没有做到副省部，挣钱的还没有住进“躺好死”（town house，一种三层左右、独门独户、前后有私家花园及车库的联排式住宅），做学问的才混到副教授，打工的还没有当老总，人生曲线的峰值就算已经过去，接下来就是过山车的后半段了，比坐滑梯跌得更快。而像工人、职员和如我这样的三流大学的小教员，四十八岁，就算是已经被主流大潮送到了岸边，要不了几年，就要被扔到岸上，被淘汰掉了。

当然，人是不甘心的，不甘心的时候就会跟自己较劲。我重又拿起了电话，以对抗自己在这个早晨的失落感，但我却不知道要打给谁。打给老婆吗？同居一室的时候已经没有多少话要说，就连两个人的床笫之事也早已寡淡如泡了一百遍的乏茶（正是那种被用旧了的百无聊赖）；打给儿子吗？代沟已如鸿沟，能说的也只剩下嘘寒问暖；打给同事、朋友？但我不知道这会儿能说什么。头脑快速地检索了一通之后，此时可打的电话，仍然只有双面伊人。然而，回答仍是："您所拨打的电话已关机，请稍后再拨。"

稍后，我上街溜达了。类似的高楼林立，类似的商铺门店，同样的匆忙的行人，同样的拥塞的车流，同质化的现代生活。繁华的都市都是相同的，甚至，愁苦者的愁苦现在都类型化了。而我开着车从一个城市到另一个城市，所希望找到的自由感觉，此时也显得那么矫情，那么缥缈，那么虚弱，虚弱到一个电话就可以搭救。是的，你猜的不错，正是双面伊人这会儿打来了电话。她说她昨晚在值夜班，早上在睡觉，现在刚刚起来。她说下午能和我见面，希望我能去西固那边接她。怎么又是西固？难道我和西固有什么渊源不成？现在已经是中午，我和她约了三点钟见，然后就找饭馆填肚子了。

8. 一辆警车停在后面

从东岗到西固，也就是从兰州的东边走到西边，好在方向明确，沿着主干道穿城而过，不像青岛、广州那样的城市，两条街之后就找不着北了。大约走了一个小时，我已经到了约定见面的公园门口，时间是三点零五分。停好车，我给双面伊人打电话，告诉她我车的位置、颜色和车牌号，然后，点了根烟无聊地抽着。一根烟还没有抽完，电话响了。“你的车是墨绿色的吗？”我说，是的。同时目光向车外搜寻。我看到在我左侧五米之外，左手拎着时尚的大包包，右手举着电话的女人，大概就是了。看上去还算漂亮，没有通常网友见面“见光死”的感觉。我下车迎过去。“你好，我是刘军，网上的中年客。”自我介绍的同时，我伸出手去准备和她握一下。她也伸出了手，浅笑着，蜻蜓点水似的让我碰了一下。“你好。刘姗姗，双面伊人。”此时我突然想起一句广告词儿“今天你要秀哪一面”，绷不住笑了一下。大概是笑得有点怪异，她问我笑什么，我说没什么，见到你很高兴。我问她，是想找个地方坐呢还是就在公园里走走？她说她正要给一个朋友送点急用的药，让我送她去。并且说，在哪坐都是坐，不如就坐你车上，路边还有风景可看。我喜欢她这种不见外的直率，也许是网上聊得熟了吧，我也没觉得这有什么不合适。我像个绅士那样为她拉开右边的车门，“你指路。”我说。开车之后，我闻到她身上散发出的来苏水味儿。

“你是大夫？”我记得她以前在网上告诉我她做财务，当然那是双面伊人说的。

“为什么这么问？给人送药就是大夫？”

“是你身上的医院的味道。”

“你属狗吗？嗅觉这么灵敏。”

刘姗姗告诉我，她在兰州炼油厂职工医院工作，是个妇产科大夫。双面伊人可以是做财务的，或者做文秘的，或者其他什么，但刘姗姗是妇科大夫。我喜欢她的说话方式，没有初次见面的矜持与尴尬，让人感觉轻松愉快。按照她的指点，我开着车左拐右弯驶出了市区，进入一条新修的车辆稀少的宽阔大道。刘姗姗说，这里是刚刚开始建设的一个新区。我知道中国的城市这些年都在“摊大饼”，每个城市周围，都有这么一圈刚刚被擀平了的大饼的边儿。就这么有一搭没一搭地聊着，很快就到了一个已经城市化了的镇子，刘姗姗让我把车停在一个小区门口，说：“稍等。”

十几分钟之后她出来了，我问她接下来去哪儿。她说不如去乡间转转，她知道有一个地方，漫山遍野地开着油菜花。当然还是她指路，出了镇子，驶上一条蜿蜒的县级公路，约行三十公里，远远地就看到大片的金黄披满山坡。前行不远，找到一条进入油菜地的土路把车扎进去停了。下车，刘姗姗以一种要扑入油菜花的姿势蹲下，鼻子凑近花朵，贪婪地吸着花儿的香气。我也站着，伸开双臂放松身体，骨节嘎嘎作响。极目远眺，深深地吸一口气，花儿的清馨立即沁入肺腑。昨晚的一场细雨洒过之后，夕阳下的油菜花格外清新鲜亮。

“真爽！”刘姗姗说。

我也不失时机地恭维她：“有你在这花儿中间，就爽得有韵味、有意境了。”

“什么意境？”

“绿野仙踪。”

“你很会讨好女人。”

“不是讨好，不信你自己看看。红裤，白衣，黑发飘飘，你今天衣服的色彩像是专为这金色配上去的。”

“我看不到自己。”

“这好办，”我从放在后备箱的包里拿出数码相机，这是一天中光线最好的拍照时间，我举着相机，打趣说，“呵呵，双面伊人，今天你要秀哪一面？”

看到相机，意外的惊喜令她开心得像个孩子，笑着说：“你想看哪一面？”

我说：“面面俱到才好。”这显然已经有些在调情的意思了，但刘姗姗却也不退却，她迎合着说：“随你便。”我当然知道不能随便，要适可而止，端起相机说：“那你就开始秀吧。”

开心的时间总是过得很快，不知不觉间天色已经暗淡，田野里也有了一丝凉意。回到车上，我拿出笔记本电脑，把照片拷进去，上百张照片，一张张地看过去，刘姗姗时而说这张好，时而说那张丑死啦。说好的时候她是严肃的，说丑的时候她是开心笑着的。后来大概是觉得累，合了电脑懒懒地靠在椅背上沉默着。我抽着烟，也不说话，看着窗外的天一点点黑下来。冷不丁地她突然冒出一句：“你不像四十八岁的男人。”我疑惑地转头看她，大概是明白我的疑问：像多大啊？“像三十岁出头。”我说：“那就和你一样啦。”“比我有活力。”她说过之后叹了口气，欲言又止的样子。又是长时间的沉默，不知道她在想什么。我不知道是该找话题还是伸出手去试探她的身体，以我的本意，是很想现在把她揽入怀中的。我得坦率地承认，身体的冲动是有的，虽然还不是非常强烈。但我怕遭到拒绝会太尴尬。四十八岁的男人有他的无耻和坦然，同时却也有四十八岁的怯懦与谨慎，所以很难做到厚脸皮。无奈中找出一句话来打破沉闷，“你饿吗？”我这样说的时候，感觉到她的手从暗中伸过来在摸索着找我的手，握到她的时候，我能感觉到她的湿润，我顺势侧过去揽住她。我能感觉到她呼吸的急促，迟疑了片刻，当我试图吻她的时候，她却开口说话了：“我总是碰不到好男人。”我不知道她这是在指我还是在自说自话，但我还是退缩了回来。“愿意跟我结婚的，一提我就烦，轮到我觉得还值得试试的，可还没怎么地呢，人家又闪了。”哦，原来她是在想心事呢。但我不知道用什么话来安慰，只好顺着说也许是机缘未到。“抱抱我。”她的声音很弱，我重新把她揽过来，她软软地靠着我，很无力的样子，头抵着我的脸，我觉得她似乎是在流泪，伸手去她的脸上试，果然是湿的。她拉下我的手放在她的胸口，我能触到她胸部的颤动，我知道她是在强抑着不让自己哭出来。我觉得这时候我应该做点什么，于是隔着衣服试探着去按她丰满的胸部……

接下来的事情来得非常突然，有人在敲我的车窗。我摇下玻璃，看到是两个戴着大盖帽的家伙，接着一束手电光就射了进来。

“这么晚了在这里干什么？”

“看风景呢。”

“黑天看什么风景？”

“下午来的，跑累了歇会儿。”

“车是谁的？证件拿出来，驾驶证，行驶证，身份证。”

“外地的啊？”

我没有回答，我听到后面有人在嘀咕：“还有个女的。”握着手电的警察正要把证件交给我的时候，后面的家伙说：“带回去带回去，带回去问话。”握着证件的手马上缩了回去。“跟着我们的车走。”我这才发现，有一辆警车停在我的后面。证件被他们拿走了，我只能乖乖地跟着他们走。转过一个山脚，过一座小桥，进入一个大村子，估计是个乡政府所在地，我松了一口气，好在是真的警察，不是化了装的强盗，心放下一半，跟着他们把车开进了派出所的院子。

类似的经历我在古城已经有过一次。那次是我们一帮人开车去秦岭山脚下的农家乐吃饭，回来的路上，坐我车的女孩子因为喝多了酒想吐，我把车停在路边，帮她捶背，拿矿泉水让她漱口，给她递纸巾，然后扶她上车坐下。但是她说车一开她就晕得厉害，让她缓一会儿再走。我刚点上一支烟，就有警车停在了我旁边。同样的乡村治安警察，同样的无聊的夜晚巡查，也许在哪儿还喝了几杯，看到一对男女黑灯瞎火地在车里坐着，他们的思维马上就进入了下半身，淫邪的眼神难以掩饰，于是就想把一对狗男女带回去消遣一下。隔了上千里路，你说这帮家伙怎么这么像啊，甚至连问话方式、口气都是一样的恶心腔调。

我们被带进了一间挂着“值班室”牌子的房间，一下子涌进了六个警察，除了车上的四个，又进来了两个。打量过我之后，都把目光投向了刘姗姗，凶恶的目光立即变得淫邪猥琐，有个家伙甚至掩饰不住地龇出结着垢的黄牙，身上散发出一股恶臭的酒味儿。一个像是小头目的家伙开始问我话，无非是为什么到这里，来这里干什么，我和她是什么关系。大概是看到我并没有表现出害怕的样子，忽然口气严厉起来："知道你为什么被带到这来吗？"我说我不知道，正想问你呢。问话的被噎了一下，大概在想词儿，另一个目光一直盯着刘姗姗的家伙开口了："分开审。"于是刘姗姗被四个家伙带到了另一个房间，只留下两个陪我。小头目掏出烟，年轻的立即用打火机凑上去点，点着之后，小头目才想起来给小警察也发一根烟，顺便也让了让我，面目平和了一些，但我掏出了自己的烟。他语气缓和地让我坐在小警察桌子对面，对小警察说，做个笔录。小警察开始问话，小头目在屋里转了一圈，然后带上门出去了，大概他已经感觉到了无趣。小警察从我叫什么、住在哪里、家庭状况、工作单位一直问到来此何意、几点几分到什么地方、和那女人什么关系等，都问了个遍。总结起来，相当于新闻中的"五个W"，同时装模作样地在纸上记着。

问话过程持续了两个多小时，后来小头目进来，带着个说话口气像大头目的。大头目嗯嗯啊啊地问了今天没啥情况吧，小头目回说没什么大事，大头目唔了一声，出去了。这时候小头目开始跟我套近乎："其实也没啥，男人嘛，现在这社会，有个相好的不是啥事。"我看了看他，并不接茬，我知道这叫软硬兼施，套我的话呢，也太低估我的智商了。我如果上杆子以为他在推心置腹，那他就得逞了。见我没有回应，他进一步说:“那女子还很漂亮，你艳福不浅。”这回我不答应了，我严肃地说:“你不要胡说，我们只是朋友，好朋友。”“啥朋友? 啥好朋友? 我不知道啥? 就那么回事儿。”他打了个哈欠，显然是这次消遣有点无趣，没能让他兴奋起来。他假模假式地说:“去把笔录看一下，签个字。”小警察的笔录也是装模作样的，问了我两个多小时，他只记录了一页纸，我大致扫了一遍，忽然觉得可以游戏一下，就字迹潦草地签了“刘家峡”三个字。小警察都不看签的什么，就让我按手印儿。我知道游戏结束了，按手印儿是最后一幕，也许我刚出派出所，那张笔录就被撕碎扔进了废纸篓。交还我证件的时候，小头目还在演他人民警察为人民的角色:“我们这也是为了你的安全。”大概他希望我说声谢谢，但我并没有回应。收好证件，我问他:“我从哪条路能回兰州? ”小头目说:“你原路回去。”我走出门的时候，他也跟了出来，我奇怪地以为他竟然礼貌到要送我呢，没想到他是对着走廊那头隔着四五个门在喊:“小刘，你们可以走了。”

愣了一下，我才明白“小刘”就是刘姗姗，但我很奇怪那小头目喊得有点过于亲切。上了车之后，我问刘姗姗，这帮畜生没对你怎么样吧? 刘姗姗告诉我，他们一开始还在审犯人似的审她，当知道她是兰州炼油厂医院的大夫时，其中的一个家伙马上说他姨也是那医院的大夫，于是他们态度马上转变，不再审了，而是倒茶端水攀亲聊大天了。但我却有种遭到愚弄之后的郁闷，于是愤愤地骂了一句:“这群狗娘养的，真他妈的不是东西。”

情绪已经被警察搞坏，一路沉默着。回到兰州市区，已经是夜里十二点多了。把刘姗姗送到她小区门口，下车的时候，刘姗姗主动凑上来用嘴碰碰我的脸。“今天很愉快，”刘姗姗说，“本来要请你吃饭的，可是……明天吧，明天我请你吃饭。”我笑了笑，冲她摆摆手。

9. 和陌生女孩同居一室

接到刘姗姗电话的时候，我的车已经过了乌鞘岭。刘姗姗的诧异你可想而知，我再一次地逃跑了。临阵脱逃，你是不是也感到吃惊？我明白你的疑问，为什么总是在到了临门一脚的时候，脚软腿抽筋地败下阵来？坦白地说，我自己也很疑惑，我自己也搞不明白自己。在小溪头到了村口而不入，我给自己找了个说得过去的理由，但是这次是球已经送到了洞口，却被自己一杆打远了，就有点莫名其妙，连我自己也感到匪夷所思。我找不到合理的解释，归结为中年的矜持似乎有些牵强。太谨慎，太小心，太胆怯？杂念太多，脑子太忙，渴望艳遇同时又畏缩不前，想偷又怕挨打，偷不着又心中惦记，摇摇摆摆犹犹豫豫，不想善罢甘休，却难有所作为，这就是所谓的中年心态？有个笑话说，有一只精子日日夜夜在精囊里蹦蹦跳跳锻炼身体，准备日后抢先冲出去找个卵子结合；有一天精囊里一阵暖热，千万只精子争先恐后往闸口奔去，突然间跑在最前面的那只精壮的家伙转身往回跑，大家莫名其妙，问他怎么不抢着去投胎了。那只精子说：“抢个屁，他在自渎！”这就是中年的故事。有点可笑，还有点凉，凄凉的凉，荒凉的凉。你是不是觉得我也有点可笑？

有点不可理喻？

刘姗姗电话里的声音含着埋怨，你怎么也不说一声就走了呢，正要请你吃饭呢，怎么连让我尽一下地主之谊的机会都不给？我支吾着，说是在房间睡得无聊就开车走了。沉吟了一下，她问了我下一程会去哪里，我说是敦煌。刘姗姗让我到了那里给她短信，说她有同学在敦煌，万一有什么事情可以求得帮助。谢过之后我挂了电话。

从兰州出来，一路高速，过乌鞘岭之后，视野渐渐开阔，速度开到120迈，中年男人老吉普，有一种奋蹄撒欢的快意，在武威午饭，在张掖睡觉，第二天中午到达酒泉。这一段似乎只为了赶路，头脑空茫，思无所思，内心倒也轻松，这是不是也可以叫作放纵——放掉想法，纵马驰骋？然而一旦进入城市，车轮就要有所收敛，脑子本能地就会自动忙起来，想拦都拦不住，正所谓“五色令人目迷”。

在酒泉意外地碰到一个想要搭车的小老乡，女孩“师傅，师傅”甜甜地叫着，瘦削的身体背着半人高的硕大的登山包，一副楚楚可怜的样子。她是冲着我这陕西车牌来的，大概是觉得搭老乡车总是要容易些。交谈没几句，女孩竟然说认得我，说她来时的路上看到过我站在路边撒尿。原来她就是坐在那辆别克商务车上的，她说到了兰州之后他们的自驾游车队就吵散了。她想去敦煌，就换到了帕杰罗车上，但是帕杰罗车上的人都是去过敦煌的，到了酒泉便要转向内蒙古去额济纳旗看胡杨，把她一个人扔在了这里。她说当她在宾馆的停车场发现我的车以后，就一直守着等我出现。女孩子说得诚恳，我也不好意思拒绝，捎就捎吧，反正我也是要去敦煌的。

然而，捎个人就是捎了一份麻烦，捎个女孩子则是捎了个大麻烦。我说我第二天才走，女孩就说她等，而她等我的办法就是寸步不离地跟着我。她的大包包已经放到了我的车上，我到哪里转悠，就都得带着她，就像拖了个小尾巴，感觉少了些自在。但女孩却像找到了组织一般开心，一会儿“刘哥”一会儿“刘叔”，没心没肺地乱叫。这大概就是八〇后的风格吧，我想。然而，其更八〇后的事情发生在晚上。晚饭后她没有要走的意思，跟我回到了房间，打开电视看着那永远听不清歌词的演唱会，有一搭没一搭地和我说着话，后来大概是累了，竟看着电视睡着了。我推醒她，说该回去休息了。女孩疑惑地看着我，我说回你自己房间去。女孩说她的房早晨就退了，接着就涎皮赖脸地说：“老刘，你这两张床，闲着一张太浪费了，我就住这儿了。”说完也不管我同意与否，拉开被子手脚麻利脱了衣服，说声“晚安”就蒙着头睡了。我像是傻了一般地看着她，徒叹奈何。

和一个陌生女孩同居一室，我还是第一次。你别幸灾乐祸，也别用这种心怀鬼胎的眼神看我。是，是我心怀鬼胎，是我揣着明白装糊涂。当然，我得承认，我不可能装得像个能够做到坐怀不乱的君子似的心如止水，要说我没动什么荒唐念头没往那事儿上想那绝对是在骗自己，所以我说这是个大麻烦。辗转反侧，心乱如麻，难以入睡，这才符合人性，是吧？但也仅止于此，你知道的，在这个晚上我也不可能有所作为，自己煎熬着罢了。

到了两三点钟，桑娅（女孩叫桑娅）突然在那边床上说话了。“老刘，你还没睡着？” 我没有回答，以为是梦话。“老刘，你别装了，是不是因为我在这儿让你睡不着啊？”我能说什么呢？“你在想那事儿吧？”一个中年男人内心的荒唐念头被一个小女孩当面拆穿，就像小偷被当场抓了手一样，有点无地自容。我没有动，这大概就是中年人的虚伪了，和女孩桑娅的坦率自然比起来，我觉得自己有些猥琐。

男人到了四十八岁，就变成了一个被各种想法充满的容器，如果没有找到一个出口，那副臭皮囊就要被胀破。所以，四十八岁的男人，就像是一架动力无穷的机器，如果在这机器的出口下面支一口锅，你就会看到无数的包着皮儿的想法，像饺子似的一个接一个地滚出来，扑通扑通往下跳，全不管下面是沸水还是冷水，是油锅还是煎锅，掰开来瞧，那饺子全是肉馅的。四十八岁，是男人的色欲之年。需要说明的是，想法很多并不是指想象力丰富，想法和想象力完全是两回事。想象力是少年人的专利，那是天马行空式的，全不在意是不是能够落到地上。而中年男人的想法，则尽在操作层面上。当然，这全仰仗于他的经验，他已经活过了相当的年头，绝不像少年人一有想法就奔浪漫而去，中年人只注重操作。譬如看到一个有些姿色的女人，少年人想的是浪漫的恋爱，是人约黄昏后月上柳梢头，而中年人就会想到一间不被人知的房子，然后把她弄到床上。不过想法归想法，它和执行力是两回事。无穷的想法和有限的执行力之间隔着一条巨大的鸿沟，中年人既已经丧失掉了天马行空的本领，跨过那鸿沟的胆量就所余不多，胆囊里残余的那点汁液虽然是高浓度剧毒性的，却也是有限的压箱底的，不到最后关头断不肯轻易使出来。这就形成了一个恶性循环，想法越多，执行力越差，而执行力越差就越是会憋出更多的想法，于是就把中年男人的皮囊憋大了，憋成了一个想法的巨人，行动的矮子。譬如我自己，披着张讲师的道貌岸然的皮，人模狗样地站在讲台上唾沫横飞，目光游到下面坐着的形体各异的女学生身上时，无端地就会想入非非；到了下课之后，走在校园里，目光有意无意地就会在女学生的身上睃看，而且主要会在胸部和大腿的位置停留，脑子里已经凭着经验把人家的衣服剥光了。但也仅此而已，未有行动之前，自己先逃掉了。而这些想法却留在皮囊，久而久之，越憋越多，一看到女学生，想法就会自己冒出来。第一眼看到桑娅，就觉得她实在就像是一个女学生，我脑子里猥琐的想法立即自动蹦了出来，也正是她很像女学生，所以想法又立即被憋了回去。

"睡你的觉吧。"我说。

第二天早晨起来，桑娅认真地对我说："老刘，你和别的男人不一样。"我问她怎么个不一样，她狡黠地看着我："你很特别。"

"你是说我特别虚伪吗？"

"不是那个意思，"她的样子是认真的，"我说不太清楚，但就是很不一样。"

"说不清楚就别说。"

"你是那种让女人喜欢的男人，肯定有很多女人喜欢你吧？"

"我不知道。"

"又虚伪了。"她吐吐舌头做个鬼脸，然后去卫生间了。

10. 满眼戈壁荒漠

驾车旅行就是用车轮丈量道路，而车轮这只卷尺里似乎可以抽出无限长的尺子来，路没有尽头，这只卷尺也就假装自己长度无限，可以被永远地抽下去。但那只不过是一个幻象而已，当我们看不到尽头的时候，我们就以为没有尽头，其实尽头是有的，那就是车的寿限。类似的情形就像人生，人在年轻的时候，感觉生命漫长，以为无论怎么挥霍都是用不完的，忽然人到中年，才知道能捂在手里的东西已经不多了。

从酒泉到嘉峪关，只是二十分钟的路程，我把车开得飞快，桑娅有点意见。她说，慢慢开嘛，你急着干什么去啊？是啊，我急着干什么去啊？其实我并不知道，也许仅仅是一种人到中年的迫促感吧。虽然前面并没有什么目标，但身边的风景却提不起我的兴趣。中年忙，中年盲，没有目标，只有方向，只在路上。在路上，车轮带起泥土，又甩出泥土。就像路过的城市，进入，然后离开；就像路过的风景，看到，然后消逝；就像路过的人，从现实变成记忆。搭车的桑娅，也是我的车轮带起的一块泥土，走上一段，桑娅会下车，泥土会飞离。“我经过着生活还是生活经过我……回想起昨天就好像梦一样，我曾骄傲的心初次感到渺小……”音响里是许巍在唱，身边的桑娅在说:“这么老的歌！”而我说:“你看前面，还有那更古老的嘉峪关。”

嘉峪关是个名副其实的关，长城西头的第一关，守着河西走廊的西门口。七百多年来寂寞地守着，把自己守成了一处遗迹，把自己守成了一个风景，供后人参观。我和桑娅上上下下地转悠了一阵，桑娅兴奋得一惊一乍，不时地摆着姿势让我给她拍照。她的阳光与我的沉郁构成了鲜明的对比，我当时的感觉像是领着个孩子在逛公园。在我的一再催促下，她才很不情愿地上车，上了车还在抱怨，急什么嘛，还没玩够呢。我说我们还要赶路呢，到敦煌还有几百公里。桑娅说，你开车出来就是为了赶路吗？我哑然。

是啊，我出来就是为了赶路吗？可是并没有一个目的地让我赶着到达，并没有一个人在前面等我，并没有什么事情等我去做。但我又着哪门子急呢？冥冥之中也许我在期待着什么，但是我自己并不知道。

重新上路，出了嘉峪关，就是满眼的戈壁荒漠了，风景单调得让人疲倦，桑娅却是依旧兴奋，左看右看，全是新鲜，不能不令我感叹年龄的差异。不同的职业，不同的阶层，不同的趣味，可以把人划成不同的群体，年龄也同样可以把人划分成不同的群体，甚至不仅是不同的群体，简直就是不同类别、不同种属的动物，现代文明在让物质生活越来越同质化的同时，也使人越来越异质化了。坐在旁边的桑娅，我感觉她就是一只小鹿，而我呢，就是一只老狗，再说得好听点，顶多也就是一匹老马了。老马拉车，小鹿撒欢儿，这就是我当时的感觉。但是鹿儿再怎么欢实，也有疲倦的时候。单调令人绝望，乍见戈壁时的新鲜过去之后，桑娅的心思从窗外收了回来。我能感觉到她的目光在观察我，过了一会儿，她开始没话找话了。

“哎，老刘，我发现你还挺酷的耶。”

“是吗？怎么叫酷？”

“就是……就是冷……冷峻，就是很有男人味。”

“你是说像块冻得僵硬的石头啊？”我故意逗她。

“也不是啦，我是说……算啦，”桑娅顿了下，换了话题，“哎，老刘，问你个问题。”

“什么？”

“你说男人的那个……性能力，能持续到多少岁？”

“不确定吧，因人而异，各人身体状况不一样啊。”

“一般的，正常的，大多数人，能到多少岁？”

“六十多岁吧。不过现在有伟哥什么的，应该会……你怎么问这个？”

“也没什么，就是……我喜欢年龄大的男人。”

“小帅哥不好吗？青春，阳光，有活力，还没代沟。”

“我不喜欢。他们幼稚得很，而且自私，没责任心。”

“那也分人，因人而异。”

“都那样。反正我没见过让我感觉到比我成熟的。”

“那是还没长够时间，等到他三十多、四十多的时候，也就成熟了。”

“我可不想陪着他们长大、等他们成熟，我要找就找个年龄大的。”

“你这是要吃现成的啊，哈哈。”

“也不是啦，我是说，是……是……可能是我们这一代人有问题，靠不住，不如上一代人。”

“呵呵，没看出来，你还很有主见，很有思想啊。”

“不是思想，是经验。”

“呵，你小小年纪，有什么经验啊？大言不惭。”

“我同学，”桑娅沉吟了一会儿，接着说，“我给你讲个故事吧。她和她男朋友，感情特别好，我们都羡慕他们，他们也以为自己是幸运地找到了爱情的那种。开始是租房同居，后来他们买了房子，把家装修得非常温馨，都准备结婚了。她男朋友是勘探队的技术员，半年在家休息、半年工作的那种。在家的时候，他做饭，洗衣服，干家务，还经常搞出点意外的浪漫来，让他的女朋友感到特别开心，特别幸福。春天的时候，他回勘探队上班了。不在一起的日子里，他们电话、短信、网络聊天，恩爱相思，情深意长，搞得跟真的似的，女孩感觉自己幸福得一塌糊涂。国庆节的时候男的从勘探队回来了，可是他没来见他的女朋友。他说他要结婚了，他说在山里的时候，有一次喝多了，和他们基地的女同事发生了关系，那个女同事一直追他，他是被引诱的，可是那女的怀孕了，女的他们家死缠烂打闹得很厉害，他们又是一个单位，没办法只能结婚了。最后只说了声对不起，说他不能再见她了，就完了。可是，我……我的女同学也怀孕了，她一直没告诉他，是想等他回来的时候给他个惊喜，那时候她已经怀了七个月了，你想想那是什么感觉？”桑娅有点说不下去了。

“后来呢？”

“她自己把那孩子生了，然后送人了。”

“唔，小年轻，做事太草率了，不知道考虑后果。”

“不是草率，就是我们这一代的男人靠不住。所以我喜欢年龄大的成熟的男人，我要找就找这样的。”这样说的时候，桑娅显得很神往的样子，停了一会儿接着说，“就是离过婚的也没关系，年龄大的知道疼爱女人，而且靠得住。”

“想要靠着男人，这种想法可不对。”

“我不是要靠着男人让他养，我是说心理上的依靠。”

“呵呵，那是你不了解男人。其实，男人比女人更脆弱，更孤独，也更想在心理上有所依靠，或者说，有所依恋。”

“为什么呢？我觉得男人总是要比女人强大得多。”

“这是长时间的男权社会形成的集体无意识。男人被赋予更多的社会角色，承担着更多的社会责任。男人要干事业，要做大事，要出人头地，同时还要承担家庭责任，既要成为家庭的经济支柱，又要成为家庭的精神支柱。即便是不那么坚强、不那么强大的男人，也要假装坚强，也要像个男人的样子。但这却使他在心理上变得更脆弱，也更孤独了。所以越是看起来强大的男人，越是希望有个母亲式的可以依恋的女人。男人对母亲的感情总是比对父亲的感情更深，也是这个原因。但是母亲和妻子毕竟不同，所以在过去，封建社会，男孩七八岁的时候，家里要给他找个大他很多的女孩子做童养媳。年龄大一些的女人做老婆，可以部分替代男人对母亲的依恋，所以童养媳是兼有母亲和妻子的双重角色，可以给男人双重的慰藉，让男人的脆弱与孤单得到释放。但在生理上，女人总是比男人老得更快些，当很多的女人生理上不能满足男人的时候，社会允许男人娶个小老婆，甚至二房、三房。这并不是男人花心，而是社会制度和生理差异造成的男性的悖论。三妻四妾在一定程度上有它的合理性。”

“有什么合理的，根本就不应该。”

“我是说在男权社会里，当男人被定义为强大的一方，必须承担家庭和社会双重责任的时候，有它的合理性。但那是把男人不当人，是把男人的强大放大到只是一个社会角色或者说是一个机器的时候。现代文明社会里，荒唐的、野蛮的一夫多妻制被废除了，废除它的前提，是基于男女平等。男女平等在观念和制度层面上是实现了，但是实际状态却并不是这样子。因为男权社会的传统并未消除，社会分工仍然存在，还因为看不见的也就是在人们潜意识里认为男人比女人强大的心理定式，或者说是社会的集体无意识，造成的结果就是在男女平等的名义下事实上的不平等。生活中的现实是女人对男人的依附，女人要在婚姻里寻求安全感，也就是要男人负责任，既要负家庭的经济责任，也要负感情的、心理的、精神上的责任。而男人呢，他首先必须强大到能把钱挣回来，也就是养家，同时还要成为全家的精神上的依靠。如果做不到，女人就会说，那我嫁他做什么呢？于是，社会所要求的这个责任重大的男人，就整天生活在巨大的压力之下。社会普遍的观念是男人更强大，所以他就不能依附女人，这就使这个压力巨大的男人变得非常无助，非常孤独，同时也非常脆弱，甚至比女人还要脆弱。尤其是你所说的那种成熟的中年男人，如果他不是事业成功的那种，那他其实像个丧家之犬一样无可依傍也无处躲避。”

“哇噻，你好厉害哦，老刘，我好佩服你耶。”

“油腔滑调。”

“不是啦，老刘，”桑娅又连忙改口，“不对不对，不能叫你老刘了，刘哥，刘叔，不，刘老师，真让人刮目啊。”

“所以啊，你不要总想着找个成熟的男人就可以依靠着他。”

“是是是，刘老师，我知道了，”桑娅学着电视里某个保健药广告的腔调说，“男人其实更需要关爱。”

“小丫头，你怎么一点正经没有啊？”

“怎么没有？我都严肃成什么了，”桑娅板起脸做严肃状，停了一会儿，忽然问道，“老……刘老师，问你个严肃的问题。”

“什么？”

“你要严肃地回答，也就是说，要老实交代。”

“什么问题，这么严重？”

“你有没有那什么……情人？红颜知己？老实交代，不许骗人。”

“你希望？你觉得？你认为？”

“你有！”桑娅肯定地说，“你这么不坦率就说明你有。”

“是你的猜测和想象。”

“算了，不问了，你们这年龄的人就这点不好，吞吞吐吐，不坦荡，玩虚伪。说了也不是真话，算我没问。我饿了，路边找个地方吃饭吧。”

11. 安静的敦煌

从酒泉到敦煌，有个女孩在身边，一路说着话，也不觉得天长路远了。到敦煌的时候，已经快八点了，在内地天应该完全黑了，但是这里才刚刚傍晚。敦煌是个安静的小城市，因为旅游业的缘故，它其实已经变成了一个巨大的旅馆村。在旅馆登记入住的时候，桑娅跟我耍赖，非要和我住一起不可。她说两个人要一间房比较省钱，而且她可以和我AA制，我让她自己去登记，但是她赖在车上不下来。不得已，我去登记了两间房，但是给了她房卡之后，她立即就下楼到前台去退了，像一块橡皮糖一样黏在我的房间就是不走。

“跟你睡一间房我会休息不好的，”我说，“我不习惯。”

“我会让你睡好的，刘老师！”她把“刘老师”三个字说得很重，“你就别撵我走了嘛，好不好？也不看看人家一个小女孩子，一个人多可怜，多不安全啊。”

“真是个甩不脱的橡皮糖。”甩不脱也只好迁就她了。

“嘿嘿，橡皮糖也是糖嘛，”桑娅佯嗔地嘟囔着，“又不是黄连膏。”

即便不是黄连，却也近乎黄酒，虽然酒精度不高，却也闹心，令人不得安宁。我在心里这样想着，但并没有说出来。安顿好房间，洗了脸之后，出去找饭吃。入夜的小城并不安静，大街上到处是旅游者，说话的口音南腔北调，其中还夹杂着完全听不出来路的外语，使这西部小城有了点国际城市的感觉。沙州路，阳关路，不长的两条街把小城划成了四块，我们散着步，把这十字交叉的两条路都走了一遍之后，才找了个小饭馆坐下。点了几样小菜，要了当地的特色小吃：酿皮、黄面和炸油糕。

“你不想喝点酒吗？”菜上来之后，桑娅问我。

“为什么要喝酒？”我反问。

“喝酒解乏，你开了一天车，喝一点可能会舒服些，也暖和，这里晚上还是挺凉的。”桑娅突然表现出来的体贴和善解人意，倒让我有些吃惊。

“你是不是很喜欢喝酒？”

“也不是啦，”桑娅有点羞怯地说，“我就是想和你干一杯。”

“为什么？”

“为了谢谢你捎我啊。”桑娅狡黠地笑了一下，直视着我的眼睛，“也为能认识你。”

说完之后，桑娅自己去柜台要了一瓶二两的皇台酒，一分为二倒在两个杯子里，然后笑着说，“就喝一点点啊。”她举起杯子，主动和我碰了一下，“为相识干杯，谢谢老……刘老师。”她一口喝下去了一多半。

长途驾车之后，一点点白酒，就能让人浑身舒服，从头到脚，都有一种懒懒的快意，疲乏在这时候竟然变成了一种享受，真是匪夷所思。

吃过饭走回旅馆，到了房间门口，我对桑娅说：“你先洗澡吧，我出去买包烟。”她很乖地“嗯”了一声，进房间反身关了门。

你别这么坏笑，我知道你在动什么鬼心思，你觉得我让她先洗澡是一种暗示吗？别胡思乱想，我就是不想在她洗澡的时候待在房间里，我不想让她感到不方便。当然了，我也不想让自己听着她洗澡的水声想入非非，一个血肉之躯的中年男人，听着一个青春的身体在旁边洗澡的声音，你当然明白，那种折磨并不好受。

我点了根烟抽着，从旅馆里走出来，在已经清寂的街道上溜达，一副百无聊赖的闲散样。点上第二根烟的时候，我掏出手机给刘姗姗发了短信：我已到敦煌，一路顺利。然后我走进了街边一间霓虹闪烁的小酒吧，音乐很闹，很热烈，但人却并不是很多，我在角落里的一张桌边坐下要了一小瓶百威。是的，在悠闲的表面背后，我的脑子并没有闲着。如果我的想法不是自作多情，我觉得桑娅可能是有点喜欢我了。八〇后的孩子，都有点无所顾忌，或者说较少禁忌，敢想敢做，没心没肺。坦白地说，这让我有点害怕，尤其在这远离自己的生活圈子，没有任何熟人的陌生地方，而且又都是天涯孤旅。这样的环境，凡人都会很容易生出些妄念，而且会莫名其妙地胆大无比，似乎旅途可以陡然放大人的某种能力似的，人就是这样一种不可救药的喜欢犯贱的动物。而所谓的旅途中的艳遇，就是人犯贱的普遍形式。但是犯贱要犯到什么程度，却是因人而异了。同样地，桑娅也是在犯贱，而且坦然得好像是无罪而犯，对我却成了一个难题，我的感觉与她相反，未犯先罪。这是年龄的差异，也是已婚与未婚的差异，或者仅仅是个人的差异，我无法厘清。在我慢悠悠地喝完了第三瓶啤酒之后，我估计她应该早就已经洗漱结束了，大概在看电视，或者跟朋友煲电话粥。我觉得我可以回去了，我这会儿很想痛快地洗个热水澡。

12. 黑暗中什么也看不到

桑娅既没有看电视，也没有打电话。回到房间的时候，灯是关着的，只有电视开着，在那里幽幽地闪烁。桑娅已经在靠窗的床上睡了，一只胳膊大大咧咧地露在外面，她大概是累了。我轻手轻脚地走过去关了电视，然后脱掉衣服进了卫生间。站在莲蓬头下，温热的水流贯注全身，身体渐渐地有了冲动，越冲洗冲动就越发强烈。房间里，不到三米的地方，就是桑娅青春的身体。我想象着自己走了过去，站在她的床边，试探地抚着她露在外面的光滑细腻的胳膊，弯下腰嗅着她的头发里的味道，嘴唇颤动着接近她的耳鬓，然后上床躺在她身边……短暂的走神之后，我把热水调到凉水，强迫自己把身体从欲念中拉回来。

洗完澡躺在床上的时候，身体的欲望已经消退，但我仍然睡不着。我让自己背朝桑娅那一侧躺着，尽量不去看她，试图忘掉另一张床上仅隔一米的桑娅，但却总是身不由已地又转过来。如此反复，如烙饼一般，越是想睡却越是睡不着。索性坐起来，点了根烟抽着。可能是打火机的声音惊动了桑娅，她翻了个身，睁开眼睛看我，睡眼蒙眬地说:“老刘，你回来了。”我轻声地说:“抱歉，吵醒你了。”

“我洗完澡感觉晕晕的，躺下就睡着了，可能是那酒的作用。”

“那就好好睡吧。”

“好了，这会儿没事了。”桑娅有点清醒了，“你不累吗？想什么呢？”

“没什么，我习惯晚睡。”

“那我陪你聊会儿吧。”桑娅说着，忽地拉开被子，她只穿着胸罩和内裤，就那么无所顾忌地从我眼前晃过，腰肢柔软地摆动着，不大却浑圆结实的屁股在黑色半透的内裤里隐约可见。她去了卫生间。她怎么就这么无所顾忌呢？是天真无邪还是有意显示自己的曼妙身材？按说她也有二十四五了，早已不是天真无邪的年龄。或是故作天真无邪的暧昧与诱惑？从卫生间出来，她又拿起放在电视机旁边的杯子大口地喝水。这样就把她的近乎裸着的背面完全放进了我的眼里。她肯定知道我的目光在她的身体上，喝完水她转过身暧昧地笑了一下，然后就从两个床之间的通道走过来，把枕头竖起来，这才拉开被子斜靠在床上。“老刘，聊点什么吧。”我看着她，却不知道说什么，脑子突然有些迟顿。

“我身材不错吧？嘿嘿。”见我没有吭声，她又找话头了，只是那声笑让我感觉有点邪乎，也有点复杂。有点自恋，含着挑逗，没心没肺的天真中还夹着些说不出的老练。果真如此，那她不是个简单的女孩子。

“唔，”我得承认她身材很好，“确实不错，如果你个头再高点，做模特没有问题。”

“老刘，你说怪不怪？”桑娅略作沉思，似乎是在找恰当词儿，“为什么我对你没有防备心理？见到你的时候，就觉得好像过去就和你认识似的，有种老熟人的感觉。”

“大概因为是在外地遇到了故乡人吧。”

“也不完全是这样，我是说，是……是很亲切、很亲近的感觉。”

“那是你性格好，开朗，自来熟。”

“才不是呢，我又不是傻大姐，对谁都不设防。”

“那你还是防着点好。”

“防你吗？”

“防火防盗防男人。”我笑着说。

“我看你才要防火防盗防女人呢，”桑娅笑着反唇相讥，“像你这样成熟有魅力的男人，人到中年，夫妻生活已经寡淡，而你又精力旺盛，外面的诱惑又这么多，一不留神就会失足，晚节不保啦。哈哈……老实坦白，你有没有情人？”

“你这个小丫头，懂的倒不少。”

“你在回避问题，”桑娅不依不饶，“你不好意思说没有，说没有显得自己很无能，很失败；你又不愿意承认自己有，承认了怕你的高大形象在我面前倒塌。对不对？”

“哈哈，我得承认，你是太聪明了。”八〇后的孩子，活得太明白，明白到世故，却又坦率。坦率的世故，世故的坦率。也许正是这样，他们才较少禁忌，也就比上一代人活得更轻松。而在桑娅身上，则更多了些自信。

“我聪明吗？”桑娅想起什么似的，然后又幽幽地说，“其实我有时候也挺傻的。”

“那就睡吧，傻丫头。”

“你不想说就算了。”桑娅赌气似的滑进被子里，被子一直拉到头顶。

“做个好梦。”我拧灭了床头灯，躺进被窝。

过了一会儿，我似乎听到桑娅在哭，压抑的隐隐的啜泣从旁边传来。我转过身侧着看她那边，但黑暗中什么也看不到，屏气静听，果然是桑娅的哭泣声。黑暗中我轻声地问她：“桑娅，你怎么了？”但是没有回应，可能是被子蒙着头，没有听到。我把声音提高些再问，仍然没有回答。我拧开床头灯调到微光，坐起来伸手捅捅她的被子：“桑娅，你哪不舒服吗？”我捅她的时候，她使气似的动动身子，像是要打掉我的手。

"你没事吧？"我说。

桑娅拉下被子露出脸来，转过头看着我，哀怜地说："老刘，抱抱我好吗？"

"这……"

"抱抱我。"桑娅近乎哀求，可我不知道她是怎么了。

我给她掖好被子，拍拍她的肩："睡吧。"

我回到自己的床上躺下。我听到桑娅近乎呓语地在说："老刘，你好没人性啊，抱抱我能怎么啊，你怕什么嘛……"是啊，我怕什么呢？怕控制不住自己的身体吗？但那显然是虚伪的，身体本来就是渴望的。怕发生了关系被她纠缠吗？显然桑娅并不是这样的女孩子。顶多是一次旅行中的艳遇罢了，那又有什么可怕的呢？

"老刘，抱抱我嘛。"桑娅侧躺着看着我。

见我没有动，桑娅自己过来拉开我的被子就钻了进来，令我猝不及防。桑娅紧贴着我的身体，头埋在我的肩窝，我身不由己地搂着她，手在她的肩背处摩挲着，身体的欲望在被发动。

"老刘，你想了吗？"桑娅的身体肯定是感觉到了我的冲动，"是不是我搅得你睡不着？"

"不是。"

"不是什么？"桑娅的手在我那里摸了一下。我一下子被惊得坐了起来，桑娅奇怪地看着我："你不会这么虚伪吧？"而我也确实是虚伪，没有桑娅那样的坦率。桑娅只穿着内衣，不大的胸部隐约可见，睡眼蒙眬的样子更添了一些妖媚，构成一种强烈的诱惑。我得承认，当她在旁边另一张床上的时候，我还可以克制自己，但现在她是在我的怀里，她的身体贴着我的，身体自己会说话。“老刘，我知道你想，可我真的不是想做，就是想让你抱抱。你如果觉得很难受，那我用手给你弄吧。”她的表情是真诚的，可她后面的话令我吃惊。

“桑娅，你乖乖地躺到自己床上去，我们说会儿话吧。”我说。

桑娅没有动，我把她抱回到她的床上，给她拉上被子。

“老刘，是不是我这样的女孩子缺少女人味啊？”我看着她说：“你为什么这么说？”“我听说中年男人都是喜欢成熟丰满有女人味的，是不是这样啊？”桑娅的样子是天真的，甚至有点傻呵呵的可爱，我突然觉得这还是个孩子，身体的欲望顿感消退。

我退回到自己的床上，关了灯，有一搭没一搭地和她聊着，不知什么时候，竟然睡着了。也许你不能相信，这一夜我们什么事都没发生，就这么安然地睡过去了。但是事实确实如此，既然我答应原原本本地和你说这个事，我就不需要剪辑过了之后才告诉你。再说我也没有你们作家编故事的能力，编了也会被你看出破绽。你还是不相信？那我没办法了，等你要把这个事情写成小说的时候再去补充情节吧。

13. 两个女人

刘姗姗来了。刘姗姗从天而降，像莫高窟壁画里的飞天一样从兰州飞到了敦煌。接到她电话的时候，我根本就不能相信，也无法给自己一个相信的理由。但无论我如何感到吃惊、感到意外和不可思议，她却是已经稳稳地降落在了敦煌。

那时候我们刚从那些洞窟里出来，刺目的夕阳让人睁不开眼睛，甚至戴着墨镜也能够感觉到阳光的强烈。桑娅仍然是那么兴奋，这一天，桑娅都处在新鲜带来的强刺激中，完全恢复到了一个孩子的状态。而我却被刘姗姗的电话推入一个困境之中。在敦煌这样的一个小城，如何同时面对桑娅和刘姗姗，我有点发愁，有点做贼心虚式的无措。虽然尚未做贼，却是先已心虚，恰恰说明我的不坦荡。按说，桑娅和刘姗姗，都还不能算和我有什么说不清的瓜葛，要说有什么也只是瞬间的暧昧，恍惚的暧昧，但我却做不到内心坦然。潜意识里，我已经与她们有染，幻想之中，我似乎已经和她们都有过床笫之欢。你说，像这样一个卑鄙而又畏缩的中年男人，他怎么能够坦荡地同时面对桑娅和刘姗姗呢？而我的困境就在于，从莫高窟回到敦煌之后，是带着桑娅去见刘姗姗还是对桑娅撒个谎然后单独去见刘姗姗，而我还不知道刘姗姗是为什么在这时候赶到敦煌来，自作多情的假设是刘姗姗为我而来，那我又将如何面对？而桑娅又会怎么想，怎么看？

回市区的路只有二十几公里，而我开了足有半个小时，桑娅很奇怪地沉默着，进入市区，她倒是像个善解人意的女人似的关切地问，老刘，你是不是觉得太累了啊？我就坡下驴地说，是觉得有些累，这几天都没有休息好，今天又爬了那么多台阶。那今天晚上早些睡觉吧，桑娅说。而我心里却在盘算着如何摆脱桑娅，然后去赴刘姗姗之约。这大约就叫作心怀鬼胎吧，因为我做不到坦荡，也无法想象和她们两人共进晚餐会是什么情形。我觉得大概只有浪荡公子才具有这样的定力和能力，能够面对两个女人而游刃有余从容不迫，或者叫厚颜无耻。

回到宾馆，简单地洗了一下，正准备到楼下的餐厅去吃饭的时候，刘姗姗的电话来了。她问我从莫高窟回来没有，希望能补请兰州没能兑现的那顿饭。我心虚地看看桑娅，我说我有点事要出去一下，让她自己先吃饭。桑娅似乎感觉到了点什么，淡淡地说，那你早点回来，别太晚了。说话的口吻平静得像是多年夫妻的那种感觉，倒让我有些负疚。我拍拍她的胳膊说，去吃饭吧，我一会儿就回来。

刘姗姗在电话里说了她的位置，我是走着去的，没有开车，在这个小城里，开车过去显得太夸张了。看到刘姗姗的时候，她正和旁边的人热烈地说着什么，那是在酒店的大堂，刘姗姗把她的同学作了介绍，我们握过手，然后就转到酒店的餐厅坐下。刘姗姗开始点菜，而我竟有些莫名的失落感。下午我还在自作多情地想象，我昨天刚短信告诉她我到了敦煌，而她今天就飞了过来，我觉得她是为我而飞来敦煌的。如果仅仅为了请我一顿饭当然不必如此千里迢迢，显然另有原因，而那另外的原因被我想象成了她是想和我在远离兰州、远离她的生活环境的地方发生点什么，但眼下的情形说明，她只是今天恰好有事到敦煌来罢了，否则就不会把她的同学也拉进来，如果真的是对我有什么想法，肯定会是单独见面了。这样想过之后，我就觉得有点羞愧，为自己的自作多情。不过同时也有些释然，起码不会为如何面对桑娅而忐忑不安了。整个晚餐期间，刘姗姗和她的同学都在叽叽喳喳说着同学往事，女人之间似乎永远都有说不完的事情，而我只是适时对她们之间的某些趣事报以微笑，而两个女主人也不失时机对我劝吃劝喝。在美食与秀色中，其乐融融的晚餐是令人愉快的，从开始到离开，我识趣地没有问刘姗姗为何来此，而刘姗姗也没有问我在敦煌停留几天。告别的时候，她的女同学则重复了刘姗姗说过的话，在此地如果需要帮忙，可以找她。

往回走的路上，我已经觉得坦然多了，完全没有了下午回来时的心虚无措之感。如果说那时候有点心怀鬼胎，那么这会儿则是如释重负。面对桑娅，我也不必谨慎小心地解释什么了。然而，桑娅却并不在房间里，我敲了半天门无人应答，我以为她在洗澡，等了十几分钟再敲，仍是无人，我才用房卡开了门。桑娅去了哪里？我有些不太放心，下楼去餐厅找，但也没有看到桑娅。她会去哪里？心里竟有些焦急。我没有她的电话，也不知去哪里找，只能回到房间去等了。洗澡的时候我还在想，对一个搭车的小同乡，我这种担心和牵挂有点莫名其妙，然而又似乎不是这么简单，内心里还有一种急切，就是想看到她。她已经是大人了，我告诉自己，很可能她一个人已经到过了许多地方，完全不用我杞人忧天操这份心，但我却还是放心不下。洗完澡出来，我竟有些坐卧不宁，甚至想到，她一个人跑出去会不会出什么意外。我抽着烟在房间里转着圈儿，关切地听着门外走廊里的每一阵脚步声，直到桑娅敲门的时候，我假装沉稳地“嗯”了声，停顿了一下才去开门。

四目相对。恍惚中我觉得这情景曾经在多年前有过，那是在儿子晚归的时候，我也是以同样的责怪的眼神审视着，那时候儿子是自知做错了事的愧疚，而面前的桑娅，眼神里却是含着狡黠的得意，感觉是什么小计谋得逞了一般，有种不加掩饰的调皮。

“你还知道回来啊？”我尽量轻描淡写地说。

“你还知道回来啊？”桑娅鹦鹉学舌似的反唇相讥，并且加重了语气。

“我还以为你被拐卖了呢。”

“我还以为你被色诱了呢。”

“小心掌嘴。”

“嘿嘿，你敢吗？”说着就要把脸凑过来。

“涎皮赖脸！”

14. 有方向没方向都是自由

人在旅途和在网络上一样，都能找到一种相似的处境，那就是相对的匿名状态。在网络上，人假借另一个名字而变成他人；而在旅途中，因时空环境的更换使人变成自己的一个他者。在这两种情形下，我们以为自己已经变成了另一个人，这个人没有过去，没有未来，没有社会关系，没有身份限定，这个人获得了一种不受制约的感觉，于是觉得可以无所顾忌，可以不负责任，在感受巨大的自由与放松的同时，人性中被压抑的一面就会被释放出来。（大胆，放肆，放纵，以至恶狠狠，都是人在失禁后的状态，这在网络中表现得比较明显，而在旅途中，则相对地没有那么夸张。）

从既有的环境与关系中抽身出来，享受短暂的旅途中的自由与放松，正是人要出门旅行的心理基础，“不走寻常路，只约陌生人”这个口号很好地体现了人寻找匿名状态的心理，至于途中的风景，只是个借口，或者，只是个伴奏。强烈的出门旅行的愿望，其实就是一种想要冲出牢笼的愿望，有方向没方向都是自由，有风景无风景都是放松。放松，放肆，以至放纵，都在其中。

和桑娅共处一室的两个夜晚，让我明白了人因适当的环境与机会，失守与失禁都是很容易的事情。在此前的几十年里，我一直以为那是很有难度的，但是现在，我觉得放纵在这种情况下其实是个非常平滑的过程，没有任何障碍，人唯一需要跨过的只是自己的心理关口而已，但对于绝大多数人来说，心理关口只是个纸老虎在把守，比处女膜还要薄弱，一击即溃。

桑娅去洗澡了，卫生间的门半开着，无所顾忌的水声传来，流过桑娅身体的水流，同时也用声音的方式流过我的身体，达到一种共浴的效果。如果桑娅不是有着喜欢敞开浴室洗澡的奇特习惯，那我就只能在无意的疏忽和刻意的诱惑之间作个选择，但是我却无法判断。因为前一天晚上，桑娅就只穿着胸罩和近乎透视状的内裤大大咧咧地经过我的面前，很显然她对一个中年男人的目光对她身体的侵犯并不在意，以此推演，那么无意的疏忽和刻意的诱惑在现在几乎没有分别，要想确知她敞开卫生间的用意，只能推迟到尔后。现在的事实是卫生间传来的水声在撩拨着我的身体，刺激着我的想象，我觉得我甚至是在很快乐地享受着那想象的大胆与放肆。

卫生间的水声停了，我能想象桑娅正在拭干她的身体。估计她快要出来的时候，我面朝墙壁躺着，假装睡着的样子。我不想让她知道我一直在听着她洗澡。然而桑娅却是有着古灵精怪般的聪明，她知道我并没有睡着，或者说是她深知男人的心理，在这种情况下，一个健康正常的男人是不可能睡着的。大胆放肆的男人，在这时候大概是会借机用语言挑逗，而我是怯懦而又虚伪的男人，就会假装是睡着了的样子。她说："老刘，刘老师，你别装了，我知道你没有睡着。"我没有应，也没有动，只是屏着气，压抑着自己，不让她察觉我已经变得急促的呼吸。"你根本就睡不着，又何必这么努力。"桑娅这么说着的时候，我感觉到她在走近我，她把手伸到我的眼前晃动，然后用指头轻轻地在我鼻子下面滑动，因为刺痒，我终于憋不住，长嘘了一口气。桑娅"呵呵呵"地笑了，我仍然是假装着刚刚被她弄醒的样子，受惊似的迅速转过头来疑惑地看着她。她裹着浴巾的身体正落在我眼睛的上方，她的胸部几乎就要压到我的脸上，她身体的香味扑面而来，我的身体一阵冲动，很想立即就把她揽入怀中压在身下。但我还是控制着自己，只是本能地吸吸鼻子，就像狗嗅到肉骨头时那样，鼻子里发出咝咝的声音。

桑娅抬起身子站直了，白色的浴巾，只裹住她从胸到大腿根的部分，她眼神幽幽地看着我，浴后的面孔，清爽而妩媚。而我当时的样子，大概像个傻子。桑娅像个胜利者那样露出带些调皮的笑容，她看似不经意地拨弄一下垂在腿根的浴巾，我得承认，那个动作有着致命的诱惑力量，而我的脑子里突然迸出了一个词：妖精。当我伸出手来试图捕捉妖精时，桑娅却转身走了。她从放在桌上的小挎包里拿出一盒东西，向我晃了一下，“我刚才出去买的。”我看到那是安全套。她走回到我的床边，身上的浴巾骤然滑落，全部的身体裸裎。一只手似护似抚地放在胸前一只乳房上，另一只乳房就显眼地鼓突着了。她就这么静静地站着，大概有一分钟之久。我这才恍然大悟，她是在等我拉开被子接纳她。

当身体被巨大的快乐湮没的时候，我很想嗷嗷嗷地叫出声来。前所未有的身体感觉一次次冲撞着我，就像巨大的浪头反复地在岩石上摔碎，直至筋疲力尽，然后困倦地躺在细软温柔的沙滩上叹息。

“感觉好吗？”桑娅问我。

“好。”

“我说过今天会让你睡个好觉的。”

我呵呵地笑了一下。

“累吗？”

“是有点儿。”

“那你还不老实。”桑娅这么说的时候，我的手仍然不停地在她的身体上滑动，轻轻地抚着。我说，这叫爱不释手。我知道她很享受这种浅浅的爱抚，但是当我的手滑到她的腹部的时候，她突然惊叫了一下，推开了我的手。我说，怎么了，我的手上又没有刺儿。桑娅说她不喜欢摸她的肚子。我问什么原因，她却并不说，只是神情有些黯然，接着撒娇地说：“挠背背，人家喜欢你挠背背嘛。”

15. 沙漠中的世外桃源

这一夜，我比前两个晚上睡得还要差。因为是第一次，而且是和比自己年龄小一半的女孩子，兴奋过后，竟有些害怕，不是害怕桑娅如何，而是把自己吓着了。或者，我可以推卸说是受了桑娅的诱惑，但我为什么没能把持住呢？其实我是渴望被诱惑的，回想起来，此前的很多年里似乎都时不时在期望着被诱惑，而这个晚上我确实是快乐而又忐忑地期待并接受了。甚至前两个晚上，我也是在期待的，或者说是我也很想诱惑她，而我缺少足够的勇气，这也就是桑娅所说的我的虚伪了。虚伪的中年男人，为自己的虚伪而羞愧，同时又为接下来如何与桑娅相处而焦虑。毕竟桑娅不简单的只是一个路边遇到的毫不相干的搭车女孩，完事之后各分东西，偶尔想起时回味一下身体在当时的感觉，或者保持一种若有若无的联系。她和我在同一个城市，随时都有可能相见，以后又将如何相处呢？有了身体关系，就不可能仅仅是或者假装回到是简单的朋友状态了。假装是单纯的朋友，显然很虚伪，而且内心里也无法单纯简单；而那绕不过去的身体关系，即便不写在脸上也会写在眼底和心底，就像沉在水底的旧物，时机合适的时候总会泛上来的，会有第二次、第三次也未可知，既然不可能形同陌路，就只有两种状态，情人或者性伴，但我对这两种状态都还没有准备好。这一夜我的脑子一直在忙，根本无法睡得踏实。

早晨醒来，桑娅在我怀中，大腿放肆地架在我的腰部，我小心翼翼把她扳过去。洗漱完毕，我在卫生间的台子上留了条子，说我有事要出去一下，请她今天自己玩，有事打电话，后面留了我的手机号。我这样做是不想吵醒她，她睡得正香。谁知我轻手轻脚要走的时候，她竟然睁开了眼，我只好对桑娅说要去检查一下车，因为昨天回来的时候听到声音不太对。等她看到条子的时候，我已经离开了。

我漫无目的地开着车走着，觉得自己是想逃避些什么。我不是要逃避什么责任，原本桑娅也没有让我负什么责任。我也不是觉得有了这一夜立即就无法面对桑娅了。我觉得我是在逃避自己，逃避自己内心的软弱和自责，至于是什么让我觉得无法面对，我也说不清楚，就好像是有一个我留在和桑娅做爱的房间里，留在旅馆里了。而我无法面对的正是那个还在房间里的“我”，所以我得离开，离开那个房间，离开“我”，我得远远地逃开。中年就是在逃？可是为什么要逃？我不知道。大概是觉得离那个“我”远一些，才能把事情想清楚吧。

其实我并没有走远，稀里糊涂地开着车，不知不觉间来到了一片防沙林带。穿过树林，看到大片的绿洲农田，高大的白杨树夹持着的林荫大道，青枝绿叶散发出阵阵清香，绿树掩映中能看到排列整齐的房屋，隐约听得到哗哗的水声。戈壁沙漠中竟有这样一个所在，简直如同世外桃源。我心想，在这样的地方住上一阵子真是不错。而我这会儿，也就是想找个安静的地方待着。但是还没容我停下车，刘姗姗的电话就打来了。她问我在哪里，今天如何安排的。我说我在路上，这是什么地方我还没搞清楚。刘姗姗很奇怪：“怎么又是在路上？怎么每次见完面你就跑？你是在躲避我吗？为什么要躲呢？”

我不知道如何回答她一连串的问题，在路上是因为我想在路上，出了门就是在路上的状态；而我也没有躲避她的意思，只是想走就走了，为什么说是躲呢？大概是刘姗姗心中有些并不为我所知的想法，让她以为我是在躲闪逃避了。我回答说，我大老远地跑到这里，总不能在旅馆里睡大头觉吧？我说我在到处转悠呢，并且告诉她我刚刚到达的这个世外桃源般的地方。刘姗姗立即就说，什么世外桃源啊，那是敦煌的南湖乡，旁边就是古阳关。想不到刘姗姗对敦煌这么熟悉。我说这里不错，我想多待一会儿。

挂了刘姗姗的电话，桑娅的短信就进来了，问我什么时候回去。我说在办事情，还不确定，让她今天自己玩。她说，她想我了。我没有再回短信。那一刻我觉得女孩子真是麻烦，刚刚过了几个小时，就说她想你了。无论是真情还是假意，在我看来都有点矫情。但是，我想错了，桑娅并不矫情，而是很真实。见我没有回话，她的短信又来了，似乎猜到了我的心思似的。“怎么不回我短信？想多了吧？有心理负担了吧？怕我哭着喊着要你对我负责啊？哈哈。别多心，我就是觉得和你做很爽，突然又想了，嘿嘿。”我不知如何回应，只好发个笑脸的表情给她。

西出阳关无故人的阳关，现在只剩下一个巨大的土垛，昔日的繁华全都被日晒风吹沙打去，车轮下的荒滩戈壁中，偶尔会拾到残损锈蚀的铜钱与箭头，而那曾经来往于这条亚欧通道上的车马驼队和商人们，早已无影无踪。站在这里，感觉到生命是如此渺不可期，如浮云飘过，如阵风刮过，而那活着的种种烦恼，此时就都忽然显得可悲可笑了。人要经常在历史中站上一会儿，就会看淡了人生中的许多事情，所谓一览众山小，大致就是这个意思。

现在我就站在阳关这历史废墟上，有一种释然的快意。

婚姻是什么？婚姻就是两个人的合伙公司。离婚是什么？是合伙公司的破产，而这合伙公司的原始股本是青春，在这个两败俱伤的游戏里是没有什么东西可以收回或者弥补的。爱情是什么？是阶段性的两情相悦，是冲动和激情燃烧。不爱是什么？是燃烧过后的冷灰。婚外恋是什么？是合伙公司股东私下里的一单账外合同。性爱是什么？是两个身体的生理需要被特定因素催化助燃在特定条件下的快乐释放。

中年是什么？中年是拎不动舍不下关不住放不开高不成低不就心不甘力不从前不着村后不着店左右为难上下受阻壮怀冲霄凌云志身无彩凤双飞翼。中年男人是什么？中年男人就是意义越来越少幸福越来越薄梦境越来越浅精神越来越瘪自由越来越小方向越来越乱滋味越来越淡的丧家狗，流浪在路上，而路不在脚下。

从阳关遗址回到镇子里，我登记个小旅馆住了下来。这是我突然间产生的念头，与其回到敦煌那满城游客的地方，不如在这里住着来得清静。一个小镇子，中午的街上走着懒洋洋散步的狗，老人坐在门前晒着太阳，女人在摆着小摊卖葡萄干，偶尔会有一两个旅客光顾，这闲适懒散的情形让我感到温暖，就像丧家狗嗅到了家的味道，我突然想住下来感受一下。

16. 过客之镇

三十多年前，当我还在小溪头插队的时候，暖阳斜照的冬日里，知青屋对面的墙脚下，总是会聚集一群抽烟晒太阳的老人，他们有一句没一句地聊着，享受太阳，同时打发日子。那时候的我，根本无法理解这样的生活，甚至非常鄙夷地认为，那是混吃等死。但是现在，我也在享受这样的温暖了，在小旅馆的门口，在太阳下面。我有些恍惚了，不知道是自己也已经如此之老，还是只想短暂地歇息那么一会儿。一周前出门时的冲动、幻想和激情，此刻想起来似乎有点遥远，像是很久以前的事情，仿佛我已经在路上流浪了多年，忽然就觉得腿有些软了，身体在下沉，我昏昏欲睡。午后的阳光其实很强，就像刺目的闪电袭来，就像生存的鞭子在抽打，我遍体鳞伤，难以抵挡。

“天边夕阳再次映上我的脸庞，再次映着我那不安的心，这是什么地方依然是如此的荒凉，那无尽的旅程如此漫长，我是永远向着远方独行的浪子，你是茫茫人海之中我的女人……”手机铃声里许巍的《故乡》把我叫醒了。

“刘军，你在哪？还在南湖吗？”电话里是刘姗姗的声音。

“还在。怎么了？”我的耳边还残留着许巍的声音：你是茫茫人海之中我的女人……

“我也在南湖。”刘姗姗声音里有些兴奋。

“你怎么也在？”我很疑惑。

“我来陪你不成吗？”这是打趣还是认真？我在想，而她接着问，“你在什么位置？”

“我在镇子里，在街边的小旅馆门口晒太阳。”

“我去找你。”在南湖的街边找一个人是很容易的，而我的车就停在旅馆门前，就像一个标志，不一会儿，一辆旅行社的车停在了旁边，刘姗姗下来了。我懒懒地向她挥挥手，并没有起身。“你怎么像条懒狗啊？”

“哈哈，太阳底下没有新鲜事。”我说，“你怎么来这里玩？”

“我来找你啊。”她笑着，电话里放肆的声音，这会儿有些羞涩。

刘姗姗后来很认真地跟我说，她确实是专程来找我的，那是在夜里，我们做爱之后。

世外桃源般的美丽的南湖，是个典型的过客之镇，白天匆匆一过的游人，到了晚上大多离去。入夜之后，气温渐低，南湖像睡着了一般寂静。

小饭馆只有我和刘姗姗两个客人，吃饭时喝了几杯白酒，我一点儿不觉得冷。昏黄灯光下的刘姗姗，看上去像是做了虚光处理的照片上的美妇人，有一种奇特的魅惑的力量。不知道是酒精的作用还是灯光的作用，或者是这远离人群的小镇的特殊环境造成的，我突然有了一个疯狂的念头，诱惑她、主动诱惑她，和她睡觉、做爱。这样想的时候，我的腿已经在桌子下面试探她的腿，我假装是无意中碰到了她的腿，这是我从庸俗小说中学到的方法，现在无师自通地派上了用场。她的腿并没有躲闪，也就是说，她并不拒绝，并且是在迎合。因为我能感觉到她的腿在用力，就像两个打太极的人在暗暗较劲，同时她的表情中掠过一丝调皮的笑意。就在这时候我突然闪开了，她的腿因为失去平衡而倾斜了，为了保持平衡，她本能地两腿并紧，我的腿就被她紧紧地夹了。

“你好坏啊。”刘姗姗嗔怪着。

“我们回去吧。”我说。我感觉到门已经敲开，接下来的事情水到渠成。

我拥着她走出饭馆，手在她的腰间揉捏着，我感觉自己像个老流氓。回到旅馆开房门的时候，我试着吻她的脸颊，而她接着回应的是嘴唇。进了房间锁上门之后，我们都有些迫不及待。嘴在互相撕咬着，甚至来不及宽衣解带，就直接把对方的衣服从腰间撩起来忙乱地抚摸着。我的手找到了她丰满的乳房，她的舌头探进我的嘴里撩动着，我用力的吮吸令她呼吸变得急促，她在摸索着解我的皮带……

比较桑娅和刘姗姗，我对桑娅是被动的。

一直都是桑娅在以她那大咧咧的放肆，有意或无意地在挑逗引诱我。我得承认我的身体有冲动，但那是对女人身体的，不是对桑娅的。身体有冲动，但我的头脑对她却没有冲动，没有想引诱她的欲望。头脑是一直在抗拒的，身体的欲望在被头脑控制着，所谓自己折磨自己，其实就是身体和头脑在打架。

但我对刘姗姗却是有着身体和头脑的双重欲望，在兰州看到她的时候，就很有冲动，很想要她，是主动地想引诱她。因为她更成熟，更有女人的风韵吗？因为和她更熟悉吗？因为她的乳房更大吗？因为她的面孔有风尘气吗？可她的表现却有着淑女的矜持以至半推半就，而桑娅恰恰相反，虽然表现得主动开放，没心没肺，放肆甚至放荡，但她的面孔却是有着一种天真的高贵，如果不是她一再的主动，我是无论如何都不敢唐突的。

面对桑娅我想做个有礼的君子，而面对刘姗姗，我就很想做个放纵的流氓。同样是身体的欲望，面对不同的两个女人，竟然有着如此不同的想法，我自己都有些不大明白。更让我感到不可思议的是，和刘姗姗做爱并没有抵达想象中的美妙之境。我以为自己对她充满了欲望，很主动地诱惑她，很想要这女人的身体，或者说我的眼睛觉得她的身体很合我的口味，但我对她的欲念似乎只是头脑中的，身体却并不热烈。热烈的开始犹如股票的高开低走，过程中大家都很努力，但就是无法把指数推高。平静下来之后，两个人都有些索然地静静躺着。那时候我还在检讨，是因为前一天刚和桑娅做过吗？我觉得不是的。我很有力量，而她也很配合甚至表现得有些风情万种，但是两个人却都觉得没有抵达想要的高位。刘姗姗大概也感觉到了这一点，她失望了。

“也许是期望太高吧，所以才会觉得失望。”刘姗姗这时候很坦率，也很坦白。她在兰州见我的那个下午，她以为找到了自己想要的男人，谁知我第二天就不辞而别了。她很不甘心。她说，能遇到一个让自己感觉好的男人很不容易，总要试着相处一下，哪怕错了，也不想错过。所以她在确认我到了敦煌之后，就请了假飞过来了。昨天碍于老同学在，今天她抑制不住地非要见到我了。她说但是现在她知道了，这男人并不是真的想要她，虽然他装作很想要她的样子，但她能感觉到灵魂并不是真想要她。她失望了。她说，不过，也释然了。

后来我们平静地躺着，刘姗姗说起自己的过去，她的第一次婚姻。

她曾经有个平淡的小家庭，像大多数小夫妻一样，平淡平常，缺少激情和浪漫。两年之后，她觉得那不是她想要的生活，她提出离婚。她说，是真正的“净身出户”，只拿了自己的衣服就离开了。她说她喜欢比她大的懂浪漫有激情的男人，然而几次遭遇下来，她已经对男人失望了。她说偶尔回想的时候，会后悔离婚，这后悔来自对婚姻的失望：其实和谁都是一样的，自己想找的东西其实没有，倒不如不离来得简单。

“但是后悔有什么用呢？”

“我知道没用，可我总是碰不到好男人。愿意跟我结婚的，一提我就烦，轮到我觉得还值得试试的，可还没怎么地呢，人家又闪了。”刘姗姗叹气道，“中年男人呐，怯懦，不愿意破坏，只知道维持，尽管是不情愿地痛苦地维持着。”

“也不尽然，”我争辩道，“只是你没碰到合适的。”

“不是的，即便不要婚姻，只想做个好情人，他也会退缩，他们只想要一夜情，”刘姗姗说，“也包括你，我还以为你真的是我最想要的男人呢。”

“也许是我们还不够很了解，我是说……相处的时间还不够……”我知道自己的辩白非常无力，连我自己都不能相信。

“你别介意我的坦率，我能理解，”刘姗姗漫不经心地抚摸着我的身体，“我没有责怪你的意思。”

“让你伤心了，对不起。”我看着她的眼睛，试图把她揽入怀中，我想以这种方式表达歉意和安慰，并不是想重新唤起身体欲望，但她拦住了我的胳膊。

“我已经习惯了，不会再伤到我的，”她停一下又说，“不过我还是喜欢你的。”我不知道她这是在安慰我还是在安慰她自己。

“我……”我的话还没说出来，她就用手按住我的嘴唇。

“抱着我，”她像个孩子似的偎进我的怀里，“明早送我去机场吧。”

17. 阳关故址

从机场回到旅馆，敲了很长时间，桑娅才来开门。进了房间，她又自顾自地躺进被窝，也不理我。很显然，她这是在生气。她虽然面朝里躺着，并不看我，但我知道她睁着眼睛，她大概是在等我解释些什么，可我并不说话。我插上电源给手机充电，然后去了卫生间。我在卫生间磨蹭了很长时间才出来，我看到桑娅双手叉腰半跪在床上，噘嘴皱眉，很夸张地做出生气的表情。我得承认，桑娅佯怒含娇的样子可爱极了。

“老刘，你为什么不回我短信？”桑娅抬起胳膊翘着食指指着我。

“手机没电了。”她假装悍妇的样子，看上去既可爱又滑稽，我忍不住竟笑了。

“你笑什么嘛！”

“你演不了悍妇的角色，越演越变成小可爱了。”

“你坏。”桑娅拎起枕头砸了过来，被我稳稳地接住，又放回床上。

“你昨天去哪玩了？”我问。

“哪也没去，”桑娅委屈地说，“人家一个人没意思嘛，就在房间睡觉看电视了。”

“那也不错，就当是休星期天。”

“短信也不回。”桑娅嘟囔着。

我打开手机，果然接连蹦出了好几条短信。

“你在哪啊？还不回来？”

“我饿了，去吃饭啊，不等你了。”

“老刘，你没出什么事吧？”

“老刘，我想你。真的很想你，是心里想，不是身体想。”

“我睡觉啊，不理你了。”

在我看短信的时候，桑娅已经穿好了衣服。我问她读过陶渊明的《桃花源记》没有，我告诉她这里就有个世外桃源般的地方，问她想不想去。她瞪着怀疑的眼睛说这里可都是沙漠戈壁，我说去了就知道了。其实我是很想一个人在南湖住上几天的，我这样说只是想试探桑娅是不是想回家或者她的时间安排，因为我从来没有问过，如果直接问她，她会以为我是在撵她走。桑娅嬉笑说：“如果真有这样的地方，那咱就不用回去了，就住在那里男耕女织生儿育女好了。”她显然并不相信。我说：“那好啊，咱这就去。”

吃过饭，退了敦煌的房间，拉着桑娅又向南湖开去。被好奇心刺激着的桑娅，一路上都很兴奋，甚至在用想象编织起田园生活了。鸡鸭成群，儿女成行，桃花林里散步，葡萄树下跳舞什么的，把她自己逗得哈哈大笑，感觉时间倒退了一千年。但是她忽然又说，应该还有电视吧？

一有电视就麻烦大了，看到外面的世界那么精彩，就会觉得自己生活得太单调了，就想跑出去看看外面的世界，然后呢，田园荒芜了。田园将芜，胡不归？可就是不想回去，那怎么办啊？所以不能要电视，也不能要广播，也不看报纸，更不能上网，人知道的越少，就越快活。你说是不是啊，老刘？

桑娅自说自话，我也不用回答，很快就到了那一片让我眼前一亮的防沙林带。我提醒她，穿过树林就到世外桃源了。桑娅摇下车窗伸长脖子在寻找世外的感觉，但她却失望了。不就是个有树有水有人家的小镇子吗？我提示她，你要知道这是在沙漠中间，不是在江南。桑娅有些神情黯然，好像我骗了她似的。不过她还是附和着我，倒也是啊，沙漠中间能有这样一个地方，也真是挺奇特的。

也许是受了桑娅情绪的影响，也许是因为我已经没有了新鲜感，或者是因为心情不同，我此刻的感觉，其实也和桑娅差不了多少，虽然嘴里在强调它的特别，但觉得它其实也平淡无奇，不过就是个沙漠中的绿洲罢了，特别之处就是它那遍地的葡萄树了，也难怪被称为甘肃的“吐鲁番”。但现在季节不对，葡萄才刚刚挂果，街边能买到的只有葡萄干。

买了葡萄干之后，没在南湖的街上停留，我又把车开到了阳关故址，但是桑娅似乎对那巨大的土垛没有兴趣，我拿出相机要为她拍照，她也显然很没有心情，完全不像前两天的桑娅了。我说那就去古董滩吧，没准儿能捡到几枚古币。然而，古董滩的古董大概早就被游人捡完了。在阳光下的戈壁碎石中搜寻古董，像大海捞针一样可疑，桑娅很快就失去了耐心。

快到南湖镇的时候，桑娅说她不想住在这像个村子似的地方，“还是回敦煌吧。”她说。

我不知道自己今天是怎么了，一路都在迁就桑娅的情绪，身不由己地处处讨好她，就好像我做了什么亏心事似的，感觉对不起她，试图求得她的原谅。仔细检讨我自己，也不能就说我多么无辜，前天晚上刚和桑娅做爱，昨天又和刘姗姗在一起，这样出格的事情，我竟然做了，简直不可想象。我忽然觉得自己真的有些无耻，而且是在浑然不觉中就做了，我很怀疑我是不是原来就有着做流氓的潜质。过去的几十年一直像个正人君子似的活着，只是没有合适的机会和条件罢了，鸡蛋在适当的温度下变成小鸡是因为它是鸡蛋，我在这里变成了流氓是因为我原本就是个混蛋。这样想的时候，我就有点后怕，原来这个为人师表的家伙其实是个十足的伪君子！而这个伪君子现在还要伪装得像一个长者似的，表现出中年男人的宽厚和体贴，让桑娅觉得温暖，觉得可以信赖。

回到敦煌的时候天已经黑了，重新登记了旅馆住下。吃饭的时候，桑娅又要了酒，她说她今天心情不好，影响了我的玩兴，觉得很对不起。我问她有什么事情，是不是身体不舒服。但她始终不说。沉闷地吃了晚饭，回到房间后，桑娅就钻进了卫生间，很长时间没有出来。我很担心，几次敲门问她，她都说没事。过了一个多小时，她才出来，眼睛是红肿的刚哭过的样子，我疑惑地看着她，关切地问她怎么了。她像个小孩子似的揉揉眼睛鼻子，强笑一下说：“没事，只是想到些难过的事情，自己哭了一会儿，现在没事了。”女人一哭，我就束手无策，而对我完全不了解其过去的桑娅，就更加不知如何是好。我说："你要觉得哭能让你舒服些，就继续哭吧。"经我这么一说，桑娅倒是真的笑了。桑娅说："我没事了，你去洗澡吧。"

18. 秘密

我从卫生间出来，看到桑娅坐在她的床上发呆，电视机开着，但她明显并不是在看电视，目光迷离的样子，像是已经陷入了对什么事情的回忆之中，也或者是什么也没想，只是在发呆，人们通常说的灵魂出窍的状态，大致就是桑娅现在这个样子了。我不打算惊动她灵魂的出游，轻手轻脚地拉开被子躺到自己的床上，点着烟抽着，看着桑娅并没有在看的电视，是一出我非常不喜欢的婆婆妈妈的韩剧，但我并没有换台，我怕惊扰了桑娅。

"老刘，说点什么吧。"桑娅突然发出声音，倒让我惊了一下。

"哦——说点什么？"我侧过头看着她。

"你说这样的家庭生活到底有什么意思啊？整天为一些小事情吵来吵去的。"原来桑娅是在看着电视的啊。

"过日子就是柴米油盐鸡毛蒜皮，哪有那么多大事情啊？"

"没意思，我是看透了。"

"你才多大啊，看透什么了？"

"反正我是不会结婚的，不想过这种日子。"

“那你要过什么样的日子？”

“你呢？你家是不是也这样？”桑娅反诘，眼睛睁得很大盯着我，似乎是想看清楚我是在说真话还是假话。

“想听真话？”

“当然。”

“那我告诉你，自从孩子去外地上大学之后，我们基本就没话说了。”

“那你比这电视里的婆婆妈妈还要不如，还要悲惨，是不是？”

我无言。忽然想起老托尔斯泰的名言，幸福的家庭都是相似的，不幸的家庭各有各的不幸。问题在于，不幸的家庭比例太高，而幸福的家庭却是少数。

见我没有回答，桑娅接着又说：“那你怎么不离婚呢？维持它有什么意思啊？”

“你太小，还不明白。”

“我是不明白，那你告诉我啊。”

“这么说吧，打个比方，婚姻就像是两个人合伙开的一家公司。之所以合伙呢，是因为比各自单独运行的成本要低，两个人一起吃饭比各自单独吃饭要划算，两个人合伙买房比一个人买房容易，两个人还可以互相照顾，同时一男一女两个也能合法合情地互相满足身体要求，然后还要承担繁衍的任务……”

“感情呢？感情在哪？”

“感情当然是有的，通常人们都把它说成是爱情，但感情在家庭生活中一般都是呈高开低走的曲线，渐渐地就低到似乎没有了一样，就是所谓的鸡肋婚姻。但是离婚又很难，不是程序上的难度，而是意味着这个合伙公司的破产。婚姻这个公司的破产和别的公司不一样的地方在于，没有资产可以分割，破产就意味着全部的投资失败，不仅血本无归，而且立即成了负资产。因为这是两个人拿青春、拿几十年的生活经营出来的，普通的公司破产之后可以重来，而婚姻破产，人是不能重新从青春年代再活一次的。所以，如果不是无法忍受，大多数人是不会轻易选择离婚的。"

"那你忍着，直到忍无可忍？"

"一般来说，到不了那么严重的程度。"

"那生活还有什么意思啊？"

"婚姻只是生活的一部分，人还有很多别的事情可以去做。"

"那我宁肯不要婚姻。"

"你怎么会这么想呢？"

"按你说的，第一，我经济可以独立，完全能够自己养活自己；第二，性的问题不一定要通过婚姻解决；第三，我不想要孩子。"

"我说的只是一般的婚姻状况，如果有持久的爱情，那就不能叫合伙公司了。"

"爱情或许是有的，但是太稀少了，比中彩票大奖还难，估计这辈子是不会降临到我的头上了。"桑娅说到这儿，似乎陷入了沉思，神情变得黯淡。这个看似大咧咧的女孩子，心里显然装着不少的事情。

"睡觉吧。"我说着，关了自己床头的灯。

桑娅以关电视、关灯作为回答。但是她并没有躺下，仍然是刚才靠着床头的姿势，在黑暗中，我能感觉到她的眼睛是大睁着的。有什么事情让她今天这么不开心呢？我心怀鬼胎地想到，她是不是察觉了我昨天晚上和刘姗姗的事？女人的直觉常常会有一种不可思议的超验的能力，能够穿过无形的时空而抵达真实。但她并没有流露出丝毫的怀疑和不信任来，她今天的情绪，也许只是自己的心事所致吧。

就在我这样左思右想的时候，桑娅悄无声息地跑过来钻进了我的被子里。

“老刘，我想让你抱着睡。”桑娅细声细气地说，像只小猫似的蜷在我怀里。

我没有说话，只是轻轻地搂着她。肌肤相贴，桑娅的身体细滑而柔软，但我们今天都是平静的，没有丝毫的生理冲动。我轻抚着她的脊背，她的头贴着我的肩侧，虽然她没有说，但我感觉到她很享受这样的抚摸。过了一会儿，她又反身躺着，让她的背贴在我的胸前，这样，我们就躺成了紧贴在一起的两条S形曲线。这样一来，我的手就不方便抚她的背了，只能停在她的胸腹部位。但我还是习惯性地轻抚着，桑娅按住了我的手。

过了很长时间，我以为她已经睡着了。桑娅却突然问我：“知道我为什么不喜欢你摸肚子吗？”

“为什么？”

“有伤。”桑娅引导着我的手，隐约能感觉到小腹皮肤上一条细小的突起痕迹，若不仔细摸绝对感觉不到。

“怎么回事？阑尾手术？”

“笨，阑尾手术有这么大伤口吗？”

“那是？”

“还记得我在路上给你讲的我同学的事吗？”没等我回答，她接着说，“剖腹产，那是发生在我身上的事。”我很吃惊桑娅小小年纪竟然有这样的经历，但我又不知如何安慰她，只是搂着她，轻轻地抚着。

“过去的事情，尽量不要去想。”

“我很少想，那天在路上跟你说的时候，我真的觉得就像说同学的故事一样，可今天又想起来了。今天是那个人离开我去勘探队的日子，那时我刚刚怀孕，还没告诉他。到现在他都不知道有那个孩子。”

“真想不到，你心里会这么苦。”

“其实最苦的日子早都过去了。那时候我感觉天塌了似的，绝望得要死。现在两年过去了，我已经麻木了。偶尔想起来的时候，就把自己关在房间里哭上一天，然后就没事了。”

我无法想象一个二十岁出头的女孩子是如何挺过来的，我很谨慎地没有问那孩子现在的状况，我觉得那可能会再次触到她痛苦的神经。同时我不知道如何安慰她，找不到恰当的词语，不知道说什么合适，只是轻轻地摩挲着她的肩臂。

“老刘，我想回去了。”

“回古城？”

“嗯。你不回吗？”

“我还要往西走，去新疆。”

“真想跟你去，可是我还得上班。”

"哦，睡吧。"桑娅的事让我觉得心情非常沉重。没想到表面没心没肺大大咧咧的桑娅，内心里竟有着常人难以想象的苦楚。

19. 祁连玉镯

通过旅馆的前台，竟然买到了当天的火车票。我说桑娅你真好运气，没有人像你这么顺利，想走的时候就有火车票在等你。桑娅微微含笑，看得出来，她今天的情绪已经好多了。火车是下午两点的，而从敦煌到柳园火车站有一百多公里，开车要一个半小时，为了稳妥，最晚必须十一点半从敦煌出发，所以拿到票之后，就觉得时间非常紧张了。

收拾行李，退房间，然后找地方吃饭。坐到饭馆里的时候，已经十点钟了。好在不是饭口，饭馆里客人并不多，菜也上得很快，但是桑娅似乎没什么胃口，吃饭像是在数米粒似的。而我却一直在催促她，渐渐地桑娅的脸色就不好看了。

"你干吗催啊？"桑娅放下筷子罢吃了，"你是不是特烦我啊？想我立即消失？"

"我是怕你误了车嘛。"我连忙解释。

"误了就误了，有什么大不了？不就几百块钱吗？"

"别闹了，吃吧。"我夹了菜给她放在碗里。

"不想吃，没胃口。"

"那喝点汤。"我又用小碗盛了汤给她。

“老刘你真讨厌。”

“……”我有点不知该说什么了。

“你干吗对我这么好？”没等我说话，她又咄咄逼人地看着我，语气由愤怒变成了调皮，“你不会是爱上我了吧？”

“别闹了，小丫头，快吃饭。”

“不嘛。”桑娅拧眉咧嘴皱鼻子。

“好吧好吧，不吃就不吃。”我只能由着她了，“老板，结账。”

“人家难过得很嘛，”说着，竟抬起胳膊抹着眼睛，“呜呜呜——”

我以为她是在假装，所以并没有理她。

“呜呜呜——”

“真哭啊？”我并不相信她真的在哭。

“难过得很，你哄哄我嘛。呜呜呜——”

“怎么哄啊？买棒棒糖？买洋娃娃？”我还在开着玩笑，并且动手去拨开她抹眼睛的胳膊，这才发现，桑娅是真的在哭，满眼泪水，早上化的妆已经有点模糊。我觉得似乎情况有点严重，连忙说道：“都过去的事了，别再哭了啊。”

“什么过去的事啊？笨老刘！”

“哦……生离死别啊？有那么严重？”

“可我心里难过得很。”

“哦。”我的心咯噔跳了一下，突然觉得还真不能把桑娅当成大大咧咧没心没肺的女孩子看，她的内心里并不简单。我拉起桑娅出了饭馆：“走，我送你件礼物。”

在对面的旅游工艺品商店里，我挑了一对深绿色的玉镯子，是这河西走廊特有的祁连玉，温润晶莹中含着些黑色的斑纹，跟桑娅白皙的手腕非常相配。我把两只镯子都给她戴在左手腕上，桑娅很奇怪地说："错了，老刘。"

"我觉得两只镯子戴在一个手腕上更有一种不同凡响的女人味。"

桑娅伸开胳膊晃了晃，然后又去镜子前面看看，脸上终于露出笑容："真看不出来啊老刘，你的审美还真是不同凡响啊。"

"少贫嘴了，出发吧。"

从敦煌到柳园的路上，桑娅一直都沉默着，时不时地伸出她的左手握着我的右手。我提醒她看路边景色，她也只是嗯嗯地应和一下，并没有来时路上的兴奋。

"老刘，你说我为什么会对你这么信任，毫不设防呢？"快到柳园的时候，桑娅突然问道。

"为什么？"

"我也不知道，反正就觉得你跟亲人似的，好像认识很多年的老朋友，没有一点陌生的感觉。我一直都对陌生人心存戒备，特别是男人，可我对你却没有。我也觉得很奇怪。"

"因为是他乡遇老乡吧。老乡见老乡，两眼泪汪汪啊。"

"老乡多了，但是人跟人还是有某种缘分的吧，我想。"

"也许吧。"我也在想，并且很自然地在内心里就把桑娅和刘姗姗作比较。如果说刘姗姗是性感迷人的尤物，那么桑娅就是纯真可爱的精灵。音响里许巍一路都在低声地唱着，这时候恰好到了《漫步》，我拧大了音量。我熟悉那歌词，我觉得那也算对桑娅的回答。

很多事来不及思考
就这样自然发生了
在丰富多彩的路上
注定经历风雨
让它自然地来吧
让它悄然地去吧
就这样微笑地看着自己
漫步在这人生里
当往事悄然走远
只留下清澈的心
让我们相互温暖
漫步在这阳光里

桑娅似乎被这《漫步》带进去了，以至于到了下一首的时候，她又让我倒回去重听一遍。但是这第二遍还没有听完，柳园已经到了。

给桑娅买了些水果，进候车室的时候，刚刚开始检票。匆匆忙忙地进站，列车还没有开来，桑娅偎在我的怀里，像个要出远门的胆怯的小女生。

“丫头，要回家了，高兴点啊。”我说。

桑娅把头伏在我的肩上，不说话，只是把我抱得更紧。

我拍拍她:“丫头，到了之后给我个短信。”经我这么一说，桑娅竟然抽泣起来。

“嗨嗨嗨，丫头，不许这样啊。”

桑娅抬起头，泪眼婆娑地看着我:“老刘，你什么时候回古城啊？”

我说不知道。我看到桑娅眼里的迷茫与失望，随即又补充一句，“也许很快吧。”

列车在柳园只停几分钟，帮桑娅安顿好座位与行李，我就下车了。刚刚走到她窗下的位置，车就开了。桑娅直瞪瞪的眼睛在窗户里隔着玻璃看着我，我向她挥挥手，看着列车向着东方徐徐远去。

向东是家的方向，而我将继续向西，西出阳关无故人之西。

走出车站，我打算找个修理厂对老吉普作个检查、保养，然后好好睡上一觉，明天就可以继续我的漫游了。但是当我坐上车的时候，却突然感觉失去了什么，心里空落落的。我没有急于发动汽车，而是点上一根烟静静地抽着，我觉得似乎是有什么东西被桑娅带走了，但是我又摇了摇头否定了自己。就在这时候桑娅的短信进来了。

“知道我为什么对你充满信任毫不设防吗？因为你是刘哥、刘叔、老刘、刘老师的集合，我喜欢你，老刘！”我把短信看了好几遍，然后回复了桑娅。

“一路平安。”

20. 柳园小旅馆

有个叫刘军的男人，在他四十八岁的时候，买了辆二手的老吉普，他要开着它出门漫游。四十八岁以前，刘军虽然内心里千头万绪天马行空，但是他的生活平淡无奇波澜不惊，然而一跨入生命中的第四十八个年头，他就坐不住了。拿刘军自己的话说，就是“我有点搂不住火了，心里像兔跳猫抓似的，坐卧不宁，寝食难安”。刘军又说，“四十八年了啊，憋得我脑袋都大了，再这么憋下去就要爆炸了。”经刘军这么一说，人就很容易想到定时炸弹，甚至听得到炸弹的撞针被击发前秒表急切跳动的声音，让人提心吊胆，似乎过不了多久，就能听到“嘣”的一声，刘军的脑浆就会迸得到处都是。当然，所有的人（包括刘军在内）都不愿意看到这样的事情发生。刘军说要买车，他老婆就说：“好啊，你想买就买吧。”刘军的儿子说：“你买了汽车，摩托就归我啦。”他老婆说：“去，一边待着去，你上学要摩托干什么？骑我的自行车吧。”于是摩托就归他老婆使用了。刘军年迈的父母对他买车表示担忧，他们担心他会把汽车开到小区的楼上或者开进郊外的池塘，但是一想到总是比脑袋爆炸要好，也就不再多说什么了。但是他们都不知道刘军打算出门漫游的想法。

有一天刘军约了几个朋友吃饭，喝得有点大了，就变得慷慨激昂起来：“十八岁出门远行？四十八岁就不行了吗？三十年前没做的事情，现在做就晚了吗？我四、四、四十八了，有什么不对？四十八没什么不对，四十八出门又、又、又有什么不对了？一眼看到头的生活，有什么意思？三十而立，四十不惑，五十知天命，不立又怎么了？我就没立。不不惑又怎么了？我火（惑）大着呢！我就是不认命，又怎么了？我没完成规定动作就成怪物了？你们知道怪物是什么意思吗？我告诉你们吧，怪物的意思就是——不同凡响！我就是要不同凡响啊，怎么了？”

有个叫刘军的男人，在一所三流大学里教书，四十八岁了仍然是个讲师，并且此生没有做教授的可能了。刘军对做讲师没有怨言，恰恰相反，他觉得做讲师挺好的，他喜欢在课堂上“演”给学生看的那种感觉。但总是做讲师他心有戚戚，他觉得做讲师的同时还可以做做别的。譬如，做个游侠，仗剑独行，孤旅天下。譬如，做个唐璜式的情种，和女人们恋爱调情，把自己喜欢的所有女人都弄到床上去。譬如，做个放浪不羁蔑视世俗的堂吉诃德，跟所有讨厌的东西作战，对所有不喜欢的事情说不，当然，首先对那个他根本瞧不上眼的刚被提拔的系主任说：“这么多年像蛆一样在这坨粪里拱着，现在你以为自己出息了？长翅膀了？可以飞了？但你别在我面前晃悠，你以为你是花蝴蝶啊？再怎么出息也不过是只苍蝇而已，翅膀花是因为屎还没抖落干净！”譬如，做个泼皮无赖式的闲人，每天站到马路中间，觍着脸闲看发呆，然后再跟过路的人寻事抬杠找碴儿。譬如，做一个纳博科夫式的作家，看看书，写写字，闲下来的时候到南美洲去逮逮蝴蝶……但是，一直以来，他都是在脑子里想，并没有行动，四十八岁的时候，他觉得以前的几十个假期都浪费掉了，当然同时浪费掉的还有别的一些东西，他感觉痛悔不已。一进入四十八岁，一种强烈的迫促感攫住了他，他觉得不能再等了，而且他有了一辆二手的吉普，他觉得自己这只困兽，现在可以像箭一样从笼子里射出去了。

四十八岁的男人刘军，驾着二手吉普出门了，他哼着许巍的歌儿，“没有什么能够阻挡，你对自由的向往”，兴奋得像个走在相亲路上的二傻子。自东向西，一路行来，八天七夜，三千公里，两个女人，发生的事情，都在想象之外。现在他躺在柳园的一个小旅馆里，就像是一场酣畅淋漓的性爱过后，他仰面朝天，把自己躺成一个“大”字。目光停留在银幕似的天花板上，这八天的遭遇此时正在那银幕上回放。他吃惊地看着里面的自己，有点不敢相信。

这个四十八岁的男人就是我，我就是刘军。我躺在柳园的那个小旅馆里，审视着自己。这个叫刘军的家伙，他的作为、他的行状都令人吃惊，我很怀疑那是不是我。也就是说，我有点不认识这个家伙了。当然，我这样说存在着一个逻辑漏洞，就好像我以前非常了解他似的。我以前真的认识他吗？看来还需要斟酌，暂且存疑。据我观察，以前刘军是个怯懦的有点窝囊的人，内心里五彩缤纷，行为上循规蹈矩。也许正因如此，他的脑袋就被憋大了，像他自己说的，“快要爆炸了”。对于刘军最近的作为，我是这么看的：一个男人，到了四十八岁，如果脑袋并没有被憋炸，那他从此就会认命，顺利过渡到知天命之年。像刘军这样既不想认命，也不愿意脑浆飞迸的，那他就得有所改变，有点作为。不过，这个叫刘军的家伙，出门前和出门后的作为，反差也太大了点儿。人的变化如果来得太剧烈，就会令人感到吃惊，而吃惊之后就要怀疑它的真实性了。但我知道我躺在床上面朝天花板并不是在看电影，我所看到的东西既未经过编剧创作，也没有丝毫的表演成分，导演或许是有的，但我们

（我和这个叫刘军的家伙）都不知道他是谁。

看完了投映在天花板上的回放，我就坐了起来，点了根烟抽着。导演的问题困扰着我，他到底是谁？用一只什么样的手摆弄着我？莫非那导演就是我自己？一个中年男人，四十八岁的躯壳里安装了一颗十八岁的心，这个躯壳必然地就会脱离他既有的轨道。三十多年里，我一直幻想着一种无牵无挂、无所羁绊、自由自在的一个人的生活，四十八岁的时候，我把这个叫刘军的家伙给从家里逼出来了，但是一出来他就成了脱缰的野马，放肆而且放纵。如果我自己真的就是那个导演，那这导演的控制能力就很值得怀疑。如果导演不是我，那又会是谁？是生活本身？是我们当下的生活现实？但是这样去想，很显然有点推脱塞责，把一个中年男人打发到路上就不管了，由着他自己去折腾，迟早会变成野生动物的，这非常不厚道也不人道。所以我现在得让这个叫刘军的家伙——也就是我本人——内心里泛起一点点柔情。

我给老婆打了一个电话，报告了自己的行踪。接着我又躺下了，闭着眼睛想了一会儿桑娅，现在我觉得这个女孩子非常可爱。然后我给自己派了个活儿：把这个叫刘军的中年男人在路上的所作所为所思所想记录下来。至于是提供给研究中年问题的社会学家作为资料还是提供给作家当成小说素材，我还没有想好。好在这都是以后的事情，不用现在就考虑。现在我有些困了，我打算让这个叫刘军的家伙好好睡上一觉。

21. 梦想照进现实

我打了一个激灵，其实就是全身整体性地抖了一下。在卫生间撒尿的时候，脑子还是一片懵懂，有种不知身在何处的感觉。我很努力地想要厘清思路，所以这泡尿撒了相当长的时间——其实也不是一直在尿，而是手握老二傻站着，就像新兵蛋子手握大枪那样不知所措，拨弄了半天之后，终于想起来这是在柳园小镇，那个叫桑娅的女孩子已经被我送走了。想到桑娅的时候，老二不由自主地就直了起来，我拍了它两下，就像对付不听话的孩子，但它却依旧挺立。我有点生气，就把它强行关进了裤子里面。

从卫生间出来，我又回到床上躺着。我闭着眼睛，把自己摆平，然后像狗伸懒腰似的全身用力，尽可能地让自己伸展开来。从肩膀到胳膊再到十个指头，都用力伸；从腰胯到大腿、膝盖、小腿和脚腕，也都向下用力。如是反复，五六分钟之后，身体就有了一种充满力量的舒爽劲儿。我跟自己说，这个盹打得真是过瘾。我那会儿并不知道，实际上我已经睡了十几个小时，拉开窗帘，打开窗户，看着外面的太阳我还有些懵懂。但是在短暂的迷惑之后，我还是弄明白了外面的阳光是属于上午而非下午。也就是说，我是从前一天下午一直睡到了第二天上午，十多个小时，我深陷在自己浑然不觉的深度睡眠里。中年是睡不踏实的年龄，最近这三四年里，除了醉酒之外，每天晚上我都需要用一两个小时的时间来培养睡眠，也就是自己设法把自己哄睡着了，然而那并非易事，所以睡觉成了一个需要每天面对的很难完成的课题。

我这个讲师在学校里是拿不到科研课题的，就把培养睡眠作为课题吧。当然，这只是我自嘲时的想法。都说人到中年万事忙，但仔细检讨起来，我觉得自己似乎也并没有多少可以忙也值得忙的事情，父母健在，孩子健康，工作稳定，生活平淡，非要说到中年之忙，那也是脑子忙，想法太多而精子太少的意思，说的就是脑子的瞎忙。但我这几年，脑子里都在忙什么呢？现在，当我在这个远离学校、远离工作、远离家人与熟人的遥远的柳园小镇的小旅馆里经过一场浑然不觉的大睡之后神清气爽地醒来，我突然明白了，我那些年脑子所有的忙都是想要出门，想要无拘无束没有羁绊地出门远行；我所有的忙，就是在脑子里不断想象、规划、设计、筹备出门，在脑子里画线路，在脑子里走天涯，在脑子里历险脱险，在脑子里艳遇美人，所以每天晚上自己哄自己睡觉的时间就会越来越长，进而神经衰弱。而现在，在这个神清气爽的上午，我明白了我刚刚从中醒来的十多个小时的深睡，对我而言，意义重大。所谓神经衰弱，就是脑子和现实搭不到一起，冲突、矛盾、纠结、干扰，于是内心不得安宁，而一旦脑子之所想被现实兑现，也就是所谓梦想真切地照进了现实，那神经衰弱也就会即刻痊愈啦。如此说来，神经衰弱并不是病，而只不过是一个人梦想与现实的错位症候罢了，到此，我觉得我的睡眠研究的课题算是完成了，可以给自己一个交代了。

站在窗前，外面阳光灿烂，而我神清气爽，感觉自己像个重生的新人一样。我不知道自己为什么会有这样的感觉，但当时确定就是有一种雀跃的情绪，我攥紧拳头，把骨节捏得“咔吧咔吧”乱响，与此同时，我听到自己的肚子里发出“咕咕咕”的叫声，我意识到自己是有些饿了。

我决定出去找吃的，然后去修理厂看看我的车怎么样了。

走出旅馆来到街上，迎着柳园小镇上午的太阳，我又打了一个激灵。

这是这天上午我第二次打激灵了。其实是因为阳光，我活了四十八年了，还是第一次感觉到阳光会像一阵气浪一样扑过来，清爽而温暖的气浪闪着耀眼的光扑过来，我感觉自己像是突然被拥抱了一样，身体不由自主地打了一个激灵。这实在是一次让人难忘的意外的生命体验，以至于让我认为，阳光在这里是有一种好闻的味道的。与此同时，我立即就对这个西部小镇有了好感。

很显然，在浑然不觉地饱睡了十几个小时之后的这个上午，我心情不错。完全没有多愁善感的诗人那种“明天早晨醒来，我会在哪一只鞋子里流浪”的漂泊感，恰恰相反，走在柳园行人稀落的小街上，好奇地打量着正在开门的小店铺，我的内心莫名地竟然会有一种懒洋洋的喜悦，仿佛我自己并不是个过客，而是个小镇居民。这里原本就是个典型的过客的镇子，投宿者多会在下午或者傍晚到达，而匆促的赶路者，则在一大早已经出发，只有本地居民才会拥有阳光下懒洋洋的上午。在一家热气腾腾的小饭馆，我要了一碗羊肉汤，就着两块面饼子，吃得酣畅淋漓，汗水满身，鼻涕眼泪满面，进而我还得出了一个经验性的结论：在异地的小镇上旅行，一定要在上午逛逛它的街道，虽然小店铺并没有全都开门，稀稀落落的行人还带点懒懒的没有睡醒的样子，但是当地生活的质地与气息也就是在此时才最浓郁。

我转悠到汽车修理厂去看我的老吉普，老板很热情地告诉我都认真检查过了，车况很好，没什么问题，他甚至拍着我的肩膀，夸张地说：

“放心跑吧，跑到麦加都能行。”谢过老板，结了账，他问我啥时走，我说现在就走啊。

“捎个人吗？”他说。我这才注意到一直站在老板旁边的那个提着行李卷的有点木讷的小伙子，虽然有些突然，但我并没有拒绝。

我问：“去哪啊？”

“星星峡。”

“你咋知道我要往那边去啊？”我记得我并没告诉过老板我要往西去的。

“呵呵，不往新疆你能往哪嘛，”老板胸有成竹地说，“你再给我捎个泵。”

看样子老板已经吃定我了，我还有什么好说的呢。再说我在这个上午心情很好，能捎的就都捎上吧，我想。“没有什么能够阻挡，你对自由的向往……”

22. 一个外星人闯入

我得坦率地承认，搭个陌生的小伙子走在从未走过的路上，内心里是有些不踏实的，尤其是在人烟稀少的西部，几十公里不见村镇的戈壁路上。他是干什么的？从哪里来？要去做什么？他的身上携带着什么？在这封闭的车厢里他有可能通过呼吸传染疾病吗？如果他是个歹人我该如何？如果是一个年轻的单车独行者，他也许会兴奋于有个伴儿可以打发漫漫路途上的寂寞，但是中年如我，虽然可以乘着少年的激情出门远行，内心里却仍然带着对陌生人深深的提防与戒备，这是一个人长久的中国社会生活的烙印。

一个没有来历的人的闯入跟一个外星人的突然闯入一样令人震惊，不同之处在于，围观外星人是一种集体行为，个人的对陌生闯入者的恐惧很容易消失在集体的相互壮胆之中，而一个不知其来历的陌生人坐进车厢时，我不在内心里嘀嘀咕咕是不可能的。在自然界中，有一些动物是以气息来划定自己的势力范围的——其实也就是自己的安全边界；而汽车内的空间正是驾驶者的势力范围，对一个单车独行的旅行者来说，车厢也就是他的安全边界。当一个不知来历的陌生人坐进车里时，在这个相对密闭的空间里，陌生人的气息在客观上已经占领了一半的空间，主人此时在心理上已经感受到的威胁，不仅是陌生人本身，甚至主要的是含在空气中的气息与气氛。在车厢里最直接的感受就是觉得空气被挤压了，变得凝重了，本能地摇下车窗，然后，没话找话地开始试探对方，这几乎是所有驾驶者对待陌生搭车客的开始曲。

当然，我并没有以如此方式对待我的前一个搭车客桑娅，那是因为她实在并不是一个全然的陌生人，因为之前我们在路上有过一次遭遇，因为我知道她的来处和我是同一个城市，因为上车之前我们已经在“大城市”酒泉有过一些接触，当然，更重要的还在于她是个女孩子。在身体的体量和力量上，一个大男人总是优于一个小女子；根据动物界的气息理论，异性同类的气息一般而言不构成挤压效应；而在心理上，男人通常不把闯入自己领地的异性视为入侵者，潜意识里甚至会视她为自投罗网的猎物；而一个女性搭车客带给男人的想象与刺激所产生的愉悦会让他完全放松甚至忽略对她作为一个陌生闯入客的提防与戒备。这正是人性的弱点，美人计每每容易奏效，正是利用了人性的这个弱点。不过，生活中的搭车者，并没有那么多的美人，也没有那么多的阴谋，因美人而艳遇或者因歹人而遇难的事情都只是偶然。更多的时候，搭车客仅仅是搭车而已，而那关于搭车客的离奇故事，也不过是一些浪漫的想象与创作。一个现实中的搭车客所能激起的只有起初的心理提防，而当戒备彻底消除之后，期待故事的人就会变得兴味索然。

搭车客张军孝（后来聊天时问了他的名字），就是一个让我兴味索然的人。他先是默默地把老板让带的泵搬到了车上（看那规格，应该是大货车或者大型机械车上用的油泵或者液压泵），然后，他绕到右边拉开后门上了车，和我的驾驶座成斜角，稳稳地坐在那个通常被认为是最安全的位置上。一般来说，首长们也是坐在这个位置上的。这是个天然的与驾驶者保持等级与身份距离的位置，说白了就是主人的位置，当然，同时也是与驾驶者保持心理距离的位置。

我在内心里认为，一个陌生搭车者选择后排的那个位置，很可能包含着这样几个意思：一、占据一个安全位置；二、以一个便于进行双重观察（观察路况和驾驶者）的战术位置获得心理优势；三、对驾驶者有不信任感；四、拉开距离（既是空间的也是心理的）；五、最坏的可能性——对驾驶者实施暴力更有效。当然，搭车客张军孝也许根本就没想这么多，他只是依照出租车乘车规则乖乖地选择了后座，或者，他连这也都不懂或者没考虑过，只是怯生生地选择了一个离我远一点的位置罢了。尽管如此，当时我内心里仍然很不舒服——因为我被置于了一个被动不利的处境中，出租车的前后仓之间是有铁栏杆的，而我的老吉普没有，所以我必须让他坐到前排副驾驶的位置上来。

驶出镇子之后，我把车停在路边，掏出烟来点上，然后侧过身子看着他，问他："你叫什么名字？"他说叫张军孝。

"军孝，"我说，"你坐到前面来吧，这样咱们路上好说话。"

他动作迟缓地从后门下去，又从前门上来，似乎很不情愿的样子。但我才不管他情愿不情愿呢，必须得让他坐到旁边，并且让他把安全带系上——在我的视线之内而且被安全带捆着，这样我心里才有更多的安全感。

实际上，到此时我已经感到兴味索然了。与搭车客同行的路才刚刚开始，就已经兴味索然，实在称得上是单车独行者在旅途上的一种不幸了。以下是接下来的四个多小时二百多公里的行程里我和张军孝的对话：

"你多大？"

"十七。"

"老家哪里？"

"陕西。"

"陕西什么地方？"

"陇县。"

"我也是陕西的。"

"噢么。"

“到这做什么？”

“打工。”

“给谁打工？”

“我叔。”

“打啥工？”

“补胎。”

“这路上的陕西补胎都是你叔开的？”

“不是。”

“能落下钱吗？”

“够吃。”

“……”

搭车客张军孝显然没有一点点说话的欲望，我也只好放弃交谈的努力。沿着312国道一路西行，我觉得他还没有路牌上的那些地名有趣，岔口、马莲井、搞油桩、星星峡、沙泉子、骆驼圈子……甚至，他还没有那些路边时不时出现的“陕西补胎”的小店铺看上去亲切有趣呢。

到星星峡的时候，我把车停在路边说：“军孝，你到了。”

“我没到，是泵到了。”这是一路上他说的最有趣的一句话了。

果然，已经有人朝着我的车走来，说是接油泵的。放下油泵，沉默的搭车客张军孝又坐回了后排位置，我问他：“你到底是到哪啊？”

“骆驼圈子。”他说。

“去干啥啊？”

“补胎。”

兴味索然。好吧好吧，你补你的胎吧，我听我的歌。

“在出生的那一天，我们已注定要走上这条永远，永远不归的路，我们不停地奔跑，在每个黑夜白天，每个夜晚和清晨……”我把音乐的声音开得很大。一个搭车客带来的，可能是旅途中的艳遇，而在更多的时候，可能只是个厌遇。

23. 312 国道

我的手指在地图上沿着 312 国道一路西行，兰州，武威，张掖，酒泉，嘉峪关，玉门，柳园，哈密……然后停在我此刻的位置。我坐在哈密的旅馆里，突然有一种疑惑：我为什么要来到此地？哈密在我脑子里的全部含义就是哈密瓜的意思，但瓜现在似乎还未成熟；而我看着地图上标出的此地的旅游景点，白石头、魔鬼城、八大石，但它们似乎从来就没有进入过我的头脑，我为什么要来到此地？我的手指继续在地图上旅行，沿着 312 国道，向西，鄯善、吐鲁番、达坂城、乌鲁木齐，吐鲁番意味着葡萄干，当然还有火焰山、坎儿井、高昌古城、交河古城，但这都只是地图上的事物，跟我有什么关系？《达坂城的姑娘》是一首好听的歌，但达坂城的姑娘是王洛宾的，也跟我扯不上关系。再往西，就是乌鲁木齐——我不能说和乌鲁木齐没一点关系了。我们说和某地有关系，一定是因为人，因为我们和某地的人有关系，我们才会和这个地方发生关系，否则，地图上那么多地名，都不过是些美丽的或者奇怪的冰冷名词而已。而我的手指沿着 312 国道在地图上西行，触到乌鲁木齐时，突然感觉到了温度，正是因为这个城市有我的两个熟人。

出来的时候我曾经给自己定了个原则，“只交陌生人不见旧朋友”，现在才第九天啊，我觉得自己快要绷不住了。为什么我的手指在地图上触到乌鲁木齐的时候，会感觉到有温度呢？因为有熟人啊。有熟人！只要脑袋想一想此地有我熟人，心里就会觉得温暖起来啊，这就是典型的所谓旅人心理吧。善感的诗人写道：“在异地，声音像声音 / 在异地，眼泪像眼泪 / 失眠的人也更像他自己。”但是在异地如果有个熟人，情况就大不同了吧。而乌鲁木齐，有我同宿舍的男同学程家正，有我教过课的女学生李晓丽，情谊足够，温暖足够。异乡异客的潜意识里，都隐藏着对亲友故旧的渴意吗？如果再继续深究，我开车出门的时候，为什么没有向南、向北、向东，而是不假思索地就选择了向西？是否在我潜意识的更深处，早已经种下了乌鲁木齐？

记得我自己很久以前曾经写过这样的句子：

过往的日子你一直在攀登
渴望改变
渴望打马过草原
你说：“远方之远，
如同夏日正午的一场大雪。”

过往的日子，你一直

坐在版图的中心，“远方之远，
如同野花永不悔改。”
现在你坐在青年的梦中
读一首旧诗直抵乌鲁木齐

这些暧昧的句子的背景，恰恰和我的学生李晓丽有关。那时候刀郎的歌刚传到内地，到处都能听到《2002年的第一场雪》，毕业多年之后的李晓丽，第一次回到母校所在的古城，在和一些老师、同学的聚餐中，她讲了很多新疆和乌鲁木齐的事情，吸引了所有在场的人，个个摩拳擦掌，大家表决心似的说，一定要找机会去新疆看看，去乌鲁木齐找她。而我当时问了最愚蠢的一个问题：“乌鲁木齐的二路车为什么会停到八楼上去？”惹得在场的师生们哈哈大笑，李晓丽并没有解释，只笑着说：“刘老师太幽默了。”她后来专门拍过一张八楼的照片发给我，当然，还有一些迷人的新疆风光照片。那已经是几年前的事情了，难道在那时我的内心就向往着西行？

现在回想起来，在哈密的这个晚上实在是很无聊的。我走出旅馆，沿着天山路溜达，到西河坝桥上站了一会儿，一阵风来，我哆嗦了一下。虽然是在市区里，但河道里的夜风仍然很凉，甚至带着寒意，我本能地竖起衣领。街边的饭馆有亮着灯的，我走进去想喝上一杯，但是看到里面空无一人，我又打消了喝酒的念头，自己缩了回来。在古城，未出来之前，我烦人多，随便一个地方都是熙熙攘攘的，让人无法心静；而现在，独自在路上，在异地，既无扰攘，亦无熟人，却又对清寂感到不适，觉得内心里空落落的无所凭依。中年之人，既怕热闹，又怕清寂，真是个难以伺弄的年龄。

回到旅馆，我打开电脑，百无聊赖地在网上闲逛，去天涯看了几个帖子，又到古城热线的论坛里转悠了一圈，我甚至进到了刘姗姗的QQ空间里，我觉得自己一定是很阴暗地想看到刘姗姗在空间里写了什么与我有关的事情，但是很不幸，她的空间已经很久没有更新过了。后来我又在百度、谷歌上面玩起了搜人游戏，把随便想起的一个名字输进去，然后看看能不能找到点什么有趣的事情，当然首先搜了我自己，也搜了桑娅、刘姗姗，后来我又搜了李晓丽，但是，这些名字都太普通了，一下就出来几十万条，我根本就没有耐心把它们翻完。接着搜“李晓丽 新疆”“李晓丽 新疆 乌鲁木齐”，这回倒是只剩下几百条了，但每一个似乎都不是我要找的。我为什么要如此执着地搜索李晓丽？当然是想知道点她的情况，虽然她每年都会发贺卡来，但她的状况我并不了解。但我此刻又为什么强烈地想了解她呢？我想，这恐怕只能归因于每一个中年男人都会有的对年轻女人的曲折诡异而莫可名状的关注心理。但我立即就给自己找了个堂堂正正的理由：李晓丽是我教过的学生，我现在即将到她生活工作的城市，她又是我在这城市仅有的两个熟人中的一个，万一我有需要请她帮忙也是理所应当的嘛。这样想过之后，我觉得自己其实可以给她发个邮件联络一下。我并没有说自己现在在哈密，只是告诉她我最近要到新疆去玩，而民族地区的情况比较复杂，万一遇到什么事情需要帮助，希望能够联络到她，并且附了自己的手机号码。

发完邮件，我觉得再没什么事情可以做了，于是洗澡，上床躺着，培养睡眠。睡着之前我不由自主地想了会儿桑娅，很想电话或者短信问问她现在到哪儿了，但是翻了个身，觉得还是应该像个老男人的样子，于是作罢。

24. 火焰山下

从哈密到吐鲁番有近四百公里的路程，我计划分上、下两个半程把它走完。上半程，哈密到鄯善，大约两百五十公里，这一段沿途没什么值得看、值得玩的地方，赶路为主吧，我打算一气开到，在鄯善吃午饭；下半程，鄯善到吐鲁番，一百多公里，行于传说中的火焰山下，应该值得欣赏体会，或者再顺道去一下传说中宁静古朴的吐峪沟村，然后在天黑前赶到吐鲁番市区。

依照计划，我一大早从哈密出来，转上312国道，太阳在东，而我一路向西，路况不错，车也不多，笔直的路，几乎可以一眼望到天边。大地辽阔，心也随之宁静敞亮，恐怕只有在西部的公路上开车，才会有这样的感觉。而这样的感觉，又似乎恰和中年的状态有一种对应，开阔，简单，直接，沉实，再加上少许的凄怆与荒凉，而行路者自己却有一种看似矛盾的茫然与坚定。一个四十八岁的男人，曾经暴烈狂躁，贪婪多梦，认为一切皆备于我；曾经精力旺盛，心怀天下，以为一切唾手可得；但是随着年龄悄无声息地增长，渐渐地发现，几乎所有的幸运都没有光顾过自己，而生命的大限却越来越近，心底时时会泛起些苍凉的感觉。

为什么所有的路都被别人走了，而自己却总是徘徊在窝边？即便他只是只兔子，也想去草地上撒个欢啊，不为喝水吃草，只为生命里那狂奔的本性。而西部的公路，恰是适合这样的中年男人撒欢的跑道。

这个上午，我正是一口气从哈密跑到了鄯善。我说“一口气跑到”绝不是夸饰之语，我的意思是，这二百多公里，我没有中途停车，没有喝水撒尿，没有抽烟吐痰，没有打过电话，甚至都没有开车上的音响。只顾跑路，像个赛车手似的只是为了跑路，区别在于赛车手是被时间和运动纪录催促着的，而我只是撒欢儿。只顾跑路当然就忘了看路边的风景，直到把车开进了县城的主要街道新城路之后，我发现路边的很多单位都和石油有关，这才意识到这里应该是吐哈油田的核心地带。

我之所以注意街边，并不是为了看风景，而是想要寻找一个合适的地方，休息，吃饭。如果你像我这样一气跑了二百多公里，你一定知道我这会儿最想干什么。立即下车，伸伸懒腰，活动活动筋骨，洗把脸，喝口水，然后平展展地躺下来抽根烟。

我在街心公园旁边的丝路餐厅门口停下，拿出手机，看到有好几条未读短信，都是桑娅发的。

“老刘，我到古城了，一路上都想你呢。”

“老刘，我到家了，好累啊，想睡觉。”

“老刘，你跑哪里了？啥时候回来啊？”

我没有立即回她。下车活动了一下腿脚，站在门口的热情的餐厅服务员看着我和我的车说:“你从陕西来啊？”她显然是注意到了我的车牌，

“跑了很远嘛。”这会儿还不到中午饭口，餐厅里没什么人。服务员闲得想找人说话呢，我想。

“你是旅游啊，采访啊？”服务员一边给我倒水一边问，我觉得她真是没话找话呢。我看着她，没有回答。“你也没个伴儿，车上也没画个标志，也没插个旗子，是从家里偷跑出来的吧？”她这样说的时候，大概也没指望我回答，只是和另一个服务员挤挤眼睛，然后她们自己笑了。

我觉得这是个爱说笑的姑娘，可能是被憋坏了，所以见了人就想说话呢。我友善地笑笑，然后故作沉重地说道：“不是我偷跑，是老婆不要我啦。”

这次她瞪大了眼睛，充满疑惑地看看我，但是转而又狡黠地说道：“那你可有福啦，像你这样的男人，现在的女娃娃可喜欢了。”

“为什么啊？都这么老了。”

“不是老，是成熟嘛，有魅力嘛。”

“那你也喜欢啊？”

“我……”她迟疑了下，指指她的同伴，“她喜欢呢。”说着，她们相视而笑。

这家丝路餐厅是个带旅馆的饭馆，我原打算吃完饭到楼上开房间休息一个小时的，但在和这两个天真可爱的小姑娘轻松的聊天中，我觉得身上的疲劳感已经全然消失，可以继续行路了。我向她们问路：“往吐峪沟怎么走啊？”她们不说路，倒问我去那里干什么，我说去看看啊。“看佛洞吗？”她把佛窟叫佛洞。

“我不看佛洞，”我说，“敦煌的我都看过了。我是去看那个村子。”传说中的吐峪沟是一个古老纯粹的维吾尔村庄，那里保持着维吾尔族的古老习俗，并没因现代文明的飞速发展而有所改变，其原始、古朴、简单、纯洁、天真与宁静，让人感觉时间在那里似乎是停滞不动的。我看到的一本旅游指南上这样描述吐峪沟村：“村庄位于深邃的吐峪沟大峡谷谷口，高大陡峭的火焰山高耸在村庄的两边，像燃烧的炭一样的山峰在清晨和黄昏显现出惊人的美。泥土搭建的民居、村子中央的清真寺、高大的桑树、神秘的圣人墓、大片的麻扎、古老的佛窟，与飞来飞去的鸽子和布谷，村里游荡的牛羊、戏耍的孩童、晒太阳的老人，组成了一幅安详、神圣、朴素、悠然的乡村生活图景。”

“村子有什么好看的么，又土又破，又单调又没意思，你们这些内地人真怪，几千里跑过来看这个，钱多得没处花么。”姑娘很不以为然。其实，我也和她一样不以为然，但我还是想去看看。而我也确实只是去看了看，在吐峪沟村，旅游指南所描述的那种世外桃源般的感觉，在我的心中并没有被唤起，只是觉得，它和我当年下乡插队初到小溪头时的感觉有点类似。也许，我的内心已经有了所谓中年的麻木？

离开吐峪沟，重新回到312国道，已经是下午六点多。车子右侧，连绵的山体在阳光下泛着灼热的红色，我想，那就是传说中的火焰山了。“西海之南，流沙之滨，赤水之后，黑火之前，有大山，名曰昆仑之丘……其下有弱水之渊环之，其外有炎火之山，投物辄然。”《山海经》里是这么说的，但是远远看去，似乎也没有想象的那么震撼。我缓慢行驶着，看着它在夕阳下的色彩变幻，时而停下来，拿出相机试图拍出张像样的照片，但后来的结果证明，火焰山实在是很不上相的。就这样走走停停，迤逦西行，到吐鲁番市区时已近傍晚。

25. 葡萄藤里的城市

不知道是什么原因，我一直对吐鲁番这个城市怀有一种浪漫的想象。我觉得它应该是满城都掩映在葡萄藤里，街上走过的每一个女孩子，都应该是阿娜尔罕一样美丽妖娆的维吾尔族姑娘，她们走路就如同舞蹈一样飘然而行；在路边应该随时都可以看到牵着毛驴的阿凡提，幽默、智慧、礼貌地和陌生人开着玩笑；应该随处都看得到圆拱和彩色玻璃装饰的寺院……也许是因为我的过度想象，驶入市区的时候，我反倒找不到一点浪漫的感觉了。唯一感觉明显的是温度，比经过火焰山时还要热，虽然时近傍晚，但周围的空气仍然带给人灼热的烤炙感，以至于让我有些茫然与慌乱。

为了让自己镇定下来，我把车停在街边，点上烟抽着。我想，孤身一人在傍晚进入一个陌生城市，而且是一个看上去几乎像是异域的陌生城市，人都会产生短暂的茫然与慌乱的吧？而我的内心里，独自出门远行的兴奋，在经过十天的旅程之后，已经明显地降低了很多，倒是对亲情的渴望，蚁痒般地在身体里悄然潜行。据说，初次出门远行者，对异地的兴奋度会在一周内降到第一个低点，正像长跑运动员身体的第一次疲劳极限会出现一样，旅行者的兴奋度也会有类似的心理波谷。我估计我此时正是掉入了这个波谷，这个城市看上去是如此陌生，我对它没有丝毫的把握。我点上第二根烟，打开随车带着的地图册，先确定自己现在的位置，然后，在看上去是市中心的地段，找一个条件好的大些的宾馆——大宾馆在心理上能带给旅行者更多的安全感。我找到了绿洲路上的绿洲大酒店，似乎是在政府机关附近的。在地图上确定了线路之后，我毫不犹豫地发动车子向着预定的位置开了过去。

我得承认我在抵达吐鲁番的这个傍晚，内心里有过短暂的莫名怯懦，甚至怀疑自己这种无目的的漫游是不是仅仅是一个冲动，就像一个小小少年的离家出走，但是还没到天黑，就会因为害怕而想家，然后不得不以比离家时更快的速度跑回去。但是当我在绿洲大酒店的院子里停好车、进入大堂登记房间的时候，莫名的怯懦已经自动消失。看着美丽的前台小姐，竟有一种想要拥抱她的冲动。从她的职业装束看不出她的民族特征，但她的美丽确有一种不同于内地的异域风情，虽然她以职业的微笑、职业的腔调接待我，但她深潭晨雾般的眼睛里却透出勾魂摄魄的暧昧意味，让男人不想入非非都难。当然这只是我瞬间的走神儿，从她手里接过房卡的时候，短暂的浪漫想象被打断，而内心里莫名的怯懦与怀疑也随之消失。后来审视自己，我觉得正是这种带着异域风情的异性的诱惑，驱走了内心的怯懦与怀疑，而在本质上，其实是我当时被一种荒唐的欲望攫住了。

宾馆的房间里，在床头柜上，洗浴按摩的招牌和两只安全套被别有用心地摆在一起，而那招牌上，衣着暴露的有着异域风情的美女正以诱惑的表情看着我，而她也有着和宾馆前台小姐一样的勾人的眼睛。这种摆放所暗示的内容一望而知，而我的荒唐的欲望也被这暗示进一步加强了。下到一楼的餐厅里吃完饭，回房间的时候，我特意到那招牌提示的洗浴按摩部所在的二楼走了一圈，表面上只是路过，但内心里鬼鬼祟祟，而眼睛则在捕捉着玻璃后面若隐若现的小姐的身影。回到房间，打开电视，一个一个地换台，却都无心看下去。我得承认，那时候我的脑子里仍然在想入非非，犹豫、纠结于要不要去二楼的洗浴按摩房里试试，但最终还是被内心的胆怯拦住了。一人独行，出门在外，情况不明，我害怕落入黄色陷阱里无法脱身。之前我从未去过这样的场所，如果有个男人同行，也许我还敢冒险去尝试一下，但现在是我一个人，我不能不知深浅地踏入是非之地。于是收心，放水洗澡。

站在淋浴头下，我一边冲洗着自己，一边在想，人心真的是难以测度。像我这样一个以正人君子面目示人的看上去道貌岸然的大学教师，一旦脱离了原来的生活环境，竟然会杂念从生不能自律，甚至会有想要嫖妓的荒唐想法，实在是令人吃惊。仅仅是因为长期被压抑着？还是因为独自旅行之故？认真审视自己，或许二者兼有吧。正是因为长期被压抑，到了独行异地脱离原来的环境限制时，就会失控放纵。而独自旅行的诱惑之处也正在于此吧？所谓旅行的魅力，不仅在于在路上种种的不能预设与意外遭遇，更深层的还在于人的心理、情绪、想法和观念也会随途中的遭遇而起伏变化；而最重要的是在这变化中人能够看到另一个自我——一个自己从未意识到、从未认识到的令人吃惊的自我。如果是在古城，我大概不会去主动诱惑刘姗姗，更加不可能和桑娅这么小的女孩子上床，但是在我独自出门的这几天里，这些原本不可能发生甚至不可能想象它发生的事情，却都发生了。这大概就是我这个四十八岁的男人人性中未被我自己认识的另一面。但这是人性的本来面目，还是仅仅是特定情形下的例外？是不是真像人们通常认为的，每个男人的身体里，都潜伏着一个蠢蠢欲动的唐璜？

洗完澡出来，我看到手机上有一个未接电话，是个陌生号码，我试着拨回去，竟然是李晓丽！李晓丽说她刚刚看到我的邮件，立即就给我打了电话，她热情地问我什么时候来新疆。我说我已经在新疆了，在吐鲁番呢。李晓丽非常吃惊地“啊”了一声。

“是吗？怎么这么巧啊？不会这么巧吧？”

“怎么巧了啊？”

“我也在吐鲁番啊，我在这儿开会，昨天到的。”

“那可真的是太巧了，”我感到意外，甚至有点莫名的惊喜，一句很流行的范伟的台词脱口而出，“缘分呐！”

“呵呵，确实是缘分。刘老师你在哪家宾馆？我去看你吧。”

机缘弄人。李晓丽竟然和我住在同一家宾馆！她问了房间号，说马上就过来看我。在等李晓丽的这会儿，我的思绪竟不可救药地迷走在了对她的性幻想之中。我在想，这样的巧遇，是否暗含着命运的某种安排？抑或只是我拿巧遇在暗示自己原本就充满了欲望的身体？我在房间里来回地踱着，回忆着李晓丽从前的样子，从十年前扎着马尾巴的样子，到前几年看到的她一头披肩长发的样子，并且努力地搜寻着她和我交往的过程中，是不是曾经有过暧昧的表示，但是很遗憾，所有的细节都平淡无奇，没有任何特别之处，甚至一点蛛丝马迹都找不到。我只能说这是我当时充满欲望的身体的一种单向的妄念。

李晓丽很快就到了，她敲门进来的时候，手里拿着一条新疆出产的雪莲香烟。她说太意外了，没东西送老师，下楼去买了条烟。她说得坦率，落落大方，倒让我这心怀邪念的老师有点无地自容。我给她倒了杯茶，我们面对面坐着聊天。我告诉她这次我是自己一个人开车出来玩，她对我从古城一直开车到新疆感到很吃惊。接着又说到以前在学校时的事情，说到一些同学、老师，等等。我注意到她比几年前更显成熟迷人，我记得她本来是个长相平常的女人，倒是现在的成熟样儿，让她变得漂亮迷人了。她穿着质料柔软的连衣裙，坐在那里，衣服服帖地贴着身子，隐隐地显出她丰腴的身体，转动身子端起茶杯的时候，能看到她的胸异常丰满。她大概是意识到了我的目光的不安分，下意识地提了下衣服领子，这样做的时候，表情中透出一丝羞赧。然后，是短暂的很不自然的沉默。后来我问她生活得怎么样，她的神情有瞬间的黯然，但旋即露出笑容说，挺好的。我知道我是在作拙劣的试探，但我实在是演技太差，不懂得把这种最平常不过的老师对学生的关切表达得正常，倒像是刻意憋出来的问话。当然，这也许只是我心怀鬼胎才会觉得不自然，可能她并没有觉得。她接着就向我介绍起吐鲁番可玩的地方，她说她要开会，没时间陪我，否则她将是个好导游呢。而我那时满脑子却都是邪念，于是不能自持地做了一件让自己羞愧难堪的事情。

送她离开，快到门口的时候，我拍了一下她的肩膀，很艰难地叫了声，晓丽。她转过身，我大着胆张开臂膀说，抱你一下行吗？她吃惊地看着我，迟疑了一下，然后很勉强地把身子靠上来。我很用力地搂住她，头埋在她的颈窝里，手摩挲着她的后背，当我试图吻她时，她本能地把头扭向了一边。但我仍然不罢休，我想我当时是被自己身体的欲望攫住了，我用力地抱着她，身体的下部顶着她的身体，把她拉向床边，直到站不稳倒在床上。我压在她身上，先是吻着她的耳轮，然后是嘴唇，我感觉她有些透不过气了，于是离开她的嘴唇。她喘口气说，刘老师，别这样，好吗？我看着她，僵硬着不再动作，我当时肯定是对自己的行为也感到吃惊了，一下子不知道如何是好。起来吧，她说。然后顺势推开我站了起来。我很尴尬地坐在床边看着她，然后内心无助地站起来说，对不起，晓丽。她原谅似的笑了下，然后主动在我脸上亲了一下，说，我明天开完会再来看您。她拒绝了我，然后又主动亲我一下，又说明天开完会来看“您”，这看似矛盾的行为和言语是个什么意思呢？我一时没有反应过来，但她已经拉上门离开了。

26. 逃离

我又一次逃跑了。前一次在兰州和刘姗姗不告而别，是因为我不知道第二天再和她吃个饭有什么意思，同时也还有着刚刚开车出来的那种一门心思想要狂奔的兴奋劲儿。而这一次从吐鲁番逃跑则完全是因为羞愧。李晓丽离开之后，我对自己的失态与失控行为懊恼不已，我甚至想扇自己两个耳光。一个规规矩矩正人君子般地做了几十年教师的人，在一个边地旅馆里，没有什么铺垫与准备就要对自己的学生非礼，无疑近乎于强奸，简直禽兽不如！我的自责绝不虚假，不是自责荒唐，是深深地自责无耻。这使我深切地感到，所谓的正人君子，是非常值得怀疑的，人在特定的场合与环境，是真的会做出荒唐且无耻的事情来的，人性中的兽性，时时都在身体里游荡，遇到合适的时机，就会蠢蠢欲动。感情中的信誓旦旦以及社会生活的道德律令就像是画在马路中间的双黄线，有监督则有形，无监督便近于不存在。但我的羞愧与自责却是真真切切的，我觉得无地自容，这起码说明我还不是一个久经历练的流氓，当时我无法想象如果再次面对李晓丽会多么尴尬，我只能在羞愧与自责中选择逃跑。

在辗转反侧中度过近乎失眠的漫长一夜，一大早我就起床退房，开着车像个贼一样逃出了还在晨梦中的吐鲁番。葡萄沟、坎儿井、高昌古城，这些对旅游者充满诱惑的字眼，似乎都是些嘲弄的眼睛，注视着我的慌乱疾走。开出近百公里以后，我才稍稍地松了口气，就像一路逃窜的贼终于有了一点点安全感，那时候，道路指示牌上显示，达坂城到了。

在达坂城的街道上找了家饭馆坐下，我才从自责中彻底摆脱出来。也许并不是我已经摆脱了羞愧与自责，而是这座被西部歌王王洛宾歌里唱过的小城所激起的好奇暂时压抑住了我内心的羞愧与自责。坐在饭馆临窗的桌子边，我的眼睛一直在睃看着街上走过的行人，像每一个听过王洛宾歌的人一样，到了达坂城，都会不由自主地想看到辫子黑又长、眼睛真漂亮的达坂城的姑娘。但是据说每个怀有此想的人都曾经失望，当然我也不能例外。传说中的达坂城的姑娘，很大程度上只是王洛宾的一个美丽想象，那时候他刚刚从被流放的荒无人烟的地方走出来，大概看到每一个姑娘都是天仙一般的可人儿。歌为心声，他以一个身无分文的穷人之身，幻想那漂亮的姑娘带着嫁妆、带着自己的妹妹赶着马车来，也是可以理解的非常人性的愿望了。而在多年之后，他的美丽愿望随着他的歌也让达坂城的姑娘成了一个美丽的传说。

在传说中的达坂城的街边小饭馆里坐着的时候，我给在乌鲁木齐的老同学程家正打了电话，告诉他我已经到了达坂城，会在下午抵达乌鲁木齐。程家正热情地邀请我去他家住，但我还是坚持让他帮我订个旅馆。他随即又附和着我："住旅馆也好，住旅馆也好。"草草地吃了一盘拉条子之后，再次驱车上路，驶过百里风区，在路过柴窝铺的风车巨阵时，停车拍了几张照片，然后奔向被我念叨多年的乌鲁木齐。

这一段路上，我有一种急切的想要见到老同学的渴望。也许是这十天来近乎没有头脑的奔跑与同样近乎没有头脑的遭遇已经让我有一种旅行的疲倦？驾车行路的我暂时还无法厘清，但是想见到老同学的念头却是越接近乌鲁木齐越感觉强烈，虽然我不知道见到他又能够如何，能够想象到的喝酒、聊天，能缓解我的类似长路中的运动疲劳、极限的旅行疲劳吗？很多年不见的同样人到中年的老同学相见，会不会有陌生感、距离感？还能找到当年在学校时的感觉吗？我很怀疑，却又渴望相见。很显然，我的内心里充满了矛盾，不用我做太多的坦白，你也能看出来我对不确定性的担忧。这说明我的内心实际上并不够强大，一个四十八岁的男人，活了大半辈子了，却仍然像个不谙世事的孩子一样对不能把握的事情怀有恐惧，是由于不够成熟，还是因为人到中年变得小心而多疑了呢？车子的速度在我的犹疑中不由自主地慢了下来，就像一个窃贼，越接近目标脚步会本能地变轻、变慢一样，越接近乌鲁木齐我越感到内心忐忑，然而这忐忑又是如此莫名，就在快要进入市区时，我干脆把车停在了路边，坐在车里，点上烟抽着，听许巍在唱——

今夜我依然在路上
依然在盲目地张望
那变得腐烂的理想
正在我身体里消亡
我这始终骄傲的心
没有方向
我那充满欲望的心
空空荡荡
……
我在重复的岁月里悄然独行
每一次窒息的感觉总在梦里
多少次我看到我在路的尽头
……

是的，我现在是在路的尽头，从古城来到乌鲁木齐，几乎就像是走到了天边，但实际上只有十天，可现在我觉得这十天仿佛经历了十年，甚至更久，许多不能想象的事情发生了，许多不可逾越的界限轻而易举地跨过了。我想谴责自己的堕落，但我分明又感到快意，我想检视自己的内心，但我又慌乱地逃避不愿意触及。在路上的感觉，就是任由该发生不该发生的事情都自然发生，而丝毫不用太多地思考。也许，在路上原本就不适合思考吧？就在我点第三根烟的时候，程家正的电话打过来了，他的声音此时显得非常遥远而又陌生，我甚至一时没有反应过来。他问我现在哪里，几点能到乌市。他说宾馆已经订好，他现在就在大堂等我呢。到了这时，我才恍若梦醒，他的声音也真实起来，有种亲切之感正通过耳朵蔓延至全身。毕竟是老同学啊，毕竟，在这遥远的乌鲁木齐，程家正是除李晓丽之外我唯一认识的人了。

27. 城市里的梦

也许是十天的长路漫游已经让我感到疲惫，接了程家正的电话之后，我有一种想要立即陷入友情之中的强烈渴望。但是在急切中开车行于陌生城市，却每每会误入歧途，尽管程家正一直在用电话给我导航，我还是费了很大的周折，绕了许多冤枉路，才找到光明路上他订的宾馆。多年不见的老同学夸张的拥抱在内地可能会显得做作，但是在此刻的乌鲁木齐感觉到的却是一种来到了自己人中间的温暖，互相拍打着对方的背部，就像穿过时间隧道胜利会师的两票人马。在遥远的异地，陷入深藏在岁月背后的同学情谊之中，内心的波澜不期而至地从眼眶里涌出，我们几乎同时看到了对方眼里泛起的浪花。男人的友谊无须多言，停好车，登记了房间，放下行李，程家正拉着我就要去赴他已经布下的饭局。我迟疑了一下说，现在就吃饭是不是早了一点？程家正不以为然地说，喝酒有什么早晚？你到了我这儿，到了我们新疆，就要按我们这儿的规矩，走走走，先喝着再慢慢聊。同学的热情不由分说，我只好随他下楼，上了他的丰田霸道越野车。

程家正在这里一家杂志社当主编。很显然他这些年混得不错，到了车上，在司机面前，俨然一副老板的派头，他对司机介绍我是古城著名大学来的刘教授，交代司机在乌市这几天就听我调遣，然后才对我说，老同学，你这几天就不要开车了，要去哪里，让小王送你。司机小王回头看了我一眼说，没问题，刘教授你吩咐就是了。

汽车七拐八弯，开到一家酒店，进了包间，早有一桌人在等，我被让进主宾位坐定，程家正一一介绍，最后才将我隆重而又夸张地推出，他再次称我为著名的刘教授，并且说是大学时睡在上铺的兄弟。一圈人哗哗哗地鼓掌，令我有受宠若惊之感。我很想纠正说不是教授是讲师，但是我不能，我知道这会儿我必须当刘教授，如果我强调自己是讲师那就是不识抬举，不通人情世故，不给程家正面子。他已经当了多年主编，如果我这会儿不是刘教授而只是个没混出什么名堂的刘讲师，就不配是他的老同学，我告诉自己，尽管很不情愿，很不自然，也只能委屈自己在乌市在程家正的地盘上当一回刘教授了。

虽然临时演教授让我内心发虚，就像穿错了衣服从澡堂子出来一样浑身都不自在，但是被桌上的一圈酒敬过之后，我已经不像起初那么忐忑了。酒这种透明的燃烧的液体，一旦进入男人的身体，就像男人的身体进入了女人一样，无论此前是多么陌生，多么不适，这时候都已经像是自家人一般不分你我了。

这个晚上接下来的时间，我都是在懵懂中度过的，隐约记得，饭局之后又去歌厅唱歌，然后是泡澡、按摩，回到宾馆躺在床上，饭局上那些模糊的面孔我一个都想不起来。只记得我接过几个电话。一个是李晓丽的，那时候我还清醒，正端着酒杯回敬程家正和他的朋友们。李晓丽在电话里说，她的会结束了，晚上要请我吃饭。我说我已经离开吐鲁番到了乌市，她哦了一声，我能感觉到她的声音里有些失望，接着说本打算明天陪我在吐鲁番玩玩呢，看来只能回乌市再见了。另一个电话是我老婆打的，她问我到了哪里，路上是否平安。还有一个电话是桑娅的，桑娅说老刘我想你了你什么时候回来啊，那时候我已经喝得有些大了，舌头已经不太利索，我说我在乌鲁木齐喝、喝、喝酒呢。后来我躺在床上能想起来的就是这些。

那天夜里我睡得并不好，一夜都在混乱得无法复述的梦境里漂浮。我觉得很奇怪，一路上都没有做梦，但到了城里怎么就会做梦？梦是拥挤的城市和空旷的原野的区别吗？为什么会这样？城市里的人睡不踏实，而在原野行走，人心是多么安定。这是个奇怪的悖论：人在看似安逸的城里、装修奢华的房间里是多梦的、不安生的，而到了粗糙简陋的原野，却是内心安定平静的。那么，人又为什么挤向城市呢？程家正说兵团的下一代只要有能力的男人或者有些姿色的女孩子，只要有机会、有办法的，都奔向内地了。他们去遥远的内地寻找城市和金钱之梦，但生活却注定不得安宁。人到底是期望安定还是期望折腾？

生存的现实与祈求现世安稳的生命的悖论，时时都在发生并且纠结着如同梦境，而在梦醒之后，又会觉得一切都是那么虚妄。我在早晨醒来的时候，感觉到的就是疲惫的虚妄。就在这个时候，程家正的电话打进来了。他说要陪我去大巴扎转转，到了乌市而不到大巴扎，那就如同没有到过乌市。他就是这么说的，所有的旅游指南上也都是这么说的。但我疲惫的身体却并不想立即就从床上起来，于是我跟程家正说这些天跑得实在是有些累了，昨天的酒这会儿还在肚子里闹腾，我想好好地睡上一天。老同学很理解地说，那你好好休息，晚上我再给你电话。

28. 女学生

实际上那天我并没有睡好，一直都在半梦半醒之中，先是被程家正的电话叫醒，过了不久又被打扫房间的服务员惊动，而这座临街的酒店外面的车声人声也一直不绝于耳，虽然身处遥远边疆的乌鲁木齐，但在恍惚中我觉得跟睡在我的内地古城并没有什么不同。从一个城市到另一个城市，从一张床到另一张床，空间的变换并没有改变人与城、与床的关系的本质，睡在这里，和睡在我的古城没有区别。大老远地跑出来，几千公里长途驾驶，我并不是专程来验证这种无差别感的，这样想的时候，我就无法再继续躺在床上睁着眼睛做梦了，我得出去转转。

我强撑着仍然疲惫的身体，起床、洗漱，洗过之后感觉稍微有了点精神，我给自己泡了杯浓茶，然后点根烟站在窗前。第一口烟进入喉咙之后，有一种眩晕感在脑袋里扩散，身体晃了一下；吸第二口的时候，我觉得身体空荡荡的，仿佛自己的皮囊包裹着的是一个巨大的空洞。我意识到自己可能是饿了，我掐灭了烟，穿好衣服，打算出去找东西吃。

出宾馆沿光明路西行，来到一处街心公园。时间已是午后，强烈的阳光打在脸上，令我有一种烧灼之感，我闪进公园旁边四川人开的小饭馆，要了碗蒜薹肉丝盖浇饭，狼吞虎咽地吃了下去。我真的是饿了，吃完之后竟然才觉得身体有了力量，我觉得我可以独自逛逛了。于是，拦了辆出租车向著名的国际大巴扎驶去。

位于解放南路二道桥的大巴扎其实就是个大市场，其大无比、拥挤混乱、民族特色浓郁、维吾尔族美女出没，这就是我对大巴扎的印象。但最让我印象深刻终生难忘的是，我的手几乎被小摊主拍肿了。我在大巴扎里民族特色纪念品区闲逛着，看着那些手鼓、胡琴、英吉沙刀，我不由自主要试探性地问价，摊主立即热情地拉住我的手。跟维吾尔族摊主讨还价的时候，每说一句他都要拉着我的手用力地拍一下，嘴里大声叫着：“好兄弟！我们是兄弟！”然后再次拉着我的手猛击一掌，价钱却一点也不让，逛半天市场，一件东西没买，我的手掌已经红肿发烫进而发痒进而发木了。“我估计如果一下午逛下来，晚上回去的时候我的手就要被拍掉了。”我后来见到李晓丽的时候就是这么说的。

李晓丽从吐鲁番赶回乌市，很执着地要请我吃一顿饭。她说老师难得到新疆来一趟，如果连一顿饭都没请老师吃，她会觉得心里非常过意不去，夸张点说，一辈子都会遗憾的。接着她又半是玩笑半是认真地说，也许老师一辈子就来这一次呢。昨天晚上打电话时听说我已经到了乌市，所以她今天一早就坐车赶回来了。她问我在哪里呢，她可以陪我在乌市逛逛。那时我正在大巴扎里，手被维吾尔族兄弟拍得啪啪响，想要抽回来却被有力地攥着。我们约好了在大巴扎旁边的肯德基见面，她说马上打车过来。那时是下午四五点钟，新疆的太阳仍然如日中天，我从国际大巴扎里出来，坐在肯德基门外巨大的太阳伞下面，喝着冷饮，百无聊赖地观看着街景和各色行人，每当有衣着入时的美丽的维吾尔族姑娘经过，我便悄悄举起相机，用镜头追随着她们，然后轻轻地按下快门。这在我是一种全新的体验，在古城几十年，我从来没有过如此悠闲地坐在街边欣赏街景的时候，我甚至非常讨厌上街，那种车挨车人挤人的闹市区，总是令我心生恐惧，哪怕仅仅是经过，我都会顿时心烦气躁。但是在大巴扎的这个下午，我竟然能够如此气定神闲，对周围的嘈杂置若罔闻。起初我以为这是由于陌生和好奇让我暂时忘记了周围的嘈杂拥挤，但是接下来我又否定了这个想法，更本质的原因还在于我在此地在此刻确实是个闲人，没有工作的催促，没有家事的困扰，甚至没有任何事情需要我做，而且周围的一切也和我没有任何关系，不仅心闲，而且事不关己，周围的拥挤与嘈杂对我而言只是风景与风俗，而我只是个可看可不看的看客兼过客，我虽然身处其中，但我其实是处在抽离状态。一个人旅行，进入陌生的异域，生活与生存关系都被暂时悬置，身体和心理便都超然于物外了。

但是好景不长，我很快就又陷入了羞愧与忐忑相互交织的紧张之中。李晓丽再次打电话确认我的位置时，她说她已经到了大巴扎。我的身体突然莫名地紧张起来，我立即想起了前天晚上在吐鲁番宾馆里的那一幕。前一次通话的时候我没有想到这些，但现在她马上就要出现在面前，我不由自主地紧张起来，我突然意识到自己其实是非常怯懦的，似乎有些害怕再次面对她的眼睛。我想不出见面时如何跟她开口说第一句话，我努力地强迫自己要装着什么事情都没有发生过一样，但脑袋里挥之不去的却是前天晚上在宾馆的情景，我感觉到羞愧已经爬上了自己的脸并且我的脸在发烧，我把手边的冷饮一口气灌进了嘴里，可是仍然无济于事，我眼神慌乱地向四周睃巡着，却什么也没有看到，直到李晓丽轻声地叫了“刘老师”，我才恍若梦醒一般看到她就站在我面前一米远的地方。

“刘老师，”李晓丽很大方地说，“天太热了，咱们找个凉快的地方先坐会儿吧。”她甚至都没有跟我客套，我这才注意到她脸上微微地渗着汗水，她说话时的表情里竟然还隐隐透出些学生时期大咧咧的满不在乎，这让我紧张的内心才稍稍有了一些松弛。

我们坐进了有空调的肯德基店里，每人要了一杯加冰的可乐，李晓丽很热情地向我介绍着大巴扎，然后我就说我的手都快要被拍掉了啊，她听了之后“扑哧”笑了，她这一笑完全消除了我内心的紧张。她说前两年有同学来玩，也在大巴扎里有过和我同样的遭遇，并且总结说逛大巴扎脚不会疼手会疼。她谈到的那个男同学我完全没有印象，她说他是和老婆闹矛盾自己跑出来散心的，后来她很黯然地说，听说他们去年已经离婚了。我随声“哦”了一下。她接着开玩笑说：“刘老师一个人跑到新疆，不会也是因为和师母闹矛盾吧？”这样说的时候，我发现她玩笑的眼神里有一丝狡黠。“怎么会呢？”我机械地应了一句。可能是觉得这个玩笑开得有些不妥，她低眉沉默了。过了一会儿，她抬眼望着我，眼神幽幽地低声说道："其实我现在也是一个人。"我疑惑地看着她。"是的，"她说，"我也离了。"离婚在现在是个稀松平常的事情，我并不觉得有什么吃惊或者特别之处，我既没有进一步询问原因，也没有表示安慰的想法，只是她说自己是一个人的时候，望着我的神情里有一丝难以捕捉的暧昧，我甚至觉得有些莫名的暗示，我看着她的眼睛，不知道该说什么好，李晓丽自释道："我觉得一个人自由自在的，也挺好。"我很勉强地附和着笑笑，仍然没有说什么，但我脑袋里却在想，她今天赶回乌市说请我吃饭却一见面就告诉我她离婚了是什么用意，尽管我尽量不让自己对她想入非非，但一个暂时脱了缰的男人，还是控制不住自己的混乱思绪。不过"无耻"二字立即又在脑子里蹦了出来，羞愧之感重又回到了我的内心。好在李晓丽适时地把我拉了回来。"不说这个了，好像挺沉重的，"她说，"说点别的吧。"

29. 新疆特色

她说她很羡慕我一个人开车出来的壮举，她称之为"壮举"很让我意外。她解释说，因为在学校时的印象，觉得刘老师不像是这样的人。她说其实也很想一个人出门跑上一段时间，一个人撒欢儿，一个人行走。反正她现在没有牵挂。她甚至说道，如果不是现在有工作在身，她都想跟着我的车就走呢。这次我没有把她的话往暧昧意味上去理解，因为我能够感觉到她和我前些年一直想出门独自跑路的劲头一样，跃跃欲试，但却身有羁绊不能贸然出门。

李晓丽似乎有很强烈的倾诉欲望，总是不等我把话说完，她就自顾自地接着说了，后来我就干脆只是听着，随声附和一句，她就会滔滔不绝地说下去。我一边听着，一边在想，她可能是憋闷得太久了。在生活中，人常常是有很多话不愿意跟身边熟悉的人说，却愿意跟一个遥远的或者不相干的人讲，讲的目的并不是要听取意见，得到响应，唤起同情，或者求得理解，而只是想要说话。这样的表达通常被叫作倾诉，其实和呕吐有相近之处，唯一的目的只是吐出来，因为憋得难受，吐出来就成了第一愿望，至于吐的什么并不重要，重要的是要一吐为快。看着李晓丽嘴巴不停地动着，我也在努力回忆她在学校时的样子，在我关于她的有限印象里，那时候她似乎并不是一个话多的女孩子。当然，也可能是学生和老师天然的距离感，也可能是我对她的了解太少，不过现在这个样子真是和以前的她判若两人，也许她只是用这种方式表达对我来到她的城市的热情？还有一种可能，是她在用多说话来消除前天晚上在吐鲁番的宾馆里留下的那一幕尴尬，用更多的话语避免冷场，避免陷入对前天晚上的回忆而让两人都觉得不自然，就好像我们是今天才见面似的。如果她的多话确实是出于这个原因，那李晓丽真是一个太善解人意的女人。不过这都是我内心的揣测，人对人的理解或者误解，很多时候就是在这种揣测中发生的，想要得到验证则需要相当长的时间，甚至永远得不到验证也有可能。

李晓丽像个被憋了很久的话痨似的不停地在说，至于都说了些什么，我现在能记得的却非常有限，大致就是一些同学的情况，她自己工作和生活中的趣事和烦心事，还介绍了新疆的风光什么的，而我只是微笑地看着她听她说，却很少插话，她仿佛突然意识到了点什么，不好意思地说："刘老师我是不是说得太多了？""我在听呢，"我很虚伪地说，"我觉得很有意思。"李晓丽说："刘老师，晚上我请你吃点新疆特色的吧，我知道一个很有名的餐馆。"

就在我们去往李晓丽说的那个著名餐馆的路上，我接到了程家正的电话，他问我睡好了没有，说晚上请我吃新疆特色，已经订好了地方，非常巧合的是，他说的正是我们要去的那家餐馆。

那家著名的叫海什么的餐馆，坐落在一条看上去并没有什么特色的街上，门口有一只巨大的烤鱼的炉子，据他们说炉子里烤着的冷水鱼是这里的一大特色，而那个大炉子已经成了这家著名餐馆的标志，隔着几百米都能看到这个巨大的通红的炉子。

程家正是带着妻子一起来的，他们夫妻比我们早到，我和李晓丽到的时候他们已经坐在事先订好的包间里了——哦，算了，我觉得我还是跳过餐馆这段吧，无论什么样的聚餐，总是大同小异，饭菜丰盛，主人热情，话题漫漶，客套虚伪与热情真诚曲折逶迤地交织在一起——那天那些丰盛的饭菜，味道并不令我喜欢，当然，也可能是我的情绪像放错了的调料一样败坏了那些美味。我是说程家正当着自己老婆的面，竟然还在暗暗地对李晓丽动心思，他的眼神泄露了他的想法，我得坦率地承认，这让我有些不快。在有女人出现的场合里，男人在心理上总是本能地会划出一个属于自己的疆域，就仿佛那天然是属于自己的领土，别人不得踏入。尽管那女人也许和自己没有任何关系或者只是第一次见到，而且散场之后也不会和自己有什么关系，但在那个现场，他在内心里还是会不自觉地圈定自己的疆域，一旦发现有人试图进入，无形疆域里的心理暗战就必然会发生，酒桌上经常看到的莫名其妙的龃龉以及酒杯之间的较劲，就是这种暗战的硝烟。那晚的情形是三主一客，那晚的格局是两男两女，那晚的疆域其实清楚分明，程家正和他妻子，我和我的学生李晓丽，本来应该是一个非常轻松其乐融融的聚会，按道理是不可能也不应该在我和程家正这两个老同学、老男人之间发生什么心理暗战的，但程家正掩饰不住对李晓丽的殷勤以及他眼神里透露出来的欲望，让我觉得他有些龌龊。仅仅因为李晓丽比他老婆年轻漂亮性感，就要不由自主地表现出一个男人的本能？

他和李晓丽互留了电话并且说有什么需要可以找他，事后我想这其实是非常正常的交往，李晓丽是我的学生，而程家正是我的同学，有我这层关系而他们又同在一个城市，在这个场合认识了，互留电话合情合理，但我当时却对此感到隐隐的不快。如果认真检讨，完全是因为我自己当时内心龌龊，虽然还在为前天晚上在吐鲁番的宾馆里自己那样对李晓丽而羞愧着，但是当我发现（确切地说是我以为）程家正对她有企图的时候，内心里各种念头交织混合而成的复杂滋味最终被男人的本能占了上风。那会儿酒喝得已经有些大了——当然，你可以认为酒也许只是个借口，酒壮孬人胆大概也就是这个意思，我心里突然冒出了一些破坏性的想法。

饭局结束的时候，我很强硬地拒绝了程家正提议让他妻子开车，我们一起送李晓丽回家然后再送我回宾馆的好意，我执意要自己送李晓丽回家，当然，她也乐意我单独送她。其实我是在以这种方式向程家正宣示我对李晓丽的莫名其妙的主权，此外，其中隐约夹杂着的还有我想在程家正之前占领这个女人，虽然她是我的学生，虽然前天晚上已经发生的尴尬在前面的四十八小时里时不时地纠缠着我，让我感到羞愧，但是当时在酒精的作用下，我隐隐的但却是固执地有种想要越过界限的冲动。就这样，在程家正很不放心的略显怪异的目光里，我和李晓丽上了出租车。

30. 越过界限

如果在事后硬要把一切都归罪于酒，那显然是一个借口。但人有时候却非要给自己找到这么一个借口，才能遮掩自己无力面对也不愿意面对的事实。找这个借口不是为了对世界撒谎，只是要让自己能够稍稍地坦然一点，甚至，只是想有一个借口，为了让事情显得不是那么毫无道理，让它大致能够说得通。酒当然是个很好的借口，酒能让人神经错乱，产生幻觉，思维失控，而酒又不承担责任，所以酒前是人、酒后非人都在可以理解和容忍之列。在乌鲁木齐的最后一晚，我和李晓丽之间发生的事情，是在酒后，我们两个人都是酒后。

坐进出租车以后，李晓丽就把头靠在了我的肩上，我感觉到她的身体在微微地发抖，当然，也可能是我自己的身体在发抖，两个抖动的身体靠在一起就如同整个汽车都在发抖，她向我靠得更近，似乎在寻求安稳，她的额头紧紧地贴在我下巴的侧面。她轻声说道："抱紧我。"我能感觉到她的声音和身体一样在发抖。我用一只胳膊很自然地揽住她。"抱紧我。"她又说了一声，我这才双臂环着搂住她，脸在她的头发上轻轻地蹭着，能够闻到她头发里洗发水和女人特有的体香混合的味道，鼻子本能地用力呼吸了几下，似乎是想把她吸进我的身体。她的身体不再抖动了，只是更深地把脸埋进我的肩侧。我问她："是不是很难受？""没有，"她说，"喝点酒挺好。"

车停下的时候我们都没动，司机说："你们到了。"我松开她，她主动说："去我家坐会儿吧，刚才喝了那么多酒，上去喝杯茶。"很显然我们都没有烂醉如泥，但酒可以成为上楼去她家喝茶的借口。事后回想起来，我觉得我们当时都愿意有这个借口，或者说我们都在利用这个借口遮掩内心里、身体里潜藏着的蠢蠢欲动的真正的渴望。

实际上我们并没有立即喝茶，在酒的借口之后，连茶也成了下一个借口。我陷在沙发里的时候，李晓丽去泡茶了。她端着茶杯出来的时候，已经换上了短袖的T恤，她坐在我的身边，似乎是在解释："我觉得很热，你不热吗？"我看着她，没有说话，我能感觉到她身体挨着我的部分确实在发烫，她用力地呼吸着像是在控制自己的情绪，但我看到她丰满的胸部在剧烈地起伏着，她察觉到我的目光："在想什么呢？"我没有回答，却一把将她揽进了怀里。此刻，我们都不再需要别的什么借口了……

人为自己的行为找借口，还有一个深层的原因，就是为了突破自己在正常情况下无法突破的心理障碍，想要越过界限，总得要借个什么东西给自己壮壮胆子，胆足够壮之后，人就可以恣意妄为。当我们的手触到对方的时候，就仿佛身体上那个令人疯狂的按钮被启动了，互相都急不可耐地将手探入对方的衣服，摩挲着、滑动着，移向最渴望去的部位，在忙乱中快速地把对方剥光。看到对方的身体毫无遮掩地呈现在面前的时候，我们很默契地都停顿了下来，不知道是因为紧张、吃惊还是害羞，短暂的停顿之后，她扭过脸去，但是牵着我的手，把我引向卧室。

当我们扭结在一起的时候，我能感觉到李晓丽的身体发出的巨大而强烈的欲望，但我却很迅速地失去了力量，无论再怎么努力都不能挽回，我在她身上最终是很羞愧地失败了。我对自己的无力感到恼火，同时在内心里对她说着对不起，但嘴巴始终都没有发出声音。她的不满足是显而易见的，她的失望也一定是巨大的，但她却是那么善解人意，她躺在我旁边，双腿蜷缩着夹在一起，手在我的身上轻轻抚摸着，我觉得我能听到她内心里在说：没关系，没关系。这让我感觉到了她的善解人意。后来她说，你可能是太累了。

也许真的是太累了。我在内心里给自己打着圆场，但却并没有说出口。羞愧让我恨不得立即穿上衣服逃掉，但我却把她揽住紧紧地抱在怀里。后来我想，人和人之间的某些界限是可以找到借口譬如用酒壮胆跨越过去的，但内心里的障碍并不是那么容易就克服得了的。

界限可以超过，障碍难以克服，这就必须导致失败。在失败中我再一次逃跑了。

悻悻地离开李晓丽家的时候，我的情绪已经低到冰点。以至于告别的时候，她说后天是周末，她要在家里做些可口的饭菜请我，我也没有回应。其实在内心里我已经打算好了要逃掉了。

回到宾馆已经是午夜，在淋浴头下冲洗自己的时候，我的阳具神奇地坚挺起来，似乎是心有不甘地想证明什么，直到我疲惫地躺在床上，它仍然持续地坚挺着，像个阳亢患者那样，全然不理会我内心里翻腾着的后悔与沮丧，我觉得这很像是对我越过不该跨越的界限的嘲弄和讽刺。现在我把它归罪于酒，用这个借口来减轻自己内心里的羞耻感，但是显然难以奏效。

在乌鲁木齐的最后一个晚上，我做了这么一件让我终生后悔羞愧难当的事情。正是发生了这件事情，当天晚上就成了我在乌鲁木齐的最后一夜，半梦半醒中我觉得我是在车上，我听到许巍在耳边唱着："今夜我依然在路上，依然在盲目地张望，那变得腐烂的理想，正在我身体里消亡，我这始终骄傲的心，没有方向，我那充满欲望的心，空空荡荡……我在重复的岁月里悄然独行，每一次窒息的感觉总在梦里，多少次我看到我在路的尽头……"

第二部

Trip to the West

看那晚霞盛开在天边

有一群向西归鸟

谁画出这天地

又画下我和你

1. 再一次逃跑

我再一次逃跑了。

这一路上我已经逃跑过多次，每一次的放纵（无论是内心的放纵还是身体的放纵）之后，我都本能地选择了逃跑。难道逃跑对我来说是宿命性的？这让我对自己的这次驾车出行从根本上都怀疑起来。

一开始离家就是一种逃跑，从既有的过了几十年的死气沉沉的生活中脱身出来，不顾一切地驾车出门一路西行，我是在逃避什么呢？工作的压力？可我一直都没感觉到什么压力，对我这样一个得过且过不思进取的大学讲师来说，论文啊，晋升啊，考核啊，从来都不构成压力，相反，我倒是很享受自己这种得过且过，很享受在课堂上近乎表演的受到学生欢迎的讲授所带来的满足感。在几乎人人都在奢谈工作压力的时代里，我像个局外人一般对他们所谈论的所谓压力感到不可思议，他们有压力那是他们欲望过高，而他们那些虚妄的欲望总是令我感到莫名其妙、大惑不解。

那么我是在逃避生活？死气沉沉的一成不变的没有尽头的生活？但我立即就否定了这个想法。生活赐我安定与平静，父母健在，身体健康，家里有个聪明儿子自个儿一天天长高，有个老婆顺从而温柔，虽然平庸但却从不对我提过分的要求，我有什么理由要逃跑呢？在我找不到理由的时候，你一定会认为我是被这种“没有理由”所累，也就是说我正是被平静、平庸、波澜不惊压抑得太久了，才会生出漫无目的地驾车独行的念头来，这也是一种逃跑。但这听起来似乎太哲学了些，哦，哲学，我们难以厘清、难以辨析的心理哲学，“内心的激情找不到突破口的时候，身体几乎同时甚至是先于内心就选择了行动”，我隐约记得这是读过的某一本书里说的，这说的是我吗？接下来那作者还说到放纵。离家出走是一种放纵，追逐女人是一种放纵，但是放纵并不能解救被压抑的内心，于是人又要从放纵之中逃跑。而一个被压抑的、被憋坏了的由着自己一时性起就独自驾车出门的四十八岁的在路上的男人如我，大概就是一只在汽车的奔跑和女人的身体两种放纵之间来回逃跑的钟摆。

现在我再一次地逃跑了，从和李晓丽的令我后悔、令我羞愧难当的关系中逃向了车里，逃到了路上，而驾着汽车奔跑的感觉比和女人的身体关系里的感觉更能让我感到畅快。我坐在车里，手握方向盘，前方是看不到头的公路，踩下油门汽车立即蹿向前方的飞奔的感觉，远远超过了在女人身体上的缠绵，速度拉起来的那一瞬间的腾空感甚至可以和身体的性高潮媲美。路边的一切转眼即逝，只有我自己是存在的，甚至只有我的存在是唯一的，这样的感觉有点类似上帝主宰性的幻觉。恰恰是这种感觉，既消解了放纵带来的内心愧疚，也抹掉了逃跑的不堪，既无忧无虑，也没心没肺，在路上，畅快，自在，干净，感觉不到痛苦，但是有风噪和着音乐。

“今夜我依然在路上，依然在盲目地张望，那变得腐烂的理想，正在我身体里消亡，我这始终骄傲的心，没有方向，我那充满欲望的心，空空荡荡……我在重复的岁月里悄然独行，每一次窒息的感觉总在梦里，多少次我看到我在路的尽头……”

然而逃跑总是和仓皇联系在一起的，仓皇出逃，这个成语一定是个有着多次逃跑经验的人创造出来的。出了乌鲁木齐之后，我急于驶上高速公路时的心理，也一定有着些许仓皇的意味。我原本想的是先去石河子，然后再去喀纳斯。石河子是新疆屯垦的典型，荒地上建起的一个城市，更重要的是在我作为一个文学青年的时代，所阅读的一份诗刊《绿风》就在这座城市创办，那里住着我青年时代迷恋过的新边塞诗的著名人物，无须思索和筹划，青年时代的情结隐隐地指引着方向，但是仓皇之下，我却驶上了另一条路。仅仅是因为我在上高速的时候进错了入口，我以为我是沿着乌奎高速一路西行的，但是当我发现自己走错了方向的时候，我已经过了阜康快到吉木萨尔了，路标上显示还有四十公里……我心里很清楚这是一个完全相反的方向，但我却由着车子继续高速前行，并不想纠正自己的错误。其实我原本就没有非去不可的目标，随便开到哪里，并没有什么不同。去石河子只是由潜意识决定的一个隐约的念头而已，去不去没什么两样，而不去还意味着别的未经筹划的可能性，这有点像我们的人生，在未走的路和自己选择的路之间，千差万别由此产生。

高速公路很快就到了尽头，路的尽头有一个很好听的名字：幸福路口。在幸福路口，路指向很多方向，哪一条才是通往幸福的呢？为什么这里会有这样一个名字？而我在幸福路口失去了方向。找了路边的一个饭馆坐下，等饭菜的时候我打开随车带着的地图册，研究行程，选择方向，规划线路，其实我心里清楚这也并不重要，去哪里都是一样的。但是每当我停下来或者在旅馆住下来的时候，还是要做一番这样的功课，仿佛自己真的是一个老到的旅行者似的，其实也不过是临时性的选择，下一程去这里或者去那里，不过是一个念头，而我盲目的内心只是要借助地图让一个念头产生而已。手指在地图上沿着幸福路口伸出去的几条路上下左右移动了一通之后，我决定沿 216 国道北上，沿途有五彩城、火烧山、恰库尔图，然后经阿勒泰、布尔津可抵最西北的喀纳斯。正是这个选择，让我在火烧山认识了阿朵，一个非常特别的女人。

2. 荒野度假村

从幸福路口开始的新的旅程，很有一点诗的意味，我是说很像美国诗人弗罗斯特的《一条未走的路》，我很喜欢这首诗，它充满了人生哲理。

两条路分岔于金黄的林中，

对不起，我不能脚踩两条路

作为行人，我站立良久
低头看其中一条好像通向远方好像我能够
到达它在荆棘之下蜿蜒而去的那个地方。

然后选择了另外一条，只是因为它美丽，
并且好像更值得一走
因为它长满了草渴望被踩踏；
尽管穿过那里
磨损度相差无几。

那个早晨，两条路都躺在那里
落叶中没有脚步将其踏黑。
哦，我把第一条留给了另一天！
但还是知道路通路，
我拿不准我究竟能否回来。

从此以后，时光荏苒，某个地方
我将长叹一声讲述这一切：
两条路分岔于林中，然后我……
我选择了鲜有人迹的一条，
于是便造成了全部的差异。

在我青年时代我便记住了诗的结尾：我选择了鲜有人迹的一条，于是便造成了全部的差异。但在冥冥之中，人们通常把这种结果称为命运。驶上 216 国道之后不久，我便开始后悔，正在整修的路段到处坑坑洼洼，时不时地还得离开公路在路基下面的便道上行驶，汽车的颠簸足以扯断车上正在播放的磁带，我索性关掉了它。没有音乐伴随的车子似乎颠簸得更厉害了，我的后悔也愈发强烈，但我却并没有掉头回去的想法，只是不断地告诉自己，过了这一段就会好的，总不至于上百公里都在同时整修吧。然而，事实是数十公里的路段确实是在同时整修，等我越来越对这烂路失去信心的时候，我已经回不去了——掉头回去显然是不合算的，虽然我不知道前面的烂路还有多长，但只能硬着头皮一条道走到黑了。

新疆的天是骤然黑下来的。那时候我已经走出了整修路段，驶上刚刚完工的新路，新铺的柏油路面黝黑发亮，白色的标线伸向天边，远方的路面反照着天空如同镜子，我顿时心情舒畅，优哉游哉地欣赏起美景。夕阳在左，灿烂炫目，大地在右，燃烧如火，如火的波浪滚动，随着车子的行驶制造出翻涌的动感，但是骤然之间天就黑了下来，一旦太阳落下地平线，黄昏的美景如同魔术幻境般立即就消失在黑暗之中，路边隐约起伏的土地如黑幛般营造出一些恐怖的气氛，我连忙打开车灯，但在巨大的黑暗中，汽车的大灯却显得异常微弱，视线好像被截断了，能看到的距离非常有限。我努力睁大眼睛，全神贯注目视前方，借着有限的光线，我看到了五彩湾度假村的提示路牌。既然是度假村，应该有吃有住，我决定就向此地投宿。

打方向盘左转离开公路，驶往通向度假村的砂砾路面，那时我并不知道自己正在投入一个幻觉般的奇怪的地方，以至于后来回忆起来，我都不能确定当晚的经历的真实性，我甚至怀疑那是我被骤然的黑暗震慑之后产生的一个幻觉。从家里出来的十多天里，这一路我都是在城市里投宿，突然被黑暗逼向一个周围数十里无人的荒野中的度假村，幻觉与真实似乎难以分辨。

约行数公里之后，前面出现了围墙，转过围墙驶入一个拱形大门。停好车下来，看清在几盏昏黄灯光下的度假村，院子中间是一个巨大的花圃，一边是一座三层的圆拱形西亚风格的楼房，另一边是一栋高大的平房，是餐厅。一个大汉迎上来，引我穿过花圃走向餐厅，一伙看上去奇形怪状的人正围着角落的一张桌子吃饭，大汉告诉我厨师已经下班，只能分些他们的食物给我，那是两个冷馒头和一盘从他们桌上拼来的菜，我完全没有了胃口，只啃了一个馒头。我提出要去看看房间，立即过来两个大汉，引我再次穿过花圃来到另一边有着门廊和拱形窗户的三层建筑，这时我才看到那建筑前面是一个巨大的类似游泳池的水池。进入房间后我一下子就失望了，竟然和游泳池的更衣间差不多，只是多了一张床而已。由于一路在尘土中颠簸，我很想睡前能洗个热水澡，但大汉告诉我没有。我犹豫了一下，大汉说先到餐厅的前台去登记。

前台这时已经有个娇艳的女人等在那里，她报出的房价高到足以在古城的五星级酒店住上三天。我心里暗想，自己肯定是来到了一家黑店，逃离此地的念头油然而生。我假托要去车上的包里取钱，迅速地撤回自己的车边。此时恰好有两辆车子驶进院子，可能也是投宿的客人，我那因为恐惧而剧烈跳动的心才稍稍平稳了一些。我怯怯地上前打问从车上下来的司机，这附近还有什么旅馆吗？这里太贵了，我住不起。司机狡黠地笑一下，上下打量着我和我的车，迟疑片刻，满脸善意地告诉我，北边不远处有个油田的火烧山作业部，那里面有宾馆，并且仔细告诉我，过了加油站有个左拐的路口，进去不远便能看到。我轻声道谢，然后迅速蹿上自己的车子，打火掉头，逃也似的离开了这个事后想来感觉极不真实的度假村，直到重新驶上216国道，这才长舒了一口气。

按照那位好心司机的指引，北行约二十公里，路边果然出现了加油站，过加油站不足百米，即有岔路口，路牌指向左边的方向上写着火烧山。从岔路口驶入不远，即看到一簇有灯光的建筑，我顺利地找到了火烧山作业部。七拐八弯地进去，看到写着火烧山石油宾馆的小楼，但是楼门紧锁。

敲门费了一些时间，过了二十几分钟之后，才有一个穿着蓝色棉大衣的睡眼惺忪的女人开门。登记入住，到了房间的时候我看了看表，已经是夜里一点半了。这让我好生奇怪，这里天黑是九点多钟，我仅仅是去了那个度假村吃了个馒头，然后逃出来行驶了也不过二十多公里，整个过程加起来应该不会超过一个半小时，怎么会用去了四个多小时呢？难道时间也因为那个似真似幻的度假村而被压缩了吗？这让我对那个度假村的存在再次怀疑起来，在这天地迷离的大荒野中，我是否陷入过一场梦魇？惊魂甫定，我感觉浑身疲惫，此时我已经没有了洗澡的心情，只是草草地洗了把脸，躺进被子里望着斑驳的天花板发呆。我忘记了关灯，什么时候睡去的也全然不知。

3. 只存在于画中的女人

信马由缰地独自旅行的妙处，大概就在于你永远不知道接下来会遭遇什么，会遇到什么人，会发生什么事，一切都不在自己的计划之中。即便事先有过一些大而化之的轮廓，也会因为意外生出的枝节而有所改变，这有点像你们作家写小说，虽然拟就了大纲，但是在情节推进和细节描写的过程中，一旦自己不由自主地进入了情境，接下来的事情很大程度上就由不得自己了。

譬如严谨如福楼拜这样的作家，当他写到包法利夫人吞服砒霜而自己当时口腔里仿佛也尝到了砒霜的味道的时候，接下来的内容一定不在他事先的计划之中；固执如老托尔斯泰大概也是如此，在要不要让卡列尼娜奔向铁轨的问题上他应该是犹豫了很久，毕竟他是一个善良的老头。

我的意思是独自旅行犹如作家写小说，他既是身在其中的当事人，又是置身事外的旁观者，他在平静地按部就班地行事的同时，也在忐忑不安地等待着接下来将要发生的出乎意料的事情。独自旅行就像命运，你几乎不可能知道它会把你带向何方。这其中，多多少少有一些神秘主义的成分，也许只有到了事后，我们才能渐渐地看清。从似真似幻的度假村遭遇，到可疑的时间变异感，再到这个我几乎是在懵懂中入住的石油宾馆，都是不可预知的意外，而当我从床上醒来，打算结账走人的时候，另一个意外的发现又让我改变了主意。细节决定成败的意思，在我当时看来，就是细节决定走向。

第一眼看到阿朵（当然名字是她后来告诉我的），我才相信世上有一种女人，她的美就是用来欣赏的，而在此前我一直认为这样的女人只是存在于画中。她的美不惊艳，不张扬，不诱惑，不会引起异性身体的骚动，但却会牢牢地抓住你的眼球。她平静但不平常，淡然却不淡漠，忧郁而不沉痛，微笑的时候并不是在笑而只是一种自然独在的表情，我迅速地在脑中搜索记忆中可曾有这样的人儿，我想到的是奥黛丽·赫本和蒙娜丽莎，而阿朵似乎是把二者的面孔完美地叠印在了一起。我拖着行李来到宾馆前台，她就坐在简陋的柜台后面，我看她的时候她也抬眼看着我，抬眼的瞬间她的眸子是异常清澈的，但在开口问我话的时候，旋即又似乎蒙上了一层淡淡的薄雾。“休息得好吗？”标准的普通话发音，但有着配音演员式的控制感。我完全被眼前的女人的美吸引住了，以至于延迟了好几秒才慌乱地回答：“挺好的，挺好的。”我的目光始终没有离开她，我的脑子里一直在转一个念头，觉得眼前这个女人的美有点不可思议，我甚至无法判断昨天夜里裹着棉大衣给我开门登记的睡眼惺忪的女人是不是她。接下来我就想到了奥黛丽·赫本和蒙娜丽莎，她是有着一张中国人的面孔，但却神奇地透着西方人的气息，我一直（我说一直是指从当时看到她到后来那几天）试图琢磨出这其中的缘由，她为什么会让我有这样的感觉。“您是要现在结账吗？”我本来是打算结账的，但是在那一刻我突然改变了主意。我说我想先把行李存这儿，到这周围去转转。存行李当然只是一个借口，我完全可以把行李放回车上，但我需要一个和她说话的理由。我把行李箱递进柜台，但我的脚却并不想立即离开，眼睛一直追着她接了行李箱，放到墙根，然后又坐回她的座位。

她大概是已经习惯了被人注视，所以并无丝毫的恼怒和不自然，反倒主动问我：“您是一个人出来旅行吗？”而这正合我意，我不想立即离开其实就是想再和她多说几句。

“这个学期正好没我的课，就一个人开车出来走走。”

“您是大学老师？”她的聪明让她立即就猜到了我的职业，而她的样子足以担得起“冰雪聪明”这四个字。

“哦，是的，一所不起眼的大学。”我想这样放低自己完全是因为她的美中透出的高贵。

“是个很好的职业。”她说。

“您怎么会在……我是说……你在这里……为什么？”我急于想知道如此之美的一个年轻女人为什么会在这荒凉的地方。虽然身为可以在课堂上滔滔不绝的大学教师，但我并不善于和陌生女人搭讪，问出如此不礼貌的话来，我自己都有些后悔。但她似乎并不吃惊，也完全没有责怪的意思，只是淡淡地说：“我姑姑在这里工作，我是来玩的。”

我当时脑子近乎短路，找不到再搭下去的话头，我觉得如果继续盘桓在这里盯着她死看，难免会令她起疑生厌，于是问她：“宾馆餐厅在哪儿呢？”这实际上是给自己的抽身之语。

“这里平时几乎没人住的，也没有餐厅。不过外面的小街上有几家饭馆，你可以去那里吃饭。”

我道了“谢谢”，离开宾馆走出作业部的院子。

阿朵所称的“小街”，其实不过就是一排歪歪扭扭的简易平房，一家只有两张破桌子的小饭馆，一家出售日用杂物和食品饮料的小商店，外加三四家汽车修理部。平房前面是一个巨大的凸凹不平的停车场，停车场边堆着一些破旧轮胎和一台报废的货车，感觉很像早期美国西部片中刚刚开发的小镇，但比电影中的美国西部小镇还简陋许多，没有镇公所，没有执法官，没有供人消遣聚会的小酒吧，整个小街很显然只是依存于火烧山石油作业部。但在这个阳光强烈的上午，小街上看不到一个人影。这难免让我感到失望，而且顿觉内心荒凉，更加觉得如此之美的一个年轻女人待在这样一个地方，真是有些蹊跷和可疑，她显然不只是到她姑姑这里来玩玩的，背后必有别的原因。我得承认我是被她的美和我自己的好奇心攫住了，在小街上转悠的时候我一直没能摆脱自己内心的疑问。

走到小街的尽头回望，我意外地发现作业部门前还有几间像样的房子，只是我刚才走出作业部院子的时候，只顾望那小街，却忽略了门侧的房子。远远望去，尽头的一间房子上面挂着很大的牌子“四川饭店”，这让我内心小有惊喜。进入新疆之后，一直都在牛羊肉的氛围里进餐，看到“四川饭店”，还是有点控制不住欲望，口腔里的分泌物都津津有味了，饥饿感立即在腹部翻涌。我快步冲向“四川饭店”，推门进去，却发现它并没有营业。一个留着粗壮油黑单辫大辫子的年轻女人正和一个男人聊天，他们告诉我他们昨天才刚刚“上来”，他们说这里冬天很少来人，也没有生意。已经到六月了，阳光如此强烈的日子，他们却把之前的时间称为冬天，这很让我感到吃惊。但他们确实还没有营业，我只好悻悻地退出来，重新来到那排简陋平房里唯一的一家小饭馆。交谈中知道，主人是一对来自吉木萨尔的夫妻，他们也说刚“上来”几天，只供应拉条子和炒面。我要了拉条子，主人很热情，说我是他们今天的第一个客人，十块钱的拉条子只收我五块，以此和我这个客人庆祝开张。就在我吃着拉条子的时候，一辆大卡车轰隆隆地开了过来，确切地说是冲了过来，隔着歪七扭八的窗玻璃，我感觉它可能是失控了要冲进饭馆里来，我本能地跳开侧身贴着墙壁……但那大卡车却在离窗子仅隔着半米的时候稳稳地停住了，它巨大的车头几乎像是贴着饭馆的窗子。我惊魂未定，而主人乐呵呵地笑着迎了出去。他的生意来了。

4. 火烧山不是山

吃完饭信步走回油田作业部的院子，也许是因为小街上阳光过于强烈，走进院子以后顿觉凉爽了许多，这时候我才注意到这里竟然生长着许多树木，以我粗浅的地理知识，这里的位置应该是准噶尔盆地东部，古尔班通古特沙漠的边缘，院子里的大片树木应该不是自然生长，而是人工栽植的，时间既久，便形成了小小的一片绿洲。此时整个院子阒寂无人，只有我的吉普车停在宾馆的楼前。

推门走进宾馆大堂，我吃惊地发现，美丽的女人阿朵正在柜台里面靠窗的地方支着的画架上画画。可能是她太过于专注了，并没有注意到有人进来，而我也没有惊扰她，悄悄伏身在柜台前静静地观看她画画。画稿已经接近完成，画面上的女人裸体坐在一把高背藤椅上侧脸看向窗外，随意地高绾着头发，面孔模糊，看上去身材很好，最为奇特的是左边的乳房高耸，而右边却没有乳房，只是随意涂抹的一些肉色，这显然是个只有一只乳房的女人。整个画面只有这一处是未完成的，阿朵的画笔正是在这个位置上迟疑着，我猜想她大概是吃不准这个没有了乳房的地方应该是什么样子。接着她停顿了下来，画笔回到调色盘，缓慢地调试着，寻找着她需要的颜色……

控制不住的好奇心驱使我想跟她打问点什么，但我怕突然开口说话吓着她，我假装轻轻地咳嗽了一声，她却并没有受惊的表现，也没有立即抬头转身，似乎她早就知道我在这里观看，也许从我推门进来的时候她就知道，而我们互相都没有作声。

她从容地放下画笔和调色盘，然后转头问我："您是要现在结账吗？"

几乎同时我也在问她："原来你是个画家？"同时发出的不相干的问话，把我们自己都逗笑了。

"画着玩的。"她淡淡地说着，坐回到柜台里面的桌子前。

"看上去很有功底，我感觉不像只是玩玩的。"

"没专门学过，只是喜欢，闲的时候涂鸦而已。"

"哦，谦虚是美德。"其实我是想问她为什么会画一个只有一只乳房的女人，我觉得这其中一定有什么特别之处，但我又怕过于唐突，而且涉及女人的身体，如果真有什么隐私也难免尴尬，于是只好改口。

"您要现在结账？"她显然不想继续关于画的话题。

"不是，"我说，"我是想打听一下，这里既然叫火烧山，那山具体在哪里？我印象中这火烧山好像很有名气，很想去看看。"

“你问这个啊，”她笑一笑说，“其实没有具体哪座山，这里方圆十几公里，都是火烧山。”

“原来这样啊，那看来得开车去了。”

“那当然最好，”她似乎是试探着说，“需要导游吗？”

我疑惑地看着她，难道这荒野之地也会有导游服务提供？

她看出了我的疑惑，说：“我可以给你带路。”这让我感到很意外，我当然非常愿意有人带路，何况是这么美丽的一个女人。

“可是……这里，怎么办呢？”我的意思是宾馆怎么办，她不用管了吗？不用上班了吗？

“这里反正也没什么人来，我是替我姑姑的，我跟她打声招呼就行了。”

“那太好了，我求之不得呢。”

“那……我来开车好吗？好久没摸车了，手痒痒的。”我答应了她的要求。“嘿嘿。”她笑得憨厚天真，像个被家长允许不写作业出去玩的孩子，一扫之前的矜持稳重。

坐进驾驶座位以后，她告诉我她叫梅朵朵。“你叫我阿朵就行，他们都这么叫。”这时候我才知道她的名字。“我叫你刘老师行吗？”她当然知道我的名字，登记的时候是用了身份证的。从发动车子，倒车，驶出院子，她都显得很娴熟，我一直在观察她的驾驶技术，而驶过小街之后，我就完全放心了，我觉得她可能比我的驾龄还长。一路上我们东一句西一句地聊着，她告诉我火烧山不是山，而是由红褐色的火成岩构成的一大片风蚀地貌，因为在阳光照射下远远看去山丘就像一簇簇烧红的火焰，在朝阳初升和夕阳西下的时候，山体更是如同大火在燃烧，所以叫火烧山。远看异常奇特壮观，真的踏上去却也了了，甚至有些乏味。后来我们停下车子，爬上一座小丘，捡起那些红褐色的石块，我发现也不过像是烧坏了的破碎的红砖。站在山丘顶部向远处古尔班通古特沙漠的深处望去，是布满了砾石的连绵起伏的荒漠，偶尔可见井架与抽油机（俗称磕头机）。

阿朵说："你别看这里表面一片荒凉，地底下可全是宝贝，石油、煤、天然气和各种金属矿都有。"我很奇怪这样一个文雅美丽的女子怎么会对这些东西如此了解，不过她后来的解释很快就让我释然了。她说从她爷爷开始，一家三代都是干石油的，从玉门油矿，到大庆油田，到中原油田，再到新疆塔里木和这准东油田，都有她家的亲戚做石油工作。听上去完全就是一个石油家族，我非常感慨，并且适时地表达了自己的敬意。随着陌生感渐渐消除，阿朵也打开了话匣子，她说她自己在濮阳的中原油田与人合伙开了个小公司做石油设备和技术服务。而我更好奇她为什么要待在这里，试探着问她是不是在这个油田也有业务。我问她的时候，她的神情有些黯然。她反问我："刘老师，你在大学里教什么课？"我以为她是要岔开话题。我说教《大学语文》《基础写作》和《作品欣赏》。"那你应该是能够理解的，"她说，"我是来疗伤的。"她这样说的时候，并没有看我而是望着远方，清澈好看的眸子里立即蒙上一层云雾。

从阿朵的讲述中我能感觉得到，她是个典型的文艺女青年，不是装出来的文艺，而是从骨子透出来的真文艺。她家庭条件优裕，从小跟着外祖父生长在江南水乡琴棋书画的环境里，耳濡目染，弹古琴，下围棋，练书法，画油画，样样都拿得出手，而且自己还写诗，但上大学阴差阳错读的却是工科，不过在内心里始终向往的是文艺生活，对感情的期待也是如此。大学的同学和工作后的同事，都难得有能让她动心的男人，心性高所以期待也高，感情空白一直到三十岁。一个偶然的机会，认识了一个在北京的知识渊博、谈吐不凡、风度翩翩但有些落魄的导演，两人惺惺相惜一见钟情，不可遏制地坠入爱河。相互欣赏与感情的投机自不待言，虽然聚少离多，但两人共开一个私密的爱情博客，每天互诉衷肠，而小别胜新婚的相聚时光更是极尽缠绵；虽然导演和妻子处在分居当中尚未离婚，但她并不在意这个，她愿意海枯石烂地等他；虽然导演落魄、收入有限，但她那时候已经自己开公司，对他在物质和精神、感情和身体上极尽照料与奉献，她坚定地相信这就是她一直以来所期待的最美好的感情甚至生命归宿。而去年的一次探班，却把她彻底打入冰谷，让她感到绝望。那时候导演接了一个电视剧的活儿，在外景地拍摄，电话中说非常想她，希望她能去探班，她猜想他也是想在剧组里炫耀一下自己的女朋友。她并没有答应，一是不想在那些艺人面前现眼，二是当时正在塔里木油田谈一个合同。而当她谈完合同之后，由于自己的思念，也想给他一个意外惊喜，不打招呼就直接飞机、汽车马不停歇地赶到电视剧的外景地，那时候已经是晚上，她看到的一幕让她一头晕倒在地。事后无论那导演怎么解释是酒后被引诱，是逢场作戏，她都不能原谅，她觉得这样的欺骗和玷污是一种疯狂的罪过。绝望的她感觉自己要垮掉了，她关了博客换了电话出门旅行了，海南、丽江、大理、拉萨，跑了两个月之后，在大雪天里来到了这里。

随着阿朵断断续续的讲述，我也不时地唏嘘感叹，我能理解她内心里的伤痛与绝望，但我仍然觉得这是个有些庸俗平常的爱情故事，而我更不知道如何去安慰她。实际上她最痛苦的阶段似乎已经过去，我感觉她现在其实并不需要别人来安慰了。只是她对我这个刚刚认识的陌生人的信任有些出乎意料，我想那是她太想倾诉了，这几个月里她没有跟任何人谈到过这个事情，我觉得可能是这个荒凉得一眼望去阒无人迹的地方，触发了她倾诉的欲望，而我这个陌生人就像荒野上的一块砾石，只会倾听她风一样的语言，却不会到处传播，也许她已经把自己的故事对着荒野讲了多次。人在有的时候，更愿意把内心的秘密说给陌生人，却不愿意讲给亲人和熟悉的朋友。我理解她是借着给我讲她故事的机会，在释放自己几个月以来内心的郁结，而我看上去真的是一个好的倾听者吗？但这似乎并不那么重要，其实她断断续续说的时候，语调是平静的，甚至时不时地还会自嘲一下。我想，这件事情在她的内心里大概已经渐渐地抵达了禅宗所说的“放下”。而能有这样一次倾诉，大概会让她“放下”得更彻底些吧。

在她讲述的过程中，我们的车子已经在火烧山区域里穿梭了很长时间，行到一个路口时，阿朵也似乎刚好走出了自己的故事，显得有些轻松。她说，从这里进去，就是五彩城了，我们要不要去？我说既然来了，当然不要错过。

5. 侏罗纪地层

对我来说，阿朵是一个非常不错的导游，甚至可以说是一个非常好的旅伴。在火烧山区域开车转悠的这近两个小时里，我很强烈地感受到了两个人旅行的好处。固然她是个非常美丽的女子，但这和两性以及荷尔蒙没有太大的关系，桑娅也是个可爱的女孩，但感受完全不同。与桑娅同行时她在相当大的程度上只是个搭车客，而与阿朵同行则有一种完全不同的体验，她是个参与者，是旅伴。如果有一个旅伴，视野开阔，知识丰富，性格开朗，而且两个人之间可以达成交流，那么旅行的快乐将数倍于独行。也许我之前的旅程还称不上旅行，而只是出行和跑路，乘着起初那股子终于可以驾车出门脱离平淡无奇死水一潭的刻板生活的兴奋劲儿，撒着欢儿乃至撒着野罢了；也许我之前的旅程，不过是想脱离开熟悉的人群，寻找想象中所谓的孤独与宁静，但是实际上却既没有孤独也并不懂得宁静；也许我之前的旅程，在潜意识里是想寻找和表现一种不平常的姿态给自己，并且进而以此来安慰自己；也许，那只是某种意义上、某种形式上的一种疯狂。而真正的旅行，是否应该更多些平常心？是否应该更从容？是否应该以谦卑、以欣赏、以认识甚至以娱悦之心去体验、去感觉、去发现新鲜世界？又或者，旅行只是一种游戏，却是需要投入智力与感情的生活游戏？我脑子里转动这些纷乱的念头的时候，阿朵正全神贯注地驾驶着汽车。

我说阿朵全神贯注是因为自从驶入这条路之后她就没再跟我说话，确切地说这条路也基本上不能称之为路，只是在戈壁上一道也许已经干涸了几百年的貌似河床的浅浅的谷地，隐约可以辨认出一些被车轮轧过的痕迹罢了，即便这些隐约的车痕也是时有时无，时而分岔然后又突然消失。这样的行驶有点像在戈壁里进行的汽车拉力赛，但我这个坐在副驾驶位置上的人却并非领航员，而且手中也没有地图和罗盘可以使用。倒是地表上不时可见的渗出的白色的盐碱渍上，夹杂着贴地的刚刚发芽抬头的绿草和一片片不知名的黄色小花，能让心理上感到稍许的放松。当然阿朵也并非全然盲目仅凭模糊的记忆在前行，沿途稀疏低矮又干枯的梭梭草上，时不时地能看到绑着鲜艳的彩色的塑料带，那就是景区设置的引导路标，但是因为路标之间间隔太远，我们常常要在偏离很久之后再重新找回到路上。当然这是到了五彩城景区门口之后，阿朵才告诉我的。

三十多公里的路程我们走了一个多小时，但我们还是到得太早，时间刚刚到午后——新疆的中午是两点多钟。砾石堆垒起来的两个巨大的门柱之间落着横杆，景区大门旁边的简易房屋里走出来的守门人善意地告诉我们，五彩城的最佳参观时间是在夕阳西下之前那两个小时，现在进去看是会失望的。其实守门人的话已经让我感到有些失望了，但是阿朵却不以为然，她另有奇想。“传说这附近有个玛瑙滩，如果运气好的话，能捡到玛瑙的。”她兴致勃勃地向景区的守门人打听，守门人支支吾吾语焉不详地指着另一个方向：“远呢，有好几十里呢。”

照着守门人所指的方向，我们试探着沿着戈壁上古老河床里隐约可见的车辙缓缓前行，走走停停，几公里之后，车辙已经消失，估计是之前有和我们同样怀着寻找玛瑙的愿望的游客行到这里之后退缩了。不过阿朵并不想就此罢休，看得出来，她的骨子里有股子执着劲儿，柔软但却坚韧。在布满细小石子的河床里，我们小心地绕过大块的砾石，艰难前行了大约五公里之后，车子已经无法再往前开，而所谓的玛瑙滩仍然不见迹象。其实玛瑙滩到底是什么样子我们并不知道，是在河床里这些碎石之间还是在河床之外那些戈壁之上？想象之中玛瑙滩应该是玛瑙随处见可，但这样的宝藏式地方真的存在吗？如果真的存在，它还能安静地沉睡着等我们到来？听说和田河里已经难得找到和田玉石了，这个被很多人谈论的玛瑙滩岂能是个例外？我跟阿朵说，这玛瑙滩可能只是个传说。而传说是飘浮在空中的，并不在大地上，尽管新疆确实存在着许多人迹罕至的地方有待认识。我们爬上河床找到一个高处极目四望，发现在目力所及的地方，既能看到汽车在行驶，也能看到石油井架和似乎正在开挖的矿山，说明我们到达的地方并非处女地，如果真有什么玛瑙滩，肯定是在别的地方。

但阿朵并没有觉得此行此举不值，她说一切寻找都是个过程，过程比结果重要，结果无论是灿烂还是黯淡无光，都是瞬间，而那长长的也许曲折的过程可能更有价值，就像人的一生，就像感情经历一样。她望着远方这样说的时候，我觉得这可能就是她把自己困拘在这古尔班通古特沙漠里的这些日子里内心的了悟吧。而我此时突然想到今天到现在为止她似乎还没有吃饭，我冷不丁地转移话题，问她：“你饿吗？”她笑笑说：“你看我瘦成这样是不是已经有点成了仙的样子？需要吃饭吗？别担心，我现在一天只吃一顿，晚上回去吃就好了。”玛瑙滩或许只是个传说，但五彩城却是真实的存在，此时已是半下午了，我们掉头回去正好是看五彩城的最佳时光。

五彩城的壮丽自不待言，阿朵介绍说它是一亿多年以前的侏罗纪地层经过风蚀雨剥而形成的地貌，看上去参差不齐色彩斑斓，尤其是在夕阳照耀下，鲜艳无比。乍见这样的奇异景色，我着实被震撼了。兴奋地拎着相机爬上爬下，寻找不同的角度疯狂拍摄。但阿朵她似乎没有我这初见者体会到的惊喜，步伐显然跟不上我，只是在我在五彩城里转悠的时候，远远地尾随着，而这也恰好让她成了风光中的风景，一个与壮丽景色相配的绝佳模特，被我一同摄入了镜头。后来我跑得累了，我们爬上耸峙在五彩城中心最高的那座丘峰，我固定好相机，坐等夕阳没入地平线时带给五彩城的最辉煌的时刻。就是那会儿，阿朵说了句让我吃惊不已的话："刘老师，我觉得你像个孩子似的，一点也不像四十八岁的老男人。""是吗？"我反问她的同时也在问我自己。

6. 迷失在戈壁荒野

夕阳在给了五彩城最绚烂的一笔色彩之后，立即就收回了它的画笔，天幕渐渐变暗，五彩城比天色更快地暗了下来，我收起相机装进包里。从丘峰下去要比爬上来的时候更加困难，只能一脚一脚地试探着下行，前一脚确定踏到了实处，后一脚才敢挪动，再次试探，同时我还要照顾着阿朵，以免她脚下踩空滑落。等我们艰难地回到平地，发现天已经完全黑下来了。此时环顾五彩城，已经只有深浅不一的墨色，阳光下五彩斑斓的丘峰，变得黑黪黪的，显得狰狞而恐怖，一丝莫名的寒意悄悄地侵入身体。我们迅速地坐进车里，这次是我习惯性地坐到了驾驶座，阿朵有点不放心地问我："你能找到回去的路吗？"事后回想，这样的问话，还真是有点谶语的意味。"凭着来时的记忆，应该没有什么问题吧。"虽然我对自己的方向感和记路的能力充满自信，但我的回答却很奇怪的，并没有那么坚决，也许这就注定了接下来的曲折。

出景区大门不远后左转，绕过一个圆丘，越过一片开阔地，再绕过另一个大丘，就驶入了我们来时所走的干涸的河床。我的记忆清晰准确。坐在旁边的阿朵，一直沉默着，估计是累了，而我觉得空气有些沉闷，于是开了音乐，仍然是许巍在唱：

今夜我依然在路上
依然在盲目地张望
那变得腐烂的理想
正在我身体里消亡
我这始终骄傲的心
没有方向
我那充满欲望的心
空空荡荡
我看着他们的嘴脸
那自以为是的阴险
那与生俱来的孤独

又在我身体里滋长

我这始终骄傲的心

没有方向

……

连这首歌也被证明是当晚的谶语，半个多小时之后，我意识到自己确实没有了方向。前大灯照射的地方，已经找不到车轮辗轧的痕迹，之前我只是在河床里沿着自己记忆中以为的路在行驶，但现在却失去了判断的标识。我果断地把车停了下来，但是许巍的歌声嘲讽般的并不停止：

我那充满欲望的心

空空荡荡

我在编织的世界里

飘来荡去

我在重复的岁月里

悄然独行

每一次窒息的感觉

总在梦里

……

我感到我确实有点像是行在梦里。

“怎么停车了？”阿朵如梦方醒地问道。

“我感觉好像走错了方向。”

“是吗？怎么会……”她看着前方车灯照射的地方，脸上充满疑惑。

“大概是。”我没有肯定，但我知道一定是走错了。

“下去看看，看能不能找到路标。”

我下了车，在周围二三十米的范围转了一圈，但在黑暗中很难发现那些缠绕在梭梭草上的彩色带子。我又回到车上，一边缓慢地打着方向，一边仔细察看灯光照射过的地方，试图发现点什么，但最终还是失望了。“多少次我看到我在路的尽头，我想在让我最心动的幻想，心动的歌声中离开，我想在让我最心动的爱人，温暖的怀抱中离开，在这路的尽头，会不会是另一个世界……”

“掉头回去再找找看。”阿朵这么说的时候，我心里想的也是只能如此。我关掉了车里的音乐，沿着驶来的方向往回行驶，车速缓慢而谨慎，眼睛几乎一眨不眨地盯着车灯掠过的地方，生怕错过哪怕一点点能够把我们带出迷途的标识物。

大约一个小时之后，我终于发现了一个路标，一条缠在梭梭草上的红色带子，在车灯照射下异常醒目。我兴奋地叫了声：“找到路了！”眼睛也和我一样一直注视着前方的坐在旁边的阿朵，并没有表现出特别的惊喜，只是拍拍我的膝盖。我觉得那是一种走出迷途的释然，大概也同时表示对我的肯定吧。

然而，这个夜晚，似乎注定是曲折的。前行不远，车子颠簸了一下，可能是车轮被一个大块的砾石垫了，我牢牢地稳住方向，继续行驶，但车子却突然熄火了。停下车子，拉住手刹，我尝试着再次打火发动，但它只是发出轻微的响声，却怎么也发动不起来。阿朵适时地提醒我看看是不是缺油，但是之前我注意过，油表的指针是在四分之一的位置上指着，表明并不缺油。坦白地说，我当时有点慌乱，收拾摩托车我还有些经验，处理汽车故障的经验和能力我却非常缺乏。但是此时我并没有无所作为地坐着，稍稍镇静了一下之后，我下车打开了发动机盖，然而我并不知道我该干点什么，从何下手。发动机很烫，我摸索着各处线路和管路接头的地方，这里摇摇，那里按按，但实际上我是盲目的。随我下车的阿朵，站在旁边什么也没说，既没有显出不耐烦的样子，也没有叹气和抱怨。瞎捣鼓了一通之后，我坐进车里再次点火发动，仍然没有转机。我想起后备箱里是备了手电筒的，我取了手电筒，阿朵主动打着手电筒照明，我又仔细地把我感觉可以动一动摇一摇按一按的部位都摸了一遍，搞得我满头大汗，但是车子还是发动不起来。我摊摊双手做出一个无奈的姿势对阿朵说："没办法了。"

"求助吧，"阿朵说，"运气好的话，作业部也许有车子有人。"但是我们忽略了另一个问题，找到手机试图拨号，才发现这戈壁荒野之中的河床里，根本就没有网络信号。

看来我们只能在车里过夜了，坐等天明，然后期待幸运降临，能有路过的车辆帮到我们。阿朵没有表示异议，我能看出她是很疲倦了。我从后备箱里拿出两瓶矿泉水，拧开盖子递给她一瓶，然后又把我放在后备箱里的带抓绒衬里的冲锋衣拿给她，我已经感觉到了夜里的寒意，她看上去实在是有些瘦弱单薄。我离开车到远处去撒了泡尿，顺便抽了根烟，回到车上的时候感到浑身发冷。我把车窗玻璃全都关严了，不过稍后我又打开了一道缝，因为我想到以前看到的一个故事，说是两个人在车里睡觉，早晨双双闷死在里面。

“我们就这么一直坐着吗？”黑暗中我听到阿朵说话。

“你还有什么别的办法？”

“这样坐一夜也许会冻僵的。”

“那你的意思是？”

“我们可以相互取暖。”阿朵说的我并不是没有想到，刚才给她衣服的时候，看到她瘦弱单薄的样子，其实我是动了把她揽进怀里的念头的，但是立即又被我否定了。虽然我这样想的时候，并没有丝毫的邪念，不过碍于男女有别，我怕引起她的误会，而我们也实在还算不上熟悉。“只有这一件外套，不能我穿着你冻着，我们可以把座位放倒，盖着它睡，既能相互取暖也会舒服一些，夜还长着呢。”

在这种情境下，接受阿朵的建议应该是明智的。

我们最大限度地放斜了椅背，盖着冲锋衣半坐半躺地相互依偎着，阿朵显然非常疲倦了，她紧紧地倚靠在我怀里，头靠在我的肩部，我用胳膊揽着她，她均匀的呼吸中吐出的微微热气扑打着我的脖子，我能感觉到她很快就睡着了。我怀里揽着阿朵，闭着眼睛，却怎么也睡不着，脑袋里编织着一些荒唐的想法，跟欲望有关却并非来自身体的欲望。这让我自己也感到奇怪，脑袋里想象着与欲念有关的事情，身体却没有产生对睡在我怀里的这个美丽的阿朵的欲望。不知道过了多长时间，我觉得背部和胳膊都有些麻了，为了不弄醒阿朵，我小心翼翼地变换着姿势，但她还是醒了。

“我出去方便一下。”她说。

“别走太远。”我以为在如此的黑暗里，她会在汽车旁边解决，但她仍然走了很远，似乎对黑暗的戈壁荒野全无畏惧。

大概是小睡之后已经恢复了体力和精神，阿朵回来的时候提出了新建议：“我刚才想了想，这里大概离油田作业部已经不太远，估计也就十几公里，我觉得我们可以走回去。你说呢？”

7. 弃车徒步

弃车徒步，这可真是一个令人吃惊的建议，以至于让我乍听之下难以相信：“你是说，我们……就这么……走回去？”阿朵非常肯定，并且反问我：“怎么？你觉得不可以吗？”我有些犹豫，脑袋里在迅速地评估着待在车里和徒步走回去之间的优劣与得失，待在车里虽然痛苦寒冷但不至于冻坏，天亮之后总会有办法可想，而弃车徒步就非常冒险。黑暗，寒冷，荒野，迷途，而且这里属于卡拉麦里野生动物保护区，万一遇到野兽呢？但阿朵似乎并没有太多的恐惧，女人在特定情境下，有时候会表现得比男人更加勇敢和大胆。而我虽然有凭着冲动独自驾车出门的激情，但对超出想象难以预料的冒险行为还是保持了足够的谨慎，但我又不愿意在一个瘦弱的女人面前表现得太不像一个男人，我点根烟，深深地吸了一口，眼睛望向前方作思考状，然后问阿朵：“你确定你的体力可以？”我承认这种真切的关心里不无虚伪的成分。阿朵很肯定地说:“我已经休息好了，我相信不会有问题。”

锁好车门，我拿着手电，我们各自拎着一瓶矿泉水出发了。

也许是想要摆脱困境的心情过于迫切，开始的时候我们都没有说话，只是沉默着赶路，脚步慌乱但走得很快。不过渐渐地就感到有些气喘，阿朵也明显有些跟不上我的步伐。“不用这么赶嘛，”她说，“应该没多远的。”照顾她的速度，我也放小了步子。“我们轮流讲故事吧，”阿朵说，“这样路就不会显得那么长了。”我虽然整天给学生上课，可是还真不怎么会讲故事。她说那就讲讲你的艳遇吧，我很虚伪地立即就否定，说自己还没有过艳遇，阿朵当然不信:“你就没有遇到过像我这样的妖精吗？”我意识到她是故意在打趣了，但我吃不准她是不是含有别的意思。“妖精？是狐狸变的吗？不会把狼招来吧？”我也开玩笑地问着，但是立即就有些后悔，在这荒野的黑暗之中，这样说话我感觉有点犯了禁忌。

“我真见过狼呢。”

“在这儿吗？”我有些紧张，本能地前后左右看看。

“不是的，是在南疆。”

“是个冒险故事？”我将信将疑地问。

“是个爱情故事。”

这倒让我有些好奇吃惊:“爱情故事？”

“是的，想听吗？”

“说说看。”

“前年我在南疆的油田里有些业务，在那里住了一段时间。每天早晨工人们出去干活之后，我就一个人在作业部周围转悠。然后就看到了它，它站在铁丝网外面的空地上。起初我以为是工人们养的狗，我凑近铁丝网叫它，但它远远地看着我，并不过来，也不叫，一般狗见了人就会亲近或者狂叫，而它站在那里，很骄傲的样子。在我叫它的时候，它只是微微地抬抬眼皮，好像对我很不屑。我摇动铁丝网，想引起它的注意，让它感觉到我的存在，但它完全不把我放在眼里，它站在那里一动不动，对视了很久之后，我觉得有些索然，就自己离开了。但它骄傲的样子让我印象深刻，一整天都在脑子里挥之不去。

“第二天我看到它仍然在铁丝网外面原来的地方站着，它仍然是那样的表情，骄傲，不驯，我觉得它可能还有些孤独，狼通常都是成群出现的，而它却只是一个，我甚至想象它是个有些忧郁的男人。这次我没有叫它，我也没有摇动铁丝网，只是用相机悄悄地给它拍照。我心里说，既然你这么孤独，我就陪陪你吧，反正我也没什么事情。我沿着围起的铁丝网来回走着，变换着角度观察它，它仍然是那么骄傲地站着，我离它近些的时候，它会抬起眼皮看看我，等我远了之后，它就懒得搭理我了。它大概觉得我并没有恶意，只是在看它，也许它还能感觉到我很欣赏它，所以它会表现得更酷一些。

“我觉得狼是通人性的，它能知道我很欣赏它甚至喜欢它，而且知道我是个异性。第三天我去的时候带着纸和笔，我想给它画速写。我在铁丝网这边席地而坐，远远地看着它，然后在纸上描绘它的模样，由于要画它，我观察得比往日更仔细。我注意到它的眼睛，像个柔情的男人一样地看着我，目光明亮而温柔，当它注意到我看它的时候，似乎还故意作出威武的样子，显示它雄性的一面。我敢肯定它知道我是个女人，对它来说也是异性，或者它把我当成了一头母狼也说不定呢，我甚至觉得它看我的样子里是有爱意的。画好一张之后，我把纸举给它看，它警觉地竖起耳朵，眼神也同时变得锐利起来，但它很快就意识到我并不是想对它进行攻击，而是在向它示好，可能它觉得一张晃动的白纸是示爱吧，目光于是又变得温柔了。而我也觉得我和它之间已经有了默契，就像一对心生感情涟漪的男女那样，用目光交流着内心的情感，虽然没有任何言语，但彼此都读得懂对方眼睛里的意味。离开的时候我向它挥挥手，并且还做了个飞吻的动作。走出几步之后，我回头看它，它一直在目送着我，就像情人一样恋恋不舍。

“隔天我再去看它，我发现它是在等我。一见到我走近，就温情脉脉地望着我，眼睛里的光是只有情侣相见才有的那种。我招招手，和它打个招呼。我小声地说，嗨，你好吗。我觉得它似乎听懂了我说的话，它也轻轻地晃动了一下身体，像是回应我的问话。几天来每次看它都是孤独地站在那里的，但这次它晃了晃身体之后开始移动了。它缓慢地向前移动着，我感觉它是想离我更近些，我在内心里想象着，它也许是想过来拥抱我，想和我亲昵，想和我耳鬓厮磨吧。并不是我自作多情，很快我的这种感觉就被验证了。这些天我一直忽略了，或者说我根本就没有发现，在它后面，铁丝网之外不远处，还有它的妻子——那一头母狼，或者是它刚刚才找到被我诱惑正在移情别恋的丈夫，我并不清楚，因为之前我并没有发现它。那头一直不动声色的母狼现在不乐意了，它是突然出现的，就在那只公狼向我移动的时候，它出现了，好像对第三者怀着深深的敌意，从铁丝网外面向我绕来，嘴里发出低沉的声音，这让我非常吃惊，几乎吓坏了。我一边看着那个嫉妒的妻子，一边倒退着，然后迅速跑开，逃回到作业部的房子里，关上门。那个嫉妒的妻子并没有追我，它只是要赶走我而已。惊魂甫定之后，我轻轻地打开房门走出来，远远地观察，我看到铁丝网外面的母狼，已经走近了公狼，它望着公狼，而公狼也望着它，它们似乎在交谈着什么，我猜想，也许是母狼在责备公狼，也许是它们在互诉分别之后的情话。我抑制不住自己的好奇心，大着胆子走近它们，我想听听它们之间交谈时的话语是什么样的。母狼警觉地立即就发现了我，公狼同时也在望向我这边，我感觉它是用爱意和歉疚混杂着的那种目光在望着我，而母狼这时低沉地吼着，扭头责备地看着公狼，公狼犹豫了一下，然后顺从地扭身向远处缓慢走去，母狼狠狠地瞪了我一眼，像个胜利者一般尾随着公狼走了。”

故事讲完之后，阿朵问我：“你不觉得这是个爱情故事吗？”

“是你编的吧？”我根本不能相信这是真的。

“是我的真实经历，信不信由你。”

我得承认，阿朵的狼的故事确实有点惊心，但我更关心我们多久能走出戈壁，所以在开始听的时候，我是心不在焉的，但是渐渐地还是被吸引了，是狼的故事吸引了我，同时也是阿朵讲述的时候的那种投入吸引了我，从她的声音里我能感觉到她的投入，以至于我们都忘记了逃离黑暗荒原的急迫。

好在我们运气不错，很快我们就走到了柏油公路上，看到远处两道刺目的灯光射过原野的时候，我们终于松了一口气。我们站在路边，等那车子过来。

8. 雅丹地貌

头天夜里，车子被好心的油田司机帮忙拖回来之后，我们拖着又累又饿的身体回到宾馆，再也无力去管它了。阿朵变魔术般地给我拿来了一个桶装方便面和一壶开水，让我吃过之后好好休息，然后就消失了。而当我被阿朵的敲门声叫醒的时候，已经到了第二天中午。这一夜，我是睡得太踏实了，我感觉自己似乎刚刚才合上眼睛，阿朵已经在敲门了，她喊我起来吃中午饭。

她把车钥匙交给我，说车子已经找人修好了。我疑惑地看着她，感到有点不可思议，这个自称已经成仙的女人，难道她没有睡觉吗？而车钥匙又是怎么到她手里的？我自信我并没有失忆，可我不记得自己什么时候给了她车钥匙。“愣什么呢？”阿朵说，“上车去发动下试试吧。”我坐进车里点火发动，并且开着在作业部的小院子里转了一圈，感觉车子状态良好。我问她车子的毛病出在哪里，她笑笑说：“我哪里会知道，反正他们已经把它弄好了。去吃饭吧。”

我们来到昨天还没有营业的四川饭店，今天也仍然看不出是营业的样子，但我们刚坐下，老板立即端出两盘凉菜，油炸花生米和洋葱拌木耳，显然是阿朵事先来这里订了。“刘老师，你想喝酒吗？”阿朵问我。

她要了一瓶半斤装的伊犁特曲给我倒上，她自己并不喝。看我很舒服地抿着酒，她问我接下来准备去哪里，没等我回答，她又接着说道："阿勒泰？布尔津？禾木？喀纳斯？"

我吃惊地看着她："你怎么知道？"

"从这一线走的一般都是这个线路。"

"哦，看来你挺熟悉。"

"嗯，在这里我可是好向导、好导游啊。"阿朵笑着说，"刘老师，你愿意带上我吗？"

有这样一个美丽的女人同行，我内心里当然非常乐意，但她这样突然的提议，还是让我短暂地迟疑了一下。喝了口酒，沉吟片刻，我才反问她："你不是在开玩笑吧？"

"你是觉得带着我不方便吗？"

"没什么不方便啊，况且你还是个好向导、好导游。"

"那就这么说定了，不许反悔啊刘老师。"老板这时又端上来两盘热菜，是回锅肉和熘肝尖，阿朵要了米饭吃着，接着说道，"不过呢，今天就不要赶路了，既然你已经答应了，就要等我收拾好东西，明天再出发，行吗？"

实际上我还没考虑是不是今天下午就走，她这么一说，倒是提醒了我，这个漫长的新疆的下午，我该做什么呢？你应该能够想象得到，待在这样一个戈壁中的难得见到几个人的油田作业部，一个没事可做也无处可去的过客，内心里的感觉和周围的旷野一样荒凉。这个漫长的下午，难道就在宾馆房间里睡大觉吗？一想到此，我就突然又有些茫然。聪明的阿朵大概是从我的目光里看出了我的心思。“下午我们可以去公路西边转转，”阿朵说，“那边我还没有去过呢。”

“呵呵，看来你已经考虑得很周到了。”

对我这样一个凭着一时的激情与兴奋就开车出门的漫无目的的旅行者来说，这个下午在我想来肯定会是无聊而且宁静的。既不是狂奔状态，也不在风景中游走，对身边这个美丽的女人竟然也没有性的欲望——她的美丽是吸引人的，但却很奇怪的并没有性的诱惑。那么，这个漫长的下午注定会是无聊的。但是，在路上就一定要狂奔，一定要看风景，一定得和一个女人发生点什么吗？既然我开车出门仅仅是想出门，起初并没有任何计划和目的地，在路上插一个即便可能是无聊的漫长下午，又有什么不能接受和不能忍受的呢？实际上我并没能清晰地梳理自己的思绪，只是信马由缰，让思绪和我在路上的状态一样信马由缰，也许这才是我这样的出行的本质。

午饭之后，我们开着车离开油田作业部，跨过216国道，驶上公路西边那一片平坦广阔的荒野。荒野上既不生草，也无戈壁砾石，经过漫长的冬天的封冻与春天的解冻之后，地表甚至有层浅浅的虚土，车轮驶过之后，随风扬起一股巨大的尘土，在这个还没有车辆驶过的荒野上，我像个孩子似的开着车左右奔窜，撒欢似的畅快地在地面上用车辙画着图形。由于专注于这个游戏，我甚至忘记了身边副驾驶位置上的阿朵，也忽略了地面的起伏变化，我以为就可以这样胡乱地撒着欢儿开到天边，但不曾预料，在前面却陡然出现了一片巨大的沟壑，我一脚死死地踩住刹车，我们的身体剧烈前倾，以至于阿朵差点撞到前挡风玻璃，幸亏在这样的地面上车速不高。

一惊之后，抬眼望去，前面却是一个巨大的意外惊喜。广大的沟壑里起伏连绵着鱼背似的浅红色，看上去极为壮观，我和阿朵都被眼前的景色惊住了。阿朵跳下车，沿着沟壑的边缘寻找可以下去的路，她显然被这景色刺激得有些兴奋，下到一个巨大的鱼背似的丘峰上的时候，她扯掉了包在头上的嫩绿色的纱巾，跳舞似的向我挥手，而在她走过的地方，留下一行清晰的脚印。这是一片还没有被强烈风蚀的雅丹地貌，站在沟壑的边上看去，绵软的浅浅的土红色如同少女的肌肤，一个个鱼背形的丘峰在巨壑里一个挨着一个绵延着远去，我能看到阿朵是在兴奋地向我叫喊着什么，却听不到她的声音。我从车里取出相机，想要拍下阿朵欢快的样子，但在我的镜头里，她已经小得像一只蚂蚁了。

阿朵回来的时候，沾满尘土的下半截裤管已经和地面是一个颜色了，她一只手里拎着自己的鞋子，另一只手拿纱巾当毛巾不时地擦着脸，好看如少女的脚丫调皮地一走一划，见我盯着她，像少女似的有点不好意思地说："很久没有这么高兴了。"

阳光太强烈了，走到车边她似乎才意识到，于是拍拍裤腿上的土，鞋子扔在车下，光着脚丫坐进了车里，拿起矿泉水瓶咕咚咚地灌了几大口："真是太舒服了。"见我一直笑而不答地看着她，她可能意识到自己脸上已经乱了颜色，于是对着车里的化妆镜照了照。她的眉毛调皮地挑了挑，似是自语又像是对我说："不管了，反正也没人看。"嘴里虽然这么说，却还是对着镜子用纱巾细致地擦净了脸，然后很惬意地靠在座椅上，好看的大眼睛眨动着，似是在想什么。我没有打扰她，沿着沟壑边缘往前走，继续拍着照片。当我走回来的时候，发现她已经放倒靠背很舒服地睡着了。

9. 隐士话题

在旅途中，人和人的接近要比在各自原有的现实生活与社会关系里来得更容易，也许是因为脱离开了既有的人际关系和历史渊源，也许是因为旅途的临时性，也许是因为旅途上的单调与单纯，就像在一个简单而又封闭的空间里，人不得不彼此接近，也或许是因为一对一的接触中彼此是对方的唯一交流对象并且没有外界的干扰因素，它比我们自己原有的生活更明亮清澈。经过在火烧山、五彩城的一天一夜和这天下午的旷野之行，我感觉我和阿朵之间的关系已经像是认识了十几年的哥们一样了，如果在城市里，和一个陌生人从乍一认识到现在这种关系状态，可能需要几个月、几年甚至十几年，但是在旅途中，人和人互相走近却是如此容易和简单。当然你们写小说的可能不以为然，你们喜欢把人和人的关系放置到因果链之中去考虑，你大概会认为一男一女在这种几乎像是封闭的环境里，必然是因为有性的吸引才会互相亲近，你们总是试图把人放在故事里，而一男一女的独处如果没有点暧昧故事，你们就会怀疑它的真实性了。但有时候，真相确实并不在你的想象之中。

回来的时候路过公路边的加油站，我顺便给车加满了油，以便第二天一早出发。回到作业部院子里下车的时候，阿朵仍然是光着脚丫，手里拎着鞋子走进宾馆。时间尚早，阿朵说，洗个澡换件衣服休息会儿，等会儿我来叫你吃饭。

回到房间，我并没有立即去洗澡，而是把自己横放在床上，心里突然有一种莫名的失落与空洞感。在喧嚣的都市里，人总是渴望并想象着独处与宁静的快乐，但是如果真的宁静到无所事事的境地，独处就没有了快乐，反倒会由于孤独而变得焦虑和慌乱了。房间里既没有电脑网络，也没有电视，只有一个电话静静地坐着，我估计那电话大概没有客人用过。而外面的环境，又是几乎无人的荒凉戈壁，我想了想，如果吃的有保障，住在这样的地方，倒是很适合自省与修行。但我显然是个俗人，既没有自省的愿望，也从来没有过修行的念头，一点点的宁静，就觉得内心里空洞洞的，像是要生满荒草了。可见都市里的人所谓的渴望宁静不过是自欺，顶多只是一种情绪性的向往，真能像阿朵这样在这里待上一整个冬天，必是心里有着巨大的伤痛。

躺了一会儿之后，我又站起来，在房间里无聊地踱着步子，不知道该做什么才能摆脱内心里的空洞感。百无聊赖中我才想起打开手机，跳出的短信仍然是桑娅的。“老刘，你什么时候回来啊？我好想你。”“老刘，你是不是遇到了别的女人，把我忘了？”“老刘你个坏蛋，我睡觉都想你！！！”我的眼前浮现出桑娅可爱的样子，我甚至想到了桑娅的身体带给我的美妙感觉，但我没有回她的短信。我得承认，在旅途中，在这样封闭而又孤独、宁静与无聊的环境中，一个男人遇到一个女人，也就是无聊和无聊相遇，发生点什么事情是太合乎情境了，但它大多时候并不是什么故事，而是一种事故，就像人们通常所说：出事了！如果之后还有后续，那么这事故就是故事的起点，否则就只是一个偶然事故，浪漫的说法叫作“艳遇”。这时候我想到了阿朵，她在这里待了这么久，会不会也有过艳遇呢？

此时我听到外面走廊里有脚步声，我以为是有客人入住了。可能是太无聊的缘故，我不假思索地拉开门，想看看是来了什么样的人，我觉得那一刻我并不是出于好奇而是渴望有人出现，不论他是什么人。但我看到的是阿朵，阿朵抱着一团衣服，正在开隔壁房间的门。见我从房间出来，她冲我笑了笑说：“我冲个澡。”然后闪身进了房间，我听到清脆的锁门声“吧嗒”一响，在宁静的空气中格外刺耳。

我重新回到房间，无须侧耳，也能听到隔壁传来的水声。而那水声立即就诱惑着我的想象。阿朵站在淋浴头下，温热的水流顺着她的头发流过赤裸的身体，而她很享受地抹着脸上的水流，然后用手揉搓着秀发，洗发液的泡沫沿着她的身体向下流动，她的裸体在泡沫中若隐若现，有一大团泡沫集结在她小腹下方的三角区，久久不肯散去……我得坦率地承认，我的身体欲望被这样的想象撩动了。我迅速地脱掉衣服走进卫生间，站在淋浴头下冲洗着自己，心里在想，她是否也能像我一样听到这边的水声？但我的思绪立即又转向了另一个问题，这两天里面对阿朵的时候，我从没有对她产生过身体欲望，为什么却在听到隔壁传来的水声所带来的想象中产生欲望？身体欲望的唤起是性幻想在先还是真实的异性身体的刺激在先？我站在温热的水流下面，纠结于这个类似先有鸡还是先有蛋的问题，抚弄着自己的下体，解决着突然袭来的身体冲动，然后颓然地回到床上躺下。

阿朵敲门叫我吃饭的时候，我的内心里愧疚了一下，迟疑着打开房门，看到背着手站在门前的阿朵，清纯、无邪、干净、美丽，让我感到自己刚才的想象和行为都猥琐无比，我觉得自己有些尴尬，不知道是该让她进来还是随她出去。所幸阿朵并没有觉察我内心的尴尬，她笑吟吟地站着："猜我带了什么？"没容我回答，她就把背在后面的手拿到面前高高地晃了一下，"我拿了姑姑的一瓶好酒。"是五粮液，"我今天很开心，晚上陪你喝一杯。"

我们再次来到了"四川饭店"，菜与中午没什么变化，只是多了盘葱爆羊肉，想来在这样的地方，由于原料所限，菜式也难有花样。但酒却是真的好，阿朵很开心地与我对饮，我一杯她一杯，一点也不含糊，大有一醉方休之势，让我对她的酒量感到吃惊。你大概会以为，一对孤独男女，在这样的切断了社会关系的环境里，如此推杯换盏的后果，不是导向语无伦次的推心置腹，就是迈向身体接触的一个过渡，但我告诉你什么都没有发生，你可能不会相信，然而事实就是如此。

几杯酒之后，阿朵的话渐渐多了起来。

"你这几个月待在这里都做什么呢？"我问她。

阿朵说就是看看书，画一些画。

我说："你住在这里，有点像隐士呢。"

"什么隐士啊，"阿朵说，"那些工人呢，牧人呢，他们是什么？"

"他们是工作、是生活啊，"我说，"你不同嘛，专门跑到这里藏着，藏着就有'隐'的意思啊。"

"隐是相对显而言的，未曾显或者无可显，哪里谈得到隐呢？"

“也不一定啊，在我们那里，秦岭山脉终南山中，听说有五六千名现代隐士呢，也都不是什么显赫之人嘛，他们就是在山里待着，过简朴的日子，远离现代生活的喧嚣，和你一样寻一份宁静。”我看着她，无端地想从她脸上寻点什么意味出来。

“我听说过，可那是隐吗？不过是把每日的声色犬马换成三五日的山居与郊游，甚至是呼朋引类的爬山活动，不过有人披着道袍在做这个营生罢了。”

“你这样说有点残酷吧。”我表示不同意。

“真的隐士也许是有的，但你找不到他，你看到了他也不认识他，你认识了他他也绝对不会说自己是隐士。”阿朵说。

“你也一样嘛，也不承认自己是隐士啊。”我打趣说。

“我哪里有隐的资格，”阿朵认真起来，“古人说，大隐隐于朝，中隐隐于市，小隐隐于野。隐于朝的是做过高官曾经权力在握的大智慧之人，看穿了不想做了；隐于市的是民间智者，粗茶淡饭，布衣草履，内心宁静，根本不屑去做什么隐的姿态；隐于野者，多是自以为是但又怀才不遇的失意文人，跑到山里去做个姿态，跟朝廷、跟官府撒个娇，让人家知道自己在隐呢，其实是期待着人家发现他、重用他啊。真想隐的人，会跑到山野住着却怕世人不知道他在隐吗？不过是个以退为进的姿态啊。我哪里有资格隐呢？只是一个躲到这里猫冬疗伤的小女子罢了。”

阿朵这样说的时候，我一直盯着她看，那副认真的劲儿，倒把我给逗笑了。再强大的女人，感情之伤也许都是最深的伤。见我一直盯着她看，她没有不好意思，反倒问我：“我很可笑吗？”

我连忙解释:“不是不是,我是觉得你的伤大概已经好了。”

“谁知道呢,”阿朵眼睛里飘过一层迷雾,然后瞬间消失了,“不过认识你真的很高兴,今天很开心,为这个再干一杯。”

我们你一杯我一杯地喝着,在你一句我一句的闲谈中,竟然把一瓶酒喝光了。我隐约记得中间她多次问到我这一路有没有艳遇,我都是以否认作答。她还说我是个不解风情的男人,没有艳遇也是应该的。从“四川饭店”出来往回走的时候,我的脚下是发飘的,但阿朵看上去稳稳当当,完全不像喝了半斤白酒的样子。送我回到房间,她给我倒了一杯茶说:“好好休息,明早我叫你。”

后来回忆起来,也许是我那关于隐士的话题,把当晚的情境引向了歧途,如果只聊艳遇与男女,也许当晚结局就是另一种状况,不过,谁又说得清呢?孤男寡女相处的情境和各自内心的情绪流动以及身体的本能之间,有着无限的路径与可能性,会走向何处不可预料,加上有酒精的微妙作用,就会变得更加不可捉摸。

10. 波希米亚女郎

对于新疆漫长的夜晚,半瓶白酒是再合适不过的催眠药。我一头倒在床上,不会被夜的漫长、安静、寂寞折磨了,我躺在被子上面,就像是一床被子一样软塌塌地压在床上,不是我的上面盖着被子,而是被子的上面盖着我,我的身体感觉到从未有过的熨帖与舒适,我觉得我在棉花里躺着，而我的身体就是棉花，我温暖而柔软，像液体一样摊开了，我甚至感觉到身体有流淌般的感觉。我下意识地摸摸自己的额头和脸颊，我觉得自己的手似乎摸到了温暖的水里面，湿滑、黏腻、温热，我让身体更深地沉入其中，享受着温泉洗浴般的浸泡，我更深地沉下去，让温泉淹没自己，然后又让头浮出水面，大口地呼吸着……我听到遥远的歌声传来，是许巍在唱：

此刻这一番的宁静
是因为你在心里
那些烦恼来自
有时候的迟疑
我曾经寂寞漂泊
在这茫茫人海里
如此向往的你
却一直在这里
……

我记得这歌的名字，叫作《悠远的天空》。但是歌中的"你"，面孔却是如此模糊，如此飘忽，我分辨不出那是桑娅、李晓丽还是阿朵，但我能感觉到她光滑柔软的身体缠绕着我，而当我想要拥住她的时候，她却滑走了，滑向了水中，而我空荡荡的身体挂在床边，像滑落的被子，一半在床上，一半在床下……我把自己拉回到床上，仰面躺着，我感觉到自己身体的勃起，我本能地用手抚向下面，它直立着，强大而坚挺，在虚空中晃动……

在我刚刚醒来的这个早晨，我仿佛是被从水中捞出来的一般，浑身湿透。我迷迷糊糊地走进卫生间，冲洗了自己之后，才完全清醒。我不知道时间，天亮之前一直倚在床上努力地回忆自己的梦境，我很想把梦理清楚，但终是徒劳。就在我昏沉沉地几乎要再次睡着的时候，阿朵来敲门了："刘老师，该起床了。"

我洗漱收拾完毕来到院子里，阿朵已经等在车旁了。她的头发随意地扎着，肩上裹着波希米亚风格的大披肩，下身是有着破洞的牛仔裤，脚上是一双红色旅游鞋，脚边放着一只深咖啡色和白色方格子相间的手提箱，她斜倚在车边的样子，让我的脑子里莫名其妙地突然跳出一个词"波布族"。那是未经思索毫无准备就跳出来的，我不知道为什么会突然想到这个词。那词的意思是"波希米亚"加"布尔乔亚"，前些年曾经很流行过一阵，意指有钱的闲散一族，既讲究生活品质，又强调自由不羁。也许在我的直觉里，阿朵就是这样的一个人吧。看着她的样子，我心里很想跟她打个招呼说声"早上好"，但不知为什么却一直没有张口，只是冲她笑了笑，她也对我笑着，像早晨的一缕阳光，让我感觉美好。

"这就出发？"我说。

"出发！"她挥了一下手，表现出老搭档的默契。

车子缓缓驶出火烧山作业部院子，我又想到刚才看到她时脑子里蹦出来的那个词，便问她："你知道什么是波布族吗？"

阿朵先是迟疑了一下，然后若有所悟地抖抖裹着的披肩说："你是说这个吗？这确实是波希米亚风格，但我可不是资产阶级哦，也一点都不布尔乔亚，我很哥儿们的，没有你说的那种调调。”

“我只是那一瞬间的感觉嘛，突然就冒出这么个词。”

“仅凭这个披肩？”

“当然不止，我是说感觉嘛。”

“呵呵，若真是一个波希米亚女人上了你的车，你可得要小心哦，”她说着，诡异地笑笑，“那可是什么事情都有可能发生的啊。”

我觉得她今天似乎心情非常好，一大早就这么开心，完全像个放了假的孩子，要出门撒欢一样。

“设想一下，如果是一个波希米亚女人上了你的车，她首先会干什么呢？”阿朵似乎对这个话题有了兴趣。

“通常，是从看手相算命开始吧。是吗？”我努力搜索着自己从电影和小说里所得到的关于波希米亚女郎的印象，通常，她们似乎都是从看手相开始搭讪。

“然后呢？”

我开着车，目视前方，没有注意阿朵的表情，但我能感觉到她的嘴角此时大概是有一丝很诡异的笑，有点邪邪的那种。

“生命线啊，财运啊，或者爱情啦，无非这些吧，”我在揣摩着她会期望我说什么，“然后，她会说，哇，你要有艳遇了。”

“哈哈哈，刘老师，那是她说的还是你想的啊？”阿朵的聪明似乎是能够先人一步进入对方的内心。人在揣摩别人的想法的时候，其实常常是按自己的思路与逻辑在进行的，一不留神，可能暴露的恰恰是自己的想法。

“小说里好像经常是这么写的。”

“小说里还写过，说她给你看手相的时候，不经意地露出乳沟或者大腿，让你神思恍惚不能自持，而当你正胡思乱想的时候，她会说，想知道艳遇会在什么时间吗？给三十块钱就告诉你。于是你摸出钱包给了五十块。而她走了之后，你发现自己的皮夹子没了。哈哈哈。”

“你这是在编派波希米亚女郎吧，我怎么觉得这应该是吉卜赛女郎干的事情呢？”

“其实她们都是些心理学大师，她们非常懂得人性的弱点，确切地说是对男人的弱点非常了解，所以每每能够得手，有所斩获。”

阿朵这样说的时候，我想到了自己昨天夜里的那个梦境，想到自己半梦半醒中身体莫名其妙的勃起，内心里弱弱的，有些羞愧。我没有继续接她的话，而是把话题引向了窗外。

公路此时正穿过火烧山地区，两边起伏的山丘，在早晨的阳光里，如同炉膛中燃烧着的通红的炭火。“真是奇观啊！”我感叹道。

阿朵的思路似乎还在刚才的话题之中：“你是说波希米亚人吗？”

“我是说火烧山，你看公路两边，是不是很壮观、很震撼？”

“哦，我好像已经看得麻木了，没有你这样的感觉了。”

“也是，看多了当然就会疲倦。”

“大自然是它自己，跟我们这些过客其实没什么关系，它几十万、几百万年都在那里，我们这些过客，不过是瞬间的存在而已。”阿朵这个感慨来得突然而又莫名其妙，我估计她是陷入自己的某种情绪中了，便没有再说话，而是打开了车里的音响。

此刻这一番的宁静
是因为你在心里
那些烦恼来自
有时候的迟疑
我曾经寂寞漂泊
在这茫茫人海里
如此向往的你
却一直在这里
……

11. 弃车而走的搭车人

穿过火烧山夹峙的路段之后，视野骤然变得开阔，嫩黄的不知名的野花无边铺展，直到天边，公路边不时出现的“保护动物，禁止狩猎”的揭示牌告诉我们正在穿过卡拉麦里有蹄类动物自然保护区，路边时不时地会看到绘着盘羊图案的警告牌，提醒过路的人们要注意野生动物出没，这里应该是盘羊和野驴生活的地方了。

“能看到野驴和盘羊吗？”我问阿朵。

阿朵这时似乎有点恹恹的，大概在想自己的心事：“也许会吧，要看运气了。”

我停下车，从包里拿出相机交给阿朵：“如果看到了，就把它们拍下来吧。”她接过相机，调整了拍摄模式，然后像个机警的狙击手似的端着它朝向窗外，持机以待，随时准备捕捉它们，然后迅速按下快门。

我们始终没有看到野驴和盘羊的身影，却意外地发现了花鹿。在216国道358公里处，无边的金色野花中，几只花鹿在散步。我把车停在路边，准备让阿朵拍下它们，但是，远在一公里之外的机警的花鹿，似乎已经感觉到了我们，它们一律停步看向我们，然后在野花的原野上迅速跑向旷野深处。

实际上阿朵在我停车的时候，并没有像我一样兴奋，她甚至都没有下车，只是把车窗摇下，举起相机瞄了瞄远去的花鹿们，我感觉到她的情绪似乎有了一些微妙的变化，完全没有了刚才出发时的那股快活劲儿。我琢磨不透她情绪变化的缘由，我知道女人的情绪变化经常是非线性、非逻辑性的，就像花鹿的跳跃，也许过一会儿就又会欢快起来。

我的心曾乘着风啊

自由穿行梦想里啊

我沉默地祈祷啊

感受着你的光芒

感觉着你的神奇

感觉着你的平凡

……

许巍继续在唱，我没有理会阿朵的情绪，只在是沉闷中加力踏下油门，让车子在寂静的公路上跑得更快。

这一段路程，无论是车内还是车外，都是寂静沉闷的，除了许巍的歌声，而那歌声似乎更加剧了寂静与沉闷。车外，起伏的道路笔直而单调，前后都没有车辆，也看不到人的踪影；车内，两个沉默的人，目光都只投向前方，没有动作，也没有交谈的愿望，仿佛正、副驾驶座上的人都在专注地开车，区别在于我开的是现实的车子，阿朵开的大概是梦想的车子吧。不久之后出现在前方的搭车人，打破了这沉闷与寂静。

一辆大型货车停在路边，远远看到两个人不断地挥手，示意我们停车。在这前后几十公里看不到人的地方，这两个人大概已经等得太久了，看到我们的车子的时候，手臂挥动的频率显露出了他们的急切。然而，要在这样的地方停车搭载陌生人，我并没有做好心理准备，确切地说，我的内心还是有些恐惧的。他们是做什么的？他们有什么企图？会不会对我们不利？大货车后面会不会还有其他人？我首先想到的是可能的意外与危险。陌生人，我愿意祝福你，但我却很害怕你靠近我，我相信这是在这种情形下人们普遍的心理。

接近他们的时候我放慢了车速，我在观察他们，但我当时并没有停车的打算，我只想安全地通过，那时我的右脚一直在油门踏板上停留着，随时准备加速通过。距离越来越近，当我渐渐看清楚他们的时候，我已经开始缓缓地加速了。这是两个男人，裹着辨不清颜色的大衣，一个头上裹着头巾，另一个脸膛黑黑，似乎是故意涂抹上去的，潜意识里我觉得危险正在靠近。大概是感觉到我没有停下的意思，他们更加快速地挥着手臂示意我停车，甚至已经跑到了公路中间。就在快要靠近他们身边的时候，我猛地踩下油门，车子从他们身边一掠而过，蹿出二十米之后我才舒了口气。

“停车！”一直沉默着的阿朵，突然大喝了一声，几乎吓到了我。我那踩在油门上的右脚几乎是本能地立即就换到刹车踏板上并一踩到底，我们的身体在急速的刹车中前扑了一下。车子停住之后，我疑惑地扭过头看着旁边座位上的阿朵，她也扭过头来看着我，然后语气凝重地说：“他们也许需要帮助。”我注意到她当时面无表情的脸，也许是在压抑着对我没有停车的责怪甚至是愤怒吧，在她大喝般地叫着“停车”的时候，那声音分明是含怒的叫声。

大概是听到急促的刹车声，我从后视镜里看到，那两个人已经向我们的车子走来，考虑到阿朵的安全，我说：“你坐在车里别动，我去看看。”然后拉开车门下车，朝着那两个正走过来的人迎了上去。问明情况，原来是他们的大货车坏在了这里，手机也没电了，而且此地也没有信号，他们由于连夜赶路，已经饥饿难当，但是从昨天午夜到现在，就没有看到一辆车子经过。他们希望我们可以捎他们到最近的可以吃饭、打电话，可以找到修理厂的镇子。而地图上显示的最近的镇子恰库尔图，在数十公里之外。

两个搭车人上了我车的后排座，我没有对阿朵多说，只是告诉她，他们车坏了，想到前面找个吃饭的地方。但我的心并没有完全放下，这样陌生而且面目可疑的两个男人，坐在我们后面，在我的潜意识里，是一种难以言说的威胁。我一边开着车，一边不时地从车内的后视镜里警惕地观察着他们，心里还在想着万一他们有什么不轨的图谋，动作起来的时候我应该如何对付。好在，两个搭车人坐稳当了之后，很快就睡着了。也许他们真的是太饿、太累了，在有了着落、有了盼头之后，人就彻底放松下来了。当我看到他们睡着了而且发出了鼾声，我紧绷的神经也放松了下来。

两个弃车而走的搭车人，让我突然理解了什么叫西部，包括阿朵不顾可能的危险毅然叫停车，大概也是在西部生活的人才会有的。在内地，搭载陌生人是需要小心谨慎的事情，因为那也许是个陷阱；在内地，弃车而走是不可想象的事情，车上的货物会不会被盗？车或者车子的部件，譬如轮胎什么的，会不会被人弄走？都是问题。但在这里，在地域辽阔的西部，人们似乎没有这样的担心。以前看美国西部片，经常会看到弃车而走的情形，以为那是美国佬太有钱，拿车不当回事。现在我突然理解了，因为那也是西部，西部就是可以在紧急情况下弃车而走的地方，就是在命与物之间毫不犹豫地选择生命的地方。

12. 侏罗纪公园

接下来的这一段路程，似乎格外沉重，仿佛因为多搭了两个大汉，车子就沉重了许多似的，车内的气氛也由之前的沉闷变成了沉重，我不知道我这样的感觉产生的原因是什么，但我内心的感受就是沉重，重到连奔跑的车子也没有欢快之感。两个搭车人一直在睡，而阿朵依旧保持着目视前方的姿势，沉默着不发一言。当我远远地看到公路边有一个镇子的时候，我的内心里竟有一种就要被搭救的欢喜。

公路边的小镇，看不到几个人，但却有排列整齐的路灯、旅店、饭店、两层的小楼房，那是长途汽车站，上面写着“恰库尔图”。一个小小的有着十字街道的小镇，在我们经过半天不见人烟的行程之后陡然出现，显得像个繁华的大城市了。也许是我这几天一直在荒凉的火烧山转悠吧，小小的路边小镇恰库尔图突然出现，带给我的竟然是久违的有着人间烟火的城市的感觉。

在路边停住车，叫醒两个睡着的搭车人，他们疑惑地看看我们，再看看窗外，脸上露出一丝释然的笑意，下车去寻饭馆了。我也借机打破沉闷，跟阿朵说：“我们也去找点吃的？”阿朵转脸看看我，眼睛里似有一层迷雾。看到她并没有表示反对，我把车开到一家看上去比较整洁的饭馆门前停下。就在我停车熄火准备下车的时候，阿朵却突然说道：“现在吃午饭是不是有些太早？”我看看表，也才十一点钟，而新疆的正午应该是两点钟前后，很显然我还没有完全适应内地和新疆的时差，当我意识到这一点的时候，便有些不好意思地对阿朵笑笑：“嗯，在这里好像是有点早啊。”我这才发现饭馆里异常冷清，服务员都没有，似乎饭馆都没有准备好迎接客人呢。

“这里有个侏罗纪公园，”阿朵说，“不如我们先去那里看看。”

“侏罗纪公园？”我很疑惑，立即想到了电影《侏罗纪公园》，难道……

“是侏罗纪的硅化木遗存，也叫硅化木公园，就在镇子外面。”阿朵说她以前来过的，知道大致怎么走。于是我们换了位置，阿朵似乎轻车熟路，沿公路往回走了几十米，驶进镇子里的小路，绕了两个弯之后，一个巨大的横倒着的人造树上，赫然写着“侏罗纪公园”几个大字。

把车停在门前，往里走的时候，阿朵告诉我，硅化木就是在侏罗纪地质变化时生成的树木化石，在新疆的许多地方都有，有些裸在戈壁上，有些则埋在地表下面，恰库尔图的这个则是集中成片裸露在地表的，当地政府把它圈起来做了地质公园。

进入公园之后，阿朵的话逐渐多了起来。她告诉我硅化木经济价值很高，在不少地方都发生过盗采，现在政府已经对一些硅化木集中的区域进行了封闭保护。她这样讲的时候，像个专家似的。我说你很有研究啊，她说来新疆多了自然知道。走到一根躺着的粗大的硅化木前，阿朵停住了，似乎若有所思，她摸摸那截巨大的有着奇特的褐色肌理的“树木”，然后坐了上去。她看着我说：“我和他一起来过这里，在这里坐过。”当她这么说的时候，我似乎明白了她在我们上路之后的突然沉默，我在想，她是不是在和我重走她与他一起走过的路？这个想法让我感到吃惊，我注视着她，想要寻找答案，而她却转头看向远处的戈壁，似乎陷入了回忆，我以为接下来她会讲述她与他之间的故事，但她却突然发出了感慨：“跟这些树比起来，人的一生，真的不过是白驹过隙，转瞬即逝。可是人的一生却有那么多的麻烦与纠缠，全不像这些树，它们简简单单地站在一起，几十年甚至上百年，然后倒下了，变成了石头，而人却只能成尘成泥，被风吹去……”

阿朵几乎是在自语，不像是在和我说话，也并没有期待我的回应，也许仅仅是触景生情吧，面对如此大面积的苍凉的生命遗迹，心生悲凉之感，也是很自然的心理反应，如果再把自己的经历加进去，有了情感带入，发出些叹息也在所难免。或者，她和他一起来这里的时候，也曾有过类似的感慨吧。我无法设想一对艺术气息颇浓的情侣，到了这样的地方，会有什么样的举动，但我估计阿朵和她的情人上次在这里的停留，一定让她印象深刻，否则她也不会动念要重游故地了。硅化木虽然称得上是地质奇观，但在新疆却是随处可见，而奔着自然风光而来的一般的游人，大概不会对它产生太大的兴趣。这个位于恰库尔图小镇外的侏罗纪公园，其实并不起眼而且鲜有人至，阿朵特意要再次走进来，想必是内心里有一种强烈的情景还原的愿望，但她是要重拾回忆还是专程作别，我就无法知道了。

我撇下想着心事的阿朵，独自在恰库尔图的“侏罗纪公园”里转悠着，时不时地蹲下捡起些硅化木的碎片端详，发现它们的肌理，有些竟有着籽玉般的温润，玛瑙似的沉着，而它们生前却是一些大树，想象着那时森林茂盛的样子，再直起腰站起来看到大片的奇异的石化的遗存，内心里突然有种时间穿越的感觉，而这种感觉让我心生莫名的凄凉与恐惧，想要立即逃离这个地方，就像要立即从墓群中回到活生生的人间那样，我的脚步甚至有点慌乱。

我走过去，拍拍仍然坐着沉浸在自己的思绪中的阿朵的肩，说：“我们走吧。”也许是她太专注于自己的思绪，也许是我的声音有些异样，阿朵受到惊吓似的回过头来，像一只突然受惊的兔子，目光无辜而又疑惑地看着我，我又重复了一句，“我们走吧。”

“你吓着我了。”阿朵说。

13. 额尔齐斯河落日

我吃不准阿朵的情绪变化。早上出发的时候，似乎还是欢天喜地的样子，到了中午却变成了一个心事重重的人。我不知道这中间的变化是缘于什么，我很想问问她是怎么了，但又怕惹出意外的不快。从侏罗纪公园出来，在恰库尔图吃饭的时候，我试探着问她，是不是昨天没有休息好，她说不是的，至于是什么，我没敢往下再问。

从饭馆里出来，阿朵抢先上了驾驶座的位置。车子缓缓驶出镇子，跨过乌伦古桥之后，阿朵骤然加速，车子如脱缰的马儿一般，突然窜起，在 216 国道上狂奔起来。我看到仪表盘上显示的车速，迅速从 40 公里 / 时飙上了 140 公里 / 时。对于我的老吉普来说，这个时速，是有些让钢铁的身体也感到抽筋的，车子有些飘忽地颤动着，我紧张地偷眼看了看阿朵，而她似乎浑然不觉。我很想提醒她把速度降下来，但是又怕她不悦。好在这条路上几乎没有遇到过往的车子，既然她想飙车，就随她飙吧。我打开了音响，试图借助音乐舒缓她狂奔的情绪。

我看到在你眼中

天真的纯洁和晴朗

我看到在你眼中

曾经的悲伤和向往

……

面对这纷乱的世界的宁静

面对这多彩的世界

告诉我关于这世界的故事

自由和欢乐的梦想

……

告诉我如何能像你

让心里这一道光芒

永不熄闪耀

……

不知道是不是这一招产生的效果，几首歌之后，车子的速度降了下来。一直神经紧张的我，这才缓缓地舒了一口气。我想试着打破沉默，于是讨好似的说："你的驾驶技术不错啊。"阿朵扭头瞥了我一眼，似乎想说什么却又没说。但我从她的眼神里看出，刚才发狠的有些严峻的表情，似乎放松了。

在长途旅行中，两个人的车厢，如果气氛过于沉闷，紧张的情绪就会加剧，音乐和交谈，是必要的舒缓剂；但是如果找不到话题，旅途就会变得比独自驾车还要单调和无趣。在车厢这种独特的空间里，两个人构成的世界，尤其是和相识不久的旅伴共处于其中，如果长时间没有交流与交谈，就会陷入一种似乎各自心怀鬼胎的可疑境地。

你一定会认为，是我自己当时心怀鬼胎，所以才会有这样的感受。但我自忖，心里当时并没有“鬼”，至于有什么，我自己也并不十分清楚。和陌生人结伴同行，对我来说是初次的体验，之前的桑娅，很大程度上是个搭车人，并不是同行旅伴。结伴同行和顺道搭车，在心理层面上是有些微妙的差别的，同行旅伴之间就像合伙人一样，在心理感觉上是平等的，而驾驶者和搭车人之间，则是一种明显的主从关系。在旅途中，你可以不考虑搭车人的情绪，但是同行旅伴却必须互相顾及彼此的情绪。对待搭车人，你有一种先在的心理优势，会觉得自己有单方面施与的成分；而与同行旅伴则是一种旅行合作，与相识不久的同行旅伴合作，尤其需要格外小心，因为这是一种刚刚达成的脆弱而又微妙的合作，在这样的关系中，双方互为敏感的施与者和接受者，稍不留神，气氛就会变得紧张，而情绪也随之可疑地起伏，旅途的快乐也就荡然无存了。好在自驾旅行中的气氛与情绪，也会随着旅途中快速变化的景色和路况而改变，奇异的景色会强行切入搅动车内的气氛，而意外的路况变化，又会把旅伴的情绪转移出去。

路况良好的216国道，在它的120公里里程碑之后突然消失了。前面的道路在彻底的翻修中，我们只能被迫驶入便道，但行之不久，连便道也无法通行了。阿朵停下了车子，我则拿出来地图，寻找我们的位置，察看可以绕行的线路。从183团场经兵团公路绕道再上310、318省道抵北屯，才能回到我们原定的路线上来。这一段走走停停，阿朵驾车，我不时地察看地图，偶尔还要下车去问路，几乎花了近三个小时，才到达北屯。经过这一番折腾，车内原来沉闷的气氛，已经全然消失了，我感觉到我们已经是一对配合默契的搭档了。

稍事休息，再次出发，我让阿朵坐了副驾位置。驶上北屯至布尔津的319省道，面对着炫目的夕阳开车，需要时时减速看路。这是新疆的太阳，似乎比内地的阳光要强烈百倍，尽管我戴着墨镜，也常常会因为炫目而失去视力，尤其在拐弯处，一不留神，前方的路就从视线里消失了。好在有额尔齐斯河一路相伴，我们要时时停下来欣赏美景。我的注意力全然投向右边的阿朵，她每一次的尖叫，就是让我停车的警报信号。

319省道与额尔齐斯河并行，路边看到的河湾处，随时停车，都是优美的风景，蓝天，绿水，河湾，牛羊和一碧如洗蓝绿变幻莫测的水面上不时飞起的野鸟，不仅是田园风光，更是一幅幅连环的油画。从公路里程碑67公里处到布尔津的额尔齐斯河桥头，更是风光无限，移步换景。这一段，阿朵已经一扫之前的忧郁与沉默，欢快得像个小女生，不时地摆出妖娆姿态，喊着我让我给她拍照。

到达布尔津桥时正赶上日落时分，那是被摄影家们称作拍摄额尔齐斯河落日的最佳时刻。橙红的夕阳在树影与河面的波光里，随着我们每一次的小小的移动，都会产生无穷的变幻，我们欣赏并拍摄着，已经完全忘了劳累与饥饿。而我这个初到此地的旅行者，由衷地感叹着，原来无须进入什么景点，额尔齐斯河就是风景，它甚至就是一条看不尽的长长的风光带，一幅长卷的油画。我和阿朵当时都心情大悦，疏忽了还有“乐极生悲”这样的词儿——我是说，接下来，在布尔津，我和陌生人打了一架。

14. 天黑后进入布尔津

天黑后进入布尔津城区，这个因为喀那斯一带的旅游开发而火爆的小县城，干净，整洁，处处洋房，俨然已经是一个巨大的旅馆之城了。别墅式的私人旅馆更是别有情调，我们找到一家僻静的，登记了两个单人房间。

阿朵情绪颇高，洗罢脸，换过衣服，就来到我的房间，嚷嚷着去吃夜市。看我行动有些迟缓，就诱惑我说此地夜市烤制的冷水鱼如何细腻鲜美，并且眼神幽幽地告诉我，夜市里美女如云呢，全国各地乃至外国美女都能看到，看她说着的时候那表情里透出的意思，好像我是个十足的好色之徒似的。

我逗她说："会比你更美吗？"

"到了那里你就会知道，我不过是个小巫而已。"

阿朵似乎很熟悉此地，出了旅馆，三拐两拐就到了沿河街夜市。沿着拥挤的小街走了一段之后，找了一张桌子坐下，趁着阿朵去点菜的空当，我用目光扫了一圈儿，果然如阿朵所说，美女如云。头顶满天繁星，坐在凉爽的夜色里，喝酒，吃烤鱼，看美女，确实是长途奔袭之后难得的享受。然而美食与美女当前，酒大了之后，就难免会失态，生出些嫌隙，惹出些勾当。以我的冷眼，观察那些已经醉眼蒙眬的热眼，我能看到魂不守舍中已经有幽幽的火苗在窜动了。乐极生悲的事情，就是在这种时候发生的。

隔着一张小桌子，旁边一桌几个男人，看上去已经有几分酒意。他们不时地斜着身子拿眼神撩着阿朵，然后淫邪地笑着，窃窃私语。我目光严厉地瞪了他们几次，试图让他们收敛一些，结果却适得其反，他们变得更放肆了。其中有人站起来，举着杯子对阿朵说："美女，过来陪我们喝几杯。"阿朵瞪了他们一眼，扭过头不再看他们。接下来，他们的话就有些不堪了。

"还挺个性的啊？"

"有个性好啊，肯定味道不错。"

"那老家伙艳福不浅啊。"

"老家伙那个恐怕不行吧？"跟着是一阵淫邪的哄笑。然后就有一个人举着杯子走了过来，胳膊搭在阿朵肩上："美人儿，跟哥哥喝一杯。"

阿朵试图摆脱纠缠，但他却把脸凑近阿朵，我忍无可忍，站起来揪住男人的衣服想把他拉开，那男人脚下已经不稳，一个趔趄差点摔倒，却顺势把酒泼到了我的脸上。他的同伙这时已经围上来，有人大概是用酒瓶在我的肩上猛击了一下，怒不可遏中我不假思索地操起身边的椅子，抡起来向对方打去……

后来回想起来，连我自己都感到吃惊，一个几乎没有打过架的人，怎么会有这样的胆量，而且没有丝毫畏惧。愤怒情急之时，恶向胆边生，大概就是这样吧。据阿朵后来告诉我，说我当时身手敏捷，用椅子砸倒两个，用脚踹倒一个，然后拉起阿朵就跑向小街中间，在人群中磕磕碰碰地逃出夜市。所幸，那些人并没有追上来，一直追出夜市的是摊主，他是来收钱的。

回到旅馆的房间，这才发现，英雄救美的结果是我受伤了。我自己那时候还没有感觉到疼痛，是阿朵注意到我的肩部衣服上有血迹渗出。阿朵让我脱掉衣服察看，是有一个小小的伤口，估计是打过来的酒瓶所致。阿朵按按伤处，又用嘴轻轻地吹了吹，我不知道她吹伤口是何用意，但就是这个时候，我才感到疼了。好在伤口不大，用清水擦洗之后，贴了两张创可贴也就没事了。

阿朵在用毛巾帮我擦洗的时候，一直是咯咯笑着的，像个没心没肺的小姑娘，完全脱掉了一个成年女人通常的矜持，似乎打架和受伤是一件很好玩的事情。就像小妹妹得到一向威严的大哥哥奋不顾身的保护之后那样，她大概有种被护驾的开心吧。

收拾完毕，回过神儿来，阿朵说："我还饿着呢，咱们再去找吃的吧。"

再次出门，不敢去夜市，我们就在旅馆旁边找了家饭馆。

坐定之后，点了几样小菜。阿朵提议喝点白酒。"压压惊，"她说，"我也陪你喝一杯。"她温柔而又善解人意的样子，让我在一刹那间竟然生出些暧昧的恍惚。

"敬刘大侠刘老师一杯，"阿朵主动和我碰杯，"长这么大，还是第一次有男人这样为我大打出手呢。"她似乎对刚才的历险意犹未尽，"刘老师，你年轻的时候，是不是经常打架啊？"

我故作神秘，笑而不答。其实却仍然心有余悸，幸亏我们跑得快，幸亏那些人是酒大了没有追上来，如果没有逃脱，被一群人围殴，后果就不堪设想了。我心里正盘算着，明天是不是应该早早起来开车跑路；在布尔津这么个小城，随时都有可能再与那些人相遇，万一碰到，恐怕就没有今天这么幸运了。有后怕和不知道后怕，大概也是中年人和年轻人的区别之一，在我这个年纪，打架实在是非常不堪的事情，想想都觉得荒唐。我甚至在想，刚才如果不出手，有没有其他更温和的解决办法，譬如忍气吞声地拉着阿朵默默离开……

“你以前为女人打过架吗？”阿朵直视着我，沿着她的思路继续追问。

“坦白地说，还真是第一次。”我没敢更坦白地告诉她，现在我感到后悔而且后怕。

“是真的？”她似乎不大相信。

“是真的。”我肯定地回答。

“那为我们两个共同的第一次，再干一杯。”

我不知道这件事何以让阿朵如此兴奋和开心，从这几天的接触来看，她并不是一个没心没肺的大大咧咧的女人，矜持与忧郁应该是她的主调才对。也许是这个地方触发了她内心里压抑着的另一种气质、另一个性格侧面？也或者是这个地方唤起了她记忆中的某些部分？是以夸张的兴奋来掩饰自己心底的喘息与疼痛？在好奇心的驱使下，我有了一个略显阴暗的念头，想试探一下。

“你好像对这里很熟？”

“我来过有两三次了吧。”

“有什么特别的记忆和遭遇吗？”

阿朵警觉地看了我一眼，但立即又恢复到开心的状态：“刚才的遭遇可真够刺激的，跟电影里的打斗戏似的，英雄救美，哈哈哈，刘老师，我再敬你。”阿朵跟我碰了下杯，碰完之后，我注意到她的表情，有一瞬间不易觉察的黯然神伤。

15. 一个隐秘的渴望

“刘老师，我冒昧地问一下，你的家庭生活……幸福吗？”我不知道阿朵是为了摆脱被问的处境，还是真的好奇，突然冒出这么一句只有小女生才爱问的问题。这些天的接触，我觉得，她和生活中的大部分女人是不一样的。这些天，她从来没有主动问过我的家庭和家庭生活怎么样，这是一般女人通常都会怀着好奇心喜欢打听的事情，即使不是出于关心，也可以出于八卦心理，而自己感情或者婚姻不幸的女人，尤其喜欢打听别人的感情和家庭生活。但阿朵即使是在她讲述完自己的故事之后，也没有问我一下，那是个最合适的问这个问题的时候，但她没有问。我不知道这应该被理解为懂事和善解人意，还是应该理解为她对我没有兴趣，所以才不打听这样的问题。但我愿意把这理解为一个有修养的、有艺术气质的、不凡的女人的自尊，不屑于也不愿意打听别人的私事，这是一种教养。然而，她现在却突然问了这么一句，这让我怀疑，是不是每个没有结婚的女人，无论年龄多大，内心里其实仍然长久地住着一个小女生？

“为什么突然想起问这个？”

“没有为什么，突然想到而已，随便聊的，就算是好奇吧。”

“你家庭幸福吗？爱情一直存在吗？这是小女生都爱问的问题，你也是小女生啊？”我这样反问，其实是个缓兵之计。想想平淡、平常、平庸的家庭生活场景，一个想出门想了二十多年的中年男人，一个好不容易有了机会出门“在逃”的中年男人，早就已经疏于思考“幸福”与否的问题了，至于爱情，其实人到中年，早已不谈。半月或者一月一次的性爱，除了琐事几乎没有什么可谈的三人世界，和谐温暖但却看不到情意绵绵的不断重复的日常生活，算是爱情吗？或者，爱情真的曾经来过吗？我们是怎么认识的？怎么结婚的？似乎都和想象中的爱情没有什么关系。偶尔在心中有所憧憬的，不过是电影与小说中的爱情奇遇而已，扪心自问，中年男人对爱情的想象与憧憬，大概更多的是偶然的激情与艳遇吧。

“你们……我是说，人到中年的婚姻中人，就不会问吗？”阿朵又把问题扳了回来，而且更进一步。

“我只能说，结婚是人生中最冒险的事情，即便你婚前觉得有多么相爱，但婚后完全是两回事。那几乎是不同的人生，不同的生活。经验了之后，就只生活，不追问了。”我并没有正面回答，只说了普遍状况。

“刘老师你太狡猾了，这是回避嘛。”阿朵用撒娇的语气点破了我。

实际上，我当时仍然陷于与人发生冲突之后的后怕之中，并没有心思去讨论这样的话题。几杯酒下肚之后，身体和心情才稍稍得到舒缓，但却并没有太多说话的欲望。我没有再接她的话，而是闷着头喝酒吃饭。面对我的沉默，阿朵大概是以为我的生活中有什么难言之隐吧，她也识趣地不再继续追问，只是试探着说："刘老师，在想什么呢？"

我在想什么呢？她的话提醒了我，可我觉得自己当时正处在脑子短路的状态，我在想什么呢？似乎想什么了，又似乎什么也没想，"我自己甚至都不能确定我在想什么。"

阿朵诡异地笑了一下，没有再说什么，只是端起酒杯，与我轻轻地碰了一下。这让我觉得，阿朵是个善解人意的女人。

吃完饭回到旅馆，跟阿朵道了晚安，回到自己的房间，因为身上有伤，我没有洗澡就直接躺在了床上。我感到非常疲惫，捂着被子想好好地睡一觉，但闭上眼睛，却怎么也睡不着。脑子里仍然是刚才在夜市上的场面，对自己刚才的冲动感到吃惊和后悔，并且没来由地想到，那些人会不会找到旅馆里来？就是在这个时候，接到了桑娅的电话。"老刘，你跑到哪了？什么时候回来啊？老刘我很想你。"她重复着之前在短信里的意思，声音里带着娇嗔。我告诉她我在布尔津，但她并不知道布尔津，我又说明天会去喀纳斯。喀纳斯她是知道的，她说她也好想去，又抱怨我都不带着她。桑娅语无伦次地絮叨着，我有一句没一句地回应着。后来她说，老是想起在我怀里被我抱着的感觉，然后又说她这会儿觉得很孤单，"老刘你哄哄我吧，哄我睡觉。"

好不容易让桑娅挂了电话，我却怎么也不睡着。桑娅的电话，让我回想起了前些天的情景，身体的欢喜与内心的愧怍和后悔交织着，思绪混乱而慌张，不能自拔，甚至觉得自己的身体上有种中年男人的无耻。我检视着自己的这次出行，这么兴冲冲地毅然一个人开车跑出来，仅仅是对出行的渴望吗？仅仅是想脱离长时间的平淡无奇的生活让自己放松地度一个旅行假期吗？我觉得自己的内心深处，实际上原本就潜藏着一个隐秘的渴望，渴望路途中的艳遇，渴望在路上能有机会放纵自己的身体，而当有了桑娅的主动，越过以前从未突破过的界限之后，自己就彻底放松以至于变得放肆了。无耻的后面，是否包含着对自己以前循规蹈矩的生活的报复性的寻求补偿的意味？这样想的时候，我甚至感到有些害怕，对我自己也对人性有些怀疑起来。男人，尤其是我这样的在死水一潭的日常生活中憋得太久的中年男人，一旦机会适当，在失去禁忌的环境里，会释放出什么样的异常的能量，都很难估量。我又想到了晚上在夜市上，我怎么会不假思索就那么轻率地操起椅子大打出手呢？在我四十多年的人生当中，第一次发生这样的事情，真是不可思议。短短的十来天，我已经改变得不像是原来的我了，这改变是缘于独行，缘于脱离了自己本来的环境感到无人控制？其中更深的原因，可能不是环境的变化，而是人的内心里藏着的那头被囚的野兽？在深深的怀疑中，我不得其解。或许是因为酒后，我的长于理性分析的头脑有些丧失了能力。我睁开眼睛，望着天花板，然后又用力地闭上眼睛，试图让自己从不能自拔的混乱思绪中抽身出来，摆脱心中的纠结，但是效果却很不明显，我还是回到脑子里的问题中。这让我感到痛苦，不想思考的时候，脑子却不理会自己的愿望。于是，我打开电视，调到一个肥皂剧，努力地让自己看进去，让自己进入剧情以便脱离开令人厌烦的心绪……

16. 我的地盘

我本来打算早点起床出发，以免碰到昨天在夜市里发生冲突的那些人，我也确实很早就醒来了，那时天还没有亮，估计阿朵还在睡梦之中，我觉得可以再躺一会儿，在这个酒后的早晨，我感到寒冷而又疲惫。出门十多天以来，我第一次有这种疲惫感，而我躺在被子里的身体，也感到越来越冷。房间里的电暖器一直开着，但似乎没有什么作用，我把另一张床上的被子也拉过来压到身上，闭上眼睛，想再睡上一会儿。

迷迷糊糊中，阿朵的电话打过来了。她问我起来没有，睡得好不好，然后她说了今天的想法和安排，她说先去五彩滩，然后再去禾木，最后去喀纳斯。我并没有觉得她的安排有什么问题，因为我本是信马由缰，心中原本就没有什么计划中的目的地。但是在那一刻，我的情绪陡然坏了起来，我不喜欢这种还没有起床就要被安排的感觉——被安排，我的前半生似乎一直都在被安排，被父母安排，被社会安排，被生存安排，被领导安排，被老婆安排，被孩子安排，我突然意识到自己一直都是如此被动，我想挣脱但不能，独自驾车出门旅行，也许是可以短暂地脱离被安排而由我自己随心所欲地走和做，这大概是我独自出门自驾旅行的一个深层的心理原因吧，潜意识里，我想不被安排而由自己做主。挣脱被安排！但是现在，有了个同行者，似乎难免回到被安排的状态。这和自由自在的自由精神相违背，也和独自自驾出行的初衷相违背。这使我对自己怀疑起来，我为什么要有个同行者呢？明知道两个人就意味着自由被限制，就意味着要与人合作、与人商量，要安排和被安排，要照顾到对方的心理感受和对方的意愿、对方的习惯、对方的行为方式等，那么我为什么要接受这样的一个同行者而不是一个搭车客？如果是搭车客就完全没有这样的问题。为什么呢？是因为她的美丽、她熟悉道路、对她有企图，还是因为我一个人跑得累了、感觉乏味了？

在那一刻，我那突然敏感起来的心对被安排做出了弱弱的反抗。“我现在感到非常疲惫，”我说，“我想再睡一会儿。”阿朵在电话里“哦”了一声，没有再多说什么就挂了。

我的身体想要继续睡觉，但是我的头脑却并不配合，仍然在纠缠着同行者与搭车人的问题。从答应了阿朵的那一刻开始，我一直想把阿朵视为一个同行者而不是搭车人，但却很难找到同行的感觉。一路轮换驾车，也没能把同行的感觉强调出来，这又是为什么？是因为我们还不够熟悉，还是因为性别的差异？同行意味着平等，意味着互相地信赖，意味着我这个车主也可以把自己交出去，意味着我们是一起的，我们是合伙在做同一件事情，但我们在做的同一件事情是什么呢？仅仅是赶路？我想要的是自由自在信马由缰。她呢？她决定和我一起上路是为什么？这一点我完全不知道。她携着行李进入我的车里，其实是进入了我的地盘、切入了我的独行状态，我很高兴地接纳了并且期待状态的改变，但是此刻却为什么会有不适的感觉呢？我有些理不清楚，也说不明白。不仅身体疲惫，想这些问题让我的头脑也渐渐感到了疲惫，我在这双重疲惫中复睡去。

但是我睡得并不踏实，关节和肌肉仿佛浸在冷水里，时不时地会感到寒意袭上身来，我得努力地裹紧被子，蜷缩身体以便让自己暖和一些，同时又觉得肢体酸痛，需要用力地伸展四肢进行舒缓。在这样的反复折腾中，在床上磨蹭了一个上午。

我不知道这段时间里阿朵在做什么，中午起来以后，我很抱歉地对她说："年纪大了，还是扛不住啊，年轻时我绝不会睡到这么晚的。""你看上去一点也不老，你为什么总要强调自己的年龄呢，觉得你年龄大些在我面前就有优势吗？"她半开玩笑地说。"但我确实人到中年了啊。"我顺嘴回应着她，但内心里觉得她的说法有些奇怪，年龄大怎么就是一种优势了呢？从来都是年轻人更具有优势，在今天的社会生活中尤其如此，年轻就意味着所有的可能性，人在年轻的时候，会觉得整个世界都是为自己准备的，随着年龄渐长，优势与优越感渐失，尤其到了中年之后，慢慢地知道自己的无力，知道恐惧和害怕，知道个人的有限，知道年轻时以为无所不能的很多事其实不能。我不愿意被人安排，但我不能；阿朵早晨说今天要准备如何如何时，我心里有强烈的不悦与厌烦，我很想发火，但我不能，只是以疲惫为由曲折地表达；我甚至有瞬间的后悔，后悔答应阿朵同行，但我不能现在把她放在路上，我也不能表现出不悦，所以我接下来又笑着说道："毛主席早就说了：世界是你们的，也是我们的，但是归根结底是你们的，你们年轻人，好像八九点钟的太阳，希望寄托你们身上。"听我这么背诵毛主席语录，阿朵笑了。阿朵笑起来的样子是很迷人的，无论是矜持含蓄的笑还是放肆的没心没肺的笑，阿朵一笑，我内心的厌烦和疲惫似乎都烟消云散了，这大概是一个美丽迷人的女人所具有的绝对优势吧。

美人一笑，世界就变得美好起来，我当时就是这么想的。而我这么想了以后，就把被安排的不悦彻底忘掉了，我不无讨好地说："咱们去五彩滩吧。"阿朵明白我是在迁就她的想法，立即就现出欢天喜地的样子："那我来开车吧。"

车子驶出布尔津，沿着227省道一路向西，驶出不远，视野顿时开阔，生长着大片芦苇的湿地，斑斑驳驳的小水面，在阳光下泛着诱人的光芒。阿朵放慢了车速，东张西望地看着窗外，完全像是郊游，满脸欢快，一改昨天狂奔时的凝重，这让我意识到，出门旅行，景色与心情既是相互的调节，也是相互的注释，如果加上合适的音乐，就称得上完美旅行了。

我不顾一切地跋涉千里

只为再次见到你

你在我心里是温暖的家

有一些记忆在我心里

如今再次又想起

丛林开满最鲜艳的花

散落在春风里

你的笑容如此温暖

溶化我心中的忧伤

湖水湛蓝天空遥远

你的容颜盛开在春天

……

在许巍的歌声里，阿朵冷不丁地问了一声："刘老师，你心里的春天是什么呢？"而我也莫明其妙地顺口说了一句："是你此刻的笑容。"话一出口，我意识到这是有些调情的意味了，知道失言，内心于是忐忑起来，偷眼看阿朵的表情。

"刘老师你有些陶醉了呢，"阿朵笑着说，"你读过昆德拉的小说《搭车游戏》吧？"

经她一提，小说中的情节立即在我脑海里浮现，但那一对玩过头了的男女，似乎和我们现在的情境并不一样。我心里闪过一个念头，难道阿朵是想暗示点什么？我得承认当时我有一丝荒唐的期待，但我马上就打消了自己的念头："嗯，读过，那是一篇很有趣的小说。"

"有趣？"

"当然，不只是有趣，还有人性的复杂在里面，控制与放纵。"

"你放纵过自己吗？"阿朵进一步的追问令人疑惑，我有些搞不明白她的意思了，"到了某种情境下，你会不会放纵自己呢？"阿朵说话的时候表情里有狡黠的笑意，让我更加摸不着头脑，我只好打马虎眼说："我不知道呢。"听到我的回答，阿朵哈哈哈地大笑起来，笑得有些夸张，也笑得让我心中发虚，好像心中有鬼却已经被她看穿。好在已经到了五彩滩景区门前，可以暂时中断话题了。

17. 五彩滩

五彩滩是额尔齐斯河岸边的一处雅丹地貌，与五彩城不同，它是沿着河岸呈波浪形分布的，阳光下不停变幻着色彩的红色与旁边青色的河水相互映衬，惊艳中更多了些柔美韵味，置身交错起伏的地形中，有种天风浩荡、山河入梦的大气浑然于胸的感觉。大自然的永恒与强大，令人心生莫名怅惘，我伏在栏杆上望着河水，觉得也许我应该感慨点什么才对，但脑子里竟是一片空白。我意识到自己有些可笑，幸亏没有人知道我在想什么。阿朵推推我说："别发呆了，给我拍几张照片吧。"

镜头里的阿朵，有着和环境反差极大的美丽，粗糙背景中的她纤细而优雅，阿朵的气质愈显高贵，矜持忧郁的神情与张扬的地形强烈地对立着，她本人仿佛是被强加进环境中的，又与环境形成了一种艺术张力。我一边按快门一边在内心里感叹着，她可真美！我后来告诉阿朵拍照时的感觉，她并不吃惊，也没有丝毫矜持和自谦，反倒很大方地说，我本来就很美啊，接着又打趣说，美人相伴美景，你不觉得很幸运？她这样说的时候，我感到有些亲昵的意味。和前两天的感觉有些微妙的不同，我们的关系在不知不觉中起了变化，两人之间的距离感似乎正在消失。在回来的路上，我一直在想，这微妙的变化是从什么时候开始的呢？是从夜市里的冲突之后她给我擦洗肩上血迹的时候，还是从她和我聊到《搭车游戏》的时候？我不能确定时间点，但我的感觉真切地告诉我变化已经发生。

回来的路上仍然是阿朵在驾车，她心情不错，甚至和着车里的音乐唱了起来：

阵阵晚风吹动着松涛
吹响这风铃声如天籁
……
看那晚霞盛开在天边
有一群向西归鸟
谁画出这天地
又画下我和你
让我们的世界绚丽多彩
谁让我们哭泣
又给我们惊喜
让我们就这样相爱相遇
总是要说再见
相聚又分离
总是走在漫长的路上

而我因为昨夜没有睡好，这会儿也乐得闭目养神。其实闭目也未必就是养神，我那会儿在想自己的心事。“总是要说再见，相聚又分离，总是走在漫长的路上。”听到最后这句的时候，我的心突然颤抖了一下，心里泛起一阵惆怅，情绪从欢快跳向了忧伤。

也许你不相信，觉得我这四十八岁的老男人还这么善感，纯粹是矫情。但当时的感觉就是如此，就像在这西部，在冬天的暖阳里晒得正舒服的时候，浓云突然遮住了太阳，身体立即感觉到了寒凉之意。我甚至觉察到自己的情绪中有一种厌烦，很想一个人开车狂奔，而不是坐在欢快的美女阿朵旁边。当时我不能分辨清楚这情绪缘何而生，我不知道这情绪是纯个人的还是和旁边的阿朵的存在有关，只是有一种强烈的想要一个人独自狂奔的欲望。当然我不能，而且，很快我们就回到了布尔津城区。

晚饭的时候，阿朵一如既往地表现出女人的体贴，但我却第一次在和她吃饭时显得情绪低落，无论怎么努力，都还是恹恹的不想多说话。阿朵肯定感觉到了我的情绪变化，但她并没有探究，而是善解人意地说，我们吃完饭早点休息，明天好早点出发。

回到房间一个人待着的时候，我的情绪并没有好转，甚至有些坐卧不宁，不知道干什么才好。我很想认真安静地检视自己的情绪，但注意力却无法集中，思维似乎被情绪控制了，脑子无法正常运转，只是感到烦躁。烦躁中挥之不去的是阿朵的样子，她时不时地在我头脑中闪过。我和一个惊艳迷人的女人，结伴行走在没有人认识我们的异地，我为和她同行而兴奋，这是出自男人的本能的兴奋，这兴奋里毫无疑问掺杂着男人的身体欲望，掺杂着对满足这欲望的期待，但阿朵的神情里透出的气质上的高贵与不可冒犯，又让我感到失落甚至有些痛苦。也许这才是我突然感到厌烦的原因吧？但我自己无法厘清。而陷于这种无法理清的困境中不能自拔的感觉，是否又加剧了厌烦的情绪？而这也是我不能确定的。男人对漂亮女人怀有欲望应该算是正常的人性，因欲望而有企图也算情理之中，但有企图而知道不能，才是痛苦吧？消除这痛苦的恰当办法应该是离开，但我不能把她放在路上自己跑掉；而我隐约感觉到来自她的时有时无的亲昵的暗示，这只是我自己的臆想与误读吗？她是纯属无意还是有心暧昧？当她提到昆德拉的小说《搭车游戏》的时候，是心血来潮？是试探暗示？是嘲弄？或者只是情景触发想到了这篇小说而已？女人的暧昧，常常微妙而不可捕捉，从表面现象很难知道她的内心的想法，甚至没有想法也可以不经意地流露些暧昧出来，所谓风情，大致即是如此？

我知道自己已经想多了，也是因为心中有念，所以才会多想。我想从厌烦的情绪中脱身出来，却更深地陷入了自我烦扰。这样的心理困境，我还是第一次体验到，我知道要摆脱出来只能是放开来不再去想，我觉得我需要借助一点外力，于是决定下楼去宾馆外面买酒。

就在我刚刚走出宾馆的时候，却碰到阿朵从外面回来。她问我干什么去，我说突然想喝一口，出去买点酒。阿朵诡异地笑了一下，晃晃手里拎着的塑料袋："我就知道你可能想喝点，我已经买回来了。"

这是怎样神奇的一个女人啊，简直令人吃惊。她竟然知道我此时所想，她是怎么感知到的？难道她已经潜入了我的头脑中，那么她是不是也知道刚才我脑子里纷乱的思绪呢？我的脑子一时间有些发蒙，只是想起她曾经说过的一个词：妖精！她不仅买了酒，还买了锅巴、花生米、牛肉干、鱼片。

"去你房间还是到我房间？"

18. 少了一只乳房的女人

那天晚上我们讨论了一些问题。我这样说好像有点过于严肃，但是，确实是的，我和阿朵，我们讨论了一些问题。我承认我当时也觉得讨论问题的感觉是有点奇怪，就像在开会或者在学校里学生到办公室来找我讨论某本书的那种感觉。两个在旅途中萍水相逢的男女，结伴而行本来应该是游玩的，应该不需要也不大会发生严肃地讨论问题（而且是有点敏感的问题）这样的事情，顶多是对旅途中看到的、听到的东西探讨一下发发感慨，深入的交流和讨论通常是不会发生的；因为大家都知道过不了多久就会一拍两散，即使是旅途中有过暧昧甚至发生了身体关系，大多时候也不过是逢场作戏或者生理需要，甚至只是旅途的寂寞无聊使然。所谓艳遇，本质上就是这种短暂的瞬间的露水夫妻式的你情我愿，在互相满足了之后，各走各的路，如果那一刻双方都获得了前所未有的畅快淋漓的快感，也许会在日后的某一天偶然记起，但也不过是蒸发已久的露水而已，不会在心里刻下太深的印痕。当然我和阿朵讨论的并不是艳遇问题，一旦讨论艳遇就离艳遇已经远了，况且如果是这种情形下的男女坐在一起讨论旅途中的艳遇，那就尤其怪异了。虽然我已经把阿朵定位为同行旅伴而不是搭车客，但我们毕竟还算不上熟悉，算不上很了解，我是说我们接下来讨论的事情，与环境和我们的关系都有些不太恰当、不该发生，所以内心里还是感觉有点奇怪，即便是现在回想起来，我还是觉得有点怪怪的。也许是因为阿朵的与众不同，也许是当时酒精的作用吧。

在阿朵的房间里，我们一人一个茶杯，阿朵很公平地倒满了酒递给我一杯，我们时不时地碰一下杯子，散漫地喝着。这种时候阿朵是有些男人的豪气的，喝酒不让须眉，喝酒的时候说话也直接。她说："刘老师，你今天情绪有些低落。"我否认说没有，然后又弱弱地辩解了一下，说可能是出来跑了十几天，心理上有些疲惫了吧。阿朵说喝酒正好解乏，不过也不能喝闷酒。"聊点什么呗。"阿朵微笑着说。她这么一说，我更加找不到话题，不知道该说什么了，而我的内心里其实是泛了一些涟漪，在揣测她是希望我主动说些什么吗，借着酒劲从言语的暧昧过渡到身体的暧昧？我得承认我当时心里是动了这种念头的，但是阿朵的气质里有一些高贵到逼人的东西，我试着探寻她的眼神，还是觉得不敢造次，龌龊的念头立即就缩了回来。阿朵和刘姗姗都是让男人看到就会有想法的女人，不同的是刘姗姗身体里洋溢着情欲，看她时能感觉到眼神里有种渴望，或者说是有些贱贱的内容，让男人觉得打情骂俏很自然，没有心理障碍，动手动脚也不会受到阻碍；但阿朵的美丽迷人是另一种，虽然看到她的男人也都不由自主地会有想法，但是有了可以实施的机会和条件单独面对的时候，绝大多数男人又都会缩手缩脚了——除非是真正的流氓，不管不顾地扑上去就下手。但我显然并没有流氓的心理素质，只是在内心里七上八下，此时越发不知道该说什么，于是我又把皮球踢了回去，也许是期待她主动吧，我眼神幽幽地看着她说："聊点什么呢？"阿朵不动声色地笑了笑，嘴角微微地抽动了一下，更显迷人，但那笑却让我感觉有些诡异，似乎被她看穿了我的心思。这时候我突然想起那天看到她在宾馆前台后面画画的情形，更确切地说，是我想起了那幅画上只有一只乳房的女人，于是顺口说道："说说你的画吧。"

阿朵略微犹豫了一下，然后去桌前打开她的笔记本电脑，她把电脑里存的她的画的照片打开，一张张地点开给我看。除了几幅花卉和风景，大多是女人体；大部分的女人体色彩混乱，画面模糊，有印象派的感觉；个别几幅是很传统的写实风格，但色调黯淡。画中的女人无论是正面、侧面还是背景，一律都是略显夸张的丰腴性感的体形，还有一个令我吃惊的地方，就是那些正面和侧面的女人，都是只能见到一只乳房。在印象派风格的画面上，少一只乳房的地方，都是一些混乱的色彩，而在写实风格的画面上，那个应该长着乳房的部位，皮肤像是肚皮或者更像是半张没有表情的脸，看上去非常虚假，而且感觉异常别扭。正是这一点激起了我强烈的好奇，我抑制不住自己的好奇，问她，为什么会是这样？

阿朵沉吟了一下说："不为什么，残缺之美比完美更多些不可言说的魅力，不是吗？维纳斯因为少了半条胳膊而变得更美了，我想试试看少了一只乳房的女人，是不是也会更迷人、更深刻……可惜我还没有画出那种想要的感觉。"我不知道阿朵这样的说法是不是站得住脚，但我隐约地感觉似乎应该不止这么简单，触发她画这么多只有一只乳房的女人体的原因，一定不只是维纳斯。我正在斟酌怎么问这个问题，阿朵似乎已经看出了我的心思，她说直接的原因是她的一个女朋友，因为乳腺癌做了乳房切除手术，之后不久，已经确定了婚期的未婚夫离开了。"我一直不能理解，一只乳房何至于让一个男人如此决绝，而他们的感情在此之前是那么好。"

尽管我已经隐约猜测到了，但阿朵说的这个故事，还是让我感到心情沉重——一种滋味异样的沉重，一时间竟至于不知道说什么好，只是下意识地端起杯子喝了一大口酒。

“一只乳房，对男人有那么重要吗？”阿朵似是问我，又像是在自语，“切掉一只乳房就能切掉一个男人对一个女人的深爱吗？我不明白为什么会这样。”

“你想通过画找到原因？”我觉得自己问得真是莫明其妙。

“女人的乳房对男人意味着什么？女性美？性？性感？生育？少掉的乳房会带来心理障碍？还是别的什么？”阿朵这样说的时候，情绪似乎有些激动。

我并没有这样的经验，也从未思考过这样的问题，我试着从男人的角度去想象，但我说出来的话却感觉都有些不着边际的无关痛痒。也许只有切身面对了这种残酷事实的人，才有资格给出些说法。

我说那天晚上我和阿朵讨论了一些问题，正是说的这个。我们这一对萍水相逢的短暂旅伴，还算不上了解和熟悉的男女，喝着酒，坐在旅馆的房间里，讨论着这个关于男女身体的事情。性、乳房、性心理、感情和性爱，从我们的嘴里说出来，就像在说国家、理想、股票、衣服和家具一样，问题敏感但交谈严肃，当时并没有觉得怎样，但过后想来还是感到怪异，以至于回到我自己的房间以后，我甚至感觉到有一种荒诞之感。那一刻我还想了一下，阿朵会不会也有和我一样的感觉？

19. 男人的梦

晚上喝酒的好处，是可以帮助睡眠；晚上和女人喝酒的麻烦，是容易导入暧昧而失眠；晚上和一个女人单独喝酒，却和她严肃地讨论敏感的男女之间的身体问题，则是一种显而易见的荒诞行径。我躺在床上，越想这事越觉得荒诞，但是我这样想的时候已经回到了自己的房间。

不知不觉中喝完了一瓶白酒之后，我还有些意犹未尽，阿朵晃晃酒瓶说："没有了。"然后我们的讨论也就戛然而止，确切地说是阿朵借机终止了讨论，"休息吧。"那时候她的脸是红扑扑的，似乎已经有了些酒意，见我没有起身的意思，她又说了一遍，"休息吧，明早还要出发呢。"我不知道她如此断然结束讨论，是在控制自己的酒劲，还是在控制自己的情绪，但我能感觉到她有些心绪不宁，她是不是先我一步已经意识到了荒诞？如果她意识到了，那说明她内心里和我一样动了些暧昧的念头；如果她觉得这很正常，那也许是她的思维纠缠在我所难以了解的某些问题之中，但那又是什么呢？入睡之前，我一直在费劲地琢磨阿朵的心理，但却终是理不出头绪。我继续往前回溯，严肃地讨论男女之间的身体问题，是由看她的画引起的，而看她的画纯粹是个偶然；再往前，她独自买酒回来，显然是想和我对饮，那么她要和我在房间里喝酒的用意又是什么呢？真的如她自己说的是猜到了我想喝酒，还是她本有另外的打算？联想到下午在车上时流露出的此前没有出现过的暧昧与风情，包括说到《搭车游戏》里的情节，是否暗含着她隐约的身体欲望呢？一个在荒凉的戈壁中幽居了数月的正常女人，她的身体应该对异性有着强烈的渴望吧？而酒是一个内心骄傲、矜持的女人把自己送入暧昧状态的最佳借口，如果失态，进可以忘乎所以，退可以自清自辩，但当时我们似乎都有些矜持。也许是都有些理智过强，在互相的猜测中，等待着对方首先主动。看画只是个偶然，是在焦虑中打破冷场偶发的话题，始料不及的是那些画却导入了一个沉重的故事，从而让话题变得更加理性而且严肃，期望中的暧昧陡然转换成了问题讨论，而在酒喝干了之后，沮丧的不仅是情绪，应该还有蠢动的身体。她说“休息吧”，大概既是对自己失望，也有很大一部分是对我的失望吧。想到这里的时候，我动了一下打她电话或者过去敲她房门的念头，但是我的身体并没有行动，内心里瞬间的一个冲动，一闪之间又消失了。我记得出现那个念头的时候，我的手停在自己的腿间，那话儿那时候一副置身局外事不关己的闲散样儿。我试着将它唤起，但它全不理会，像个赖床的家伙，使劲在跟我说，睡吧睡吧。

人在迷迷糊糊中睡去，但身体的欲望却从无意识里偷偷地醒来。按说性梦应该是年轻人的事情，青春期里频繁的性梦是旺盛的生命力和对女人的想象的合谋，当身体的欲望找不到出口得以满足的时候，就会到梦里去寻找突破，那是在身体欲望贲张但却没有女人的年龄发生的事情，结婚之后就很少做这样的梦了。中年虽然多梦，但却很少涉及身体欲望，中年之梦更多的时候映射的是杂乱琐屑的生活现实，中年是人生中的多事之秋，无论事大事小，总有无尽的纠缠和悬置让中年人陷入焦虑，即便是睡着了也还要在梦中排练推演，有时候是象征的，有时候是寓言体，有时候干脆就是莫名其妙的混乱桥接，梦醒之后连自己也不知道是什么，唯一的解释就是在寻找出口，梦大约就是人想要突破现实的强烈愿望吧。这天夜里是阿朵进入了我的梦中，她的面孔清晰而又生动，表情中透露出前所未有的暧昧，眼神迷离，如同身体欲望被煽动起来的女人。那时候我们刚刚从车上下来，走到草地上一簇低矮的树丛旁边，我正要举起相机给她拍照，却突然发现她一丝不挂地赤裸着身体，饱满的双乳微微下垂，小腹下的阴影隐约可见。她向我招手，不是在摆姿势让我拍照，而是招呼我到她身边去。我感觉到自己的身体已经被唤起，有了强烈的冲动。但是当我走近她的时候，却异常吃惊地发现，她只有一只乳房。左边的一只浑圆饱满，完美如初，但是右边乳房的位置，却没有了乳房，那里的皮肤也不似周围那样光滑平整，仿佛平整的田野中间一小块被踏得混乱的土地，这个突如其来的意外发现，让我一下子呆住了。但阿朵似乎浑然不觉，她眼神迷离地看着我，表情中满是渴望。我盯着她没有了乳房的地方傻看，怎么会是这个样子呢？我感到疑惑不解，刚刚产生的欲望也似乎被吓退了，身体的冲动悄然消失。阿朵的嘴巴嗫嚅着，好像在说什么，这时她已经拉起我的手，把我的手引向她没有了乳房的右胸，而我的手战战兢兢地本能地缩了回来。但她的手很有力量地握着我，让我很难抽出自己的手来，这个过程持续了很长时间，在我挣扎着抽回自己手的时候，我醒了过来，感觉浑身汗湿。醒来后愣怔了一会儿，梦中的画面和过程清晰得如同电影，但是是一部默片。当时我立即就给这个梦找到解释，肯定是睡前看了阿朵电脑里的那些油画导致的结果，同时自嘲了一下自己的性梦。我把被汗打湿的被子翻过来盖上，打算接着再睡。

但是第二次入睡非常艰难，脑袋里时时出现没有了一只乳房的女人的身体。我躺在床上，闭着眼睛，想象一个男人面对失去了一只乳房的妻子的身体，他在面对她的时候，身体的欲望是不是也会像我在梦中一样受到很大的影响？甚至当他在做爱时本能地把手抚向她的乳房，一下子扑了空之后，会不会突然就没有了欲望？在这种胡乱的想象中挨到早晨，我听到阿朵在敲门："刘老师，起床了吗？"

我应了一声，但是磨蹭了一会儿才从床上起来。

上车的时候我特意留意了一下阿朵，试图从她脸上看出点什么来，但她笑吟吟的一如往常，没有什么异样的感觉。我有些不甘心，出城之前在路边的小饭馆吃早餐时，我又问了她一句："昨天晚上睡得好吗？"阿朵平静地说："喝了酒睡得特别好，连梦都没做。"听她这么回答，我感觉倒好像是在嘲讽我似的，"您没睡好吗？要不还是我来开车？"

20. 山间草原

出布尔津城，跨越布尔津河走了一小段，然后沿 232 省道北行，进入视野的是大片的望不到边的草原湿地。现在湿地中只是嫩绿，间或看到有黄、红、紫色的小花，阿朵介绍说，到了八九月，这里便是一片彩色的画布了，大片的红花，泛黄的茅草，绿色的草，如同油画大师笔下的色彩构成。阿朵说她是来过这里的，而且不止一次。在不同的季节，和不同的人，路边的景色，她已经熟悉，而我则是感觉满眼的新鲜。我问阿朵，故地重游有什么不一样的感觉呢？阿朵驾着车，没有回答，但心情似乎不错，她跟着车里的音乐唱着：“那一年你正年轻，总觉得明天肯定会很美，那理想世界就像一道光芒，在你心里闪耀着，怎能就让这不停燃烧的心，就这样耗尽消失在平庸里……”

我问：“那一年，是哪一年呢？”

“你站在这繁华的街上，找不到你该去的方向，你站在这繁华的街上，感觉到从来没有的慌张……”阿朵哼唱着的间歇，淡淡说一句，“哪一年都已经不重要了。”

车子一路北行，渐渐进入山区，可见远方巉岩与雪山相映，近处怪石肃立于道边，不怒自威。这景象和进入新疆几天来路上所见迥然不同，凭着感觉和头脑中大致的地图，我想应该是进入了阿尔泰山区。翻过山梁，一处山间小盆地出现在山下。阿朵说，下面是冲乎尔乡，是进入阿尔泰山区之前最热闹的一个小镇了。当车子轻快地下山进入小镇，我发现它实在是太小了，像一个村子，如果不是几条公路在此交会，大概也没什么热闹可言。除了路过的汽车之外，路边不时可见转场的哈萨克牧人，大群的牛羊随着拉着帐篷和家什的农用小车，沿着公路迤逦而行，我们的车需要不时地停下来，等待那些牛羊通过。

阿朵把车停在了一家路边的小饭馆门前，我以为她要找厕所方便，但她却并没有下车的意思，手握着方向盘，转头望着那家饭馆，我随着她的目光看去，饭馆门口随意放置着一块酷似怪兽的大石头。但是阿朵似乎也并没有看那块石头，她的目光透露出沉思时的空茫迷离，我估计她可能是陷入了回忆。我抬手在她的视线前面晃了晃，本来想问她是不是在这个地方留下过什么特殊的记忆，但我说出的却是另一句话："你是不是感觉累了？我来开吧。"阿朵"嗯"了一声。我们交换了位置，阿朵又看了那小饭馆一眼说："走吧。"

过了冲乎尔乡之后，公路向西北行，沿山盘旋而上，翻过山顶以后，视野顿时开阔，感觉是进入了另一片天地，大片的山地草原碧如绿毯般地铺展在眼前，牛羊，毡包，牧人和狗，远远望去，好像正待破壳的彩色的蚕籽，撒在一片巨大无比的桑叶之上。

震惊于视野中的美景，我很冲动地把车开离公路，一直驶向草原上牧人的毡包。

阿朵后来说，这一段路上我的表现像一个冲动而好奇的少年。她指的是我开车冲入草原、在草地上打滚、与哈萨克大嫂合影、进入毡包好奇地打量、与哈萨克大嫂艰难地交谈，以及过了石人阵之后，在还留着残雪的草地上试图脱了衣服拍英雄照。阿朵这样说的时候，我们正坐在路旁的山间草原上休息。

"老夫聊发少年狂嘛。"我的口吻明显带着自嘲。

阿朵幽幽一笑："你经常发少年狂吗？"

"哪里哪里，纯粹是美景令人痴狂。"

"那么美人呢？也为美人疯狂过吧？"

阿朵说的时候盯着我的眼睛，诡谲地笑着。我不明白她的话中是不是有其他的意思，虚伪地回了一句："人到中年以后，美景远胜于美人喽。"

"哈哈，是阅尽春色之后的感叹吗？"

阿朵这两天的言语表现，正在改变我对她的最初印象。不知道我起初的印象是假象加想象，还是渐渐熟悉之后她自己恢复到了原本的样子。不知道是她正在改变，还是因为我的内心里生出了对她的非分之想，所以看她时带着不一样的目光。我不能确定。夜里那个奇异的梦让我心存疑惑，今天这一路上我都小心地不提昨晚的话题，但她此刻似乎又要进入和昨天路上类似的言语的暧昧，仅仅是为了调节两个人在一起的沉闷气氛？我没有接话，只是跟着她哈哈哈笑一下，心想，面对美景，无论男女，大概都是会心情大好吧。

人们出门旅行寻找美景，除了赏景，更深层的期待大概就是要换一个心境，换一种心情，抵达一种脱离或者说从日常生活的现场抽身的状态，以摆脱困扰与烦恼，某种程度上，这也算是一种主动地进入一段短暂甚至是瞬间的修行状态了。可惜的是，许多地方人满为患，景区比自己从其中逃出来的生活现场还要令人痛苦，反倒是这种旷野中的纯自然地带，能让人多少拾回一些年少轻狂时的简单与纯真。

见我没有回应，阿朵又追问一句："你是在回忆曾经历过的春色吗？"

"我是在想象接下来还有多少美景，我充满期待，"我说，"咱们继续前进？"

上车之后继续北行，海拔渐高，树木渐多，雪山渐近，天也更蓝，而草地上的花朵也更艳，黄色，紫色，粉色，就开在尚未化尽的积雪旁边。如此多层次的色彩构成，令人陶醉。边走边看，我不由自主地放慢了车速。阿朵又不失时机地调侃："没看出来，你还真是个很有性情的……老头。”她故意把“老头”二字说得很重，很显然她是想逗我跟她说话的。“是啊，一个有点二的老头，一冲动就自己开着车跑到新疆来了。”说话间我猛然看到前面的路牌，立即把车停了下来。道路在前面出现了岔口，左行喀纳斯，右行禾木。我问阿朵：“向左还是向右？”

“禾木！”阿朵不假思索地回答。

林中的路分为两条，我们选择的这条现在少有车行，路面之窄仅可容一车通过，错车须要到定点的位置等待，但我们这一路上连一辆车都没有遇到。车在山中盘旋而上，目光所到之处换了另一种风景，松树、白桦和不同品种的杨树铺满山坡。阿朵说，现在绿和淡黄相间的色彩，到了秋天，会被鲜艳的红黄绿三色皴染，如同印象派的画。一路欣赏着，五十多公里的山路，转眼即过，翻过一道山梁之后，远远看到山下一片田园景色，阿朵说，那就是禾木了。

21. 宁静的自然村寨

我和阿朵，大概是今年第一批到达这里的客人。我们的车子在村子里缓慢行驶，绕过整齐的白色木栅栏围着的乡卫生院之后，很快便看到了“青年旅舍”的牌子。木栅栏门半开着，按了几声喇叭，但没有人出来开门，我只好下车自己推开大门。车子驶进院子之后，才看到一个人从房间里出来，缓慢走过来问：“住宿吗？”没等我回答，主人接着说，“我们昨天才上来，服务员还都没来呢。”他接待客人的意愿似乎并不强烈。

“那能住吗？”我问。主人这时才忙不迭地说：“能住能住能住。”主人一连说了三个“能住”。

我们被领到侧面的客房，我注意到房间是没有锁的，主人拨开门闩上插着的木棒，推开房门。房间非常简陋，靠四个墙角摆着四张床，窗户下面一张破旧的小木桌。问了房价，主人说每张床二十元，我很奇怪他是论床位卖的，便问一间房多少钱，主人说：“四张床么，八十块。”当我说到我们要两间房的时候，主人很吃惊地看着我，觉得不可思议。阿朵一直没有言语，她摸摸床上的褥子，又拉开被子看看，然后又去看看房门，突然说：“我们就要一间吧。”这回轮到我吃惊了，我看看阿朵，不明白她的意思。“要一间吧，省钱。”阿朵诡异一笑。“现在没有服务员，你们就自己安顿吧，厕所在顶头的房间，洗漱到厨房打水，晚上和我们一起吃饭。”主人说完，拉开门出去了，既没有入住登记，也没有收取押金。

我们从车上拿下行李，进到房间随手关门的时候，我这才发现，门里面的插销也是一根细木棍儿，即便插上，也是松松垮垮的。我反复试了两次，觉得插不插也没什么区别，随便用点力就能拉开。阿朵说：“别研究了，这里基本上就是夜不闭户。”夜不闭户是遥远的传说，而我们现在进入了传说之中。我说：“看来我们是来到传说中的桃花源了啊。”

禾木的全称为禾木喀纳斯蒙古族乡，位于阿尔泰山南麓群山环抱的一个小盆地中，布尔津河穿流其中。旅游未开发前，这里是个世外桃源般宁静的自然村寨，村子里居住的图瓦人是蒙古族的一支，据说是成吉思汗的后裔。他们有自己的古老语言，信奉喇嘛教，同时又保持着萨满教万物有灵、图腾崇拜的原始特征，以游牧、狩猎为生。近四百年来，定居这一带的图瓦人基本保持着比较原始的生活方式。

安顿好之后，我和阿朵在村子里随意地转悠着。图瓦人的木头房子，随意地搭建在草地上，除了小学校和乡卫生院被刷成白色的整齐的木栅栏围住之外，其他的房间就像是临时放在草地上的积木，房子旁边有木椽简单地半围着的地方，形似院子其实是牛栏。牛羊像人一样自己早出晚归地去村外的山坡草地上吃草，孩子和村人则聚集在草地上玩耍嬉戏，也有人坐在门前的草地上张望远方，而远方则在四面围拢着的山影之上，实实在在是思与天接。置身其中，仿佛置身于风光秀丽的异域胜境，有种不似在人间的清静。

村边的布尔津河水，清澈欢快地奔腾着，是这宁静的村庄里最粗犷的声响。走过原木搭建的古老桥梁，进入大片的白桦林，踩着绵软如地毯的厚厚的落叶，走进林子深处，偶尔能看到以前的游客们丢弃的塑料袋和卫生纸。我们甚至还看到了几只鲜艳的安全套，在铺满树叶的林子里无所顾忌地闪耀着，显得特别刺眼。见此遗存，我和阿朵目光相触，哑然一笑。阿朵说:“后面的小山上，能看到整个村子的全景。”

从下面看上去不高的小山，爬上去却不容易。穿过白桦林，沿着草丛里隐约的小径曲折上行，不小心还要被脚下的牛粪滑倒，站在半山坡上回望，整个村子尽收眼底。阳光下白桦林、流水、草地、木屋和氤氲的烟岚，左边的山前时不时地还闪现出一抹淡淡的彩虹，构成了一幅宁静的风景画卷，看着看着，我突然有种想要流泪的感觉。田园，纯洁，宁静，我不知道是自己心里的哪个角落被触动了，激动来得突然而又莫名其妙，嘴里本能地感叹着："可真是美啊。"我的轻声感叹被阿朵听到了，她说："刘老师情不自禁了啊。"

"我得承认我此前从未被美景感动到想流泪的地步。"我自语道。

"我就说你是个有性情的老头嘛。"阿朵重复了昨天的话，但这次没有打趣的意味。

"如果一直生活在这里，会是什么感觉呢？"

"你动心了，想试试吗？"

"恐怕不能。一直在这里和突然从外面进入这里，应该是完全不同的感觉。"

"是啊，生活在城市里的人，偶尔会向往宁静简朴的田园生活，但真的长时间住下来，还是会受不了的。"

"嗯，城市动物，已经回不到大自然了。"

在山腰上坐了一会儿，我们和牛一同下山。那些没有牧童的牛，吃饱了之后，现在要自己回家了。穿过白桦林，跨过木桥之后，各自循着熟悉的路，向着自己的家里走去。我和阿朵在桥头站了很长时间，看着牛们一个个地寻自己的家而去。我们只是看着它们，都没有说话，貌似各怀心事，却又好像什么都没想。在这样的环境中，人好像也变得没有太多的事情可想了。途经一家正在造木房子的现场，我们再次驻足，看村人慢悠悠地把一根根原木套入搭好的架子上，房子的墙体渐渐成型。他们如玩搭积木游戏一般，从容散漫，全无迫促之感。旁边有公羊和母羊在嬉戏，不远处几个小孩子在欢快地踢着一只脏脏的皮球，不时爆发出欢快的笑闹声。周围的一切，宁谧而美好。

“我感觉饿了。”阿朵说。

“我们回去吧。”

回到青年旅舍，看到院子里多了两辆汽车，应该是有新到的客人。

22. 夜间漫步

旅行让我们见识不同的风景、不同的人和不同的生活，这里和那里，有什么相似，有什么不一样，正是这种差异让我们对世界认识更多也理解更深；旅行中的遭遇也让我们了解、认识甚至发现自己，旅途这个迥异于日常生活的处境与状态，很容易释放出自己内心里、身体里潜藏的但却是自己全然没有意识到的性格、趣味乃至欲望；旅途也让我们认识和了解同伴。但在旅途这种特殊的处境与状态里，对自己和对同伴的认识和在常态生活中的自己或者同伴，哪个是更真实的，却又难以厘清言明，或许，那都是人的不同侧面吧。我和阿朵的相遇纯属偶然，开始接触时对她的判断是清晰的，但这几天一路走来，却又渐渐觉得不是那么简单了。也许，初见时的印象只不过是一张定格的照片，而现在她正在把自己这卷胶片一点点地展开，随着她的情绪变化，胶片里的影像变得恍惚有些捉摸不定了；或许需要足够的长度，需要展开更多，我才能渐渐看清。

青年旅舍的餐厅还没有收拾出来，好在客人不多，晚餐就在厨房里的一张桌子上吃。我、阿朵、新到的两男两女、主人和他的妻子及妻弟，九个人在昏暗的厨房里围坐一起吃饭，因为陌生，并没有太多的交谈，大家只顾低头吃饭，气氛有些沉闷。阿朵问主人有没有酒卖，问过之后目光和我对视了一下，像是征求我的意见，又像是会心的一瞥。主人起身离开厨房去另外的房间拿酒和杯子，等到酒上来的时候，其他人已经吃好离席了。只剩下我和阿朵，我们邀主人一起喝了一杯。“这里晚上没什么可玩的，只有喝酒睡觉。”主人一杯酒下去，似乎觉得应该说点什么，所以突然冒出了一句，“这里晚上可安静了，能睡个好觉，就是有点冷，要多盖点。”他说的时候，眼睛一直看着在灶头上忙着的妻子，但他的话显然是说给我们听的。

从厨房出来天还没有黑，我们把剩下的半瓶酒拎回房间，阿朵提议去村子里转转。

走出青年旅舍的院子，我们沿着村里的小路散步，看到在家门口木栅栏上玩耍的孩子，我随意地拍着照片，阿朵凑上去和图瓦人的孩子合影，问孩子是否上学，上几年级，孩子并不怯生，甚至很乐意和我们亲近，我们离开了他们还会蹦蹦跳跳地跟随一段；但大人们却大多不习惯与陌生人来往，看到我拿着相机对着村路拍摄，他们会快步走过或者远远地躲开，而他们的狗，则会大声地叫起来，仿佛对外人的到来表示着它们的不满。这里几乎每家都养着好几条狗，忠实地守着家门，当我们来到村子尽头，试图绕过一座木房子跨过一片开阔的草地转到另一条村路时，一条大狗突然狂叫着窜了出来。我吓了一跳猛然站住，而阿朵已经吓得紧紧地抱着我藏在我的身后，我强作镇定说没事没事，但是阿朵的手却再也不肯松开。

越过一片潮湿的草地，我们沿着另一条村路往回走，阿朵一直挎着我的一只胳膊，时不时地依偎着我。我想，那情形在别人看来，大概会认为我们是一对情侣吧。对我来说，这样挎着一个女人悠闲散步，是已经久违了的体验。忽然被阿朵这么挎着，内心里有一种恍惚的感觉，一时之间很难适应，脚下甚至有点乱，把两个人的步伐调整到协调一致，竟然花了一点时间。我得承认，实际上我的心被阿朵的举动搞得有点乱了，恍如恋爱的奇妙感觉突然袭来，虽然这感觉只停留了瞬间，却足以让我想入非非。

一个男人和一个女人，可以在床上肌肤相亲，专注于身体的激情，疯狂到肆无忌惮，内心里却没有触电般的恋爱感觉，但和一个并不算熟悉的女人相携而行，却一下子触发起了内心的激动，为什么会有这样的反差？面对赤裸的桑娅的时候，没有产生这样的感觉，只是在进入她身体的瞬间，有那么一点点初次出轨的紧张和历险式的激动；而在敦煌的南湖镇，那个小旅馆里，我和刘姗姗都迫不及待地想要上床的时候，只有身体的冲动却完全没有丝毫心灵与情感的震颤；现在阿朵只是主动地挎着我的胳膊依偎着我，却让我内心里有了一种奇妙的类似恋爱的感觉。如果说和桑娅、和刘姗姗做爱是物理反应，那么此刻阿朵带给我的内心感受算是化学反应吗？

我不知道阿朵那时候在想什么，很长一段时间我们都没有说话，似乎两个人都在用心地调整着身体和脚步，以使这相携而行的姿势达到自然状态。天渐渐暗下来之后，我已经适应了被阿朵挎着胳膊缓步而行的姿势，她时不时地把头依偎到我肩上也让我感到非常受用了。只是时而突然响起的狗叫声，会让我们受到惊吓，那时候阿朵就会向我贴得更紧。我们就这样漫无目的地在村子里转悠着，似乎两个人都很享受这样的感觉，以至于转回到青年旅舍门口的时候，还没有想回去的意思。

“再走走吧，”阿朵轻声说道，“很久没有这样的感觉了。”

阿朵这样说的时候，我觉得她大概和我有着相同的感受。

我们又来到了下午经过的古老木桥，入夜的河上能感觉冷风习习，温度已经明显下降。伏在桥边的木头栏杆上，阿朵明显感觉到了寒意，她拉拉自己的衣服想把自己裹得紧些，我很自然地伸出胳膊揽住阿朵的肩。触到她柔软的肩膀的那一刻，我才吃惊地意识到，自己竟然没有任何心理上的迟疑，就揽住了她的身体，像是相处已久的老情人。而我也能感觉到阿朵身体的细微反应，她并没有本能地躲闪退避，而是顺从地向我靠得更紧。

听着布尔津河哗哗流动的声音，看着河水激荡的隐约浪花，默然无言，但我们的身体似乎代替内心在交谈。我的手轻柔地摩挲着阿朵的肩臂，阿朵依偎着我，我感觉到她的身体更紧地在贴向我。那是一种异常美妙的感受，在我四十八年的生命中，前所未有。我觉得如果不是河水流动不歇的声音，时间在那会儿几乎是凝固的。实际上我也确实不知道我们在桥上待了多久，也许只是几分钟，也许半个小时，在这禾木的夜晚，时间是失真的。直到阿朵说真是挺冷的，我们才往回走。

23. 肌肤之亲

正如你所猜测的那样，那天晚上我们有过肌肤之亲。

事后回想起来，我觉得阿朵似乎一直在为那样一个晚上进行有意识的铺垫。应该是从在布尔津夜市我为阿朵打架开始吧，也许是我为保护她而大打出手让她对我有了好感？也许是在她为我擦拭受伤的肩膀时触到我的身体从而唤起了寂寞已久的身体欲望？或是两者兼而有之？也许还有更加曲折隐秘的特殊心理，她想让一个注定是过客的男人了解她的身体秘密，并进而测试一下男人在面对她的身体秘密时的反应？打架事件之后的第二天，她一改之前波动不定难以捉摸的情绪，明显地表现着她作为一个女人风情妩媚的一面，在去往五彩滩的路上，除了言语中时不时的暧昧，还刻意地提到昆德拉的小说《搭车游戏》。把话题引向旅途中的艳遇，显然不只是简单的没话找话来讨论一篇小说，更有着试探甚至挑逗的意味。她不是天真单纯的小姑娘，而是经历过也许不止一个男人的女人，她了解男人的弱点，当然知道这种言语的暧昧会带给男人什么样的暗示。而到了晚上她主动买酒回旅馆打算与我在房间对饮，则是有意地制造契机。酒是色媒人，但那晚的酒却因两个人的矜持遗憾地失效了。接下来的一天，从布尔津到禾木，一路上的言语暧昧并未停止；在车行到岔路口时她不假思索地就选择了禾木，说明她内心早有打算。她以前曾经来过禾木，也许还是和她的男人一同来的，她对禾木这个封闭的近乎原始的村子里的情形应该是了解的，订房间的时候她不容置疑地确定我们要一间房而不是两间，显然不简单的只是因为那个形同虚设的门锁，为安全考虑很大程度上可能只是一个顺便的借口。白桦林里腐叶之上那鲜艳刺眼的安全套，现在看来也应该视为一个意外出现的暗示，当时我与她目光相触，哑然一笑，回想起来阿朵当时那笑也似乎别有意味。晚饭时她主动要酒也不能理解为是为了活跃饭桌上沉闷的气氛，在男人和女人的身体欲望中，酒是消除矜持的药水，涂过之后底色就会显露出来。但是当时场合与环境都不适合进入规定情景，而新疆的天又黑得太晚，去村子里散步是一种等待。村边突然窜出来的狗意外地帮了忙，让她挎着我的胳膊依偎着我成了顺理成章的事情，这个不着痕迹的过渡让我们的身体跨过了那道无形却有力的界线，而到我们伏在木桥的栏杆上，我揽住她的肩膀的时候，似乎所有的铺垫已经到位。当然，所有这些的前提，是阿朵对自己作为女人的魅力的自信，她肯定知道，只要是个正常的男人，看到她的时候不可能不在内心里涌起波澜，不可能不生出某种非分的想法；她也一定知道，只要她稍有暗示，被拒绝的可能性几乎为零。而在我用力揽住她的时候，她心里知道，一切已经准备就绪。于是，阿朵说，“真是挺冷的。”她知道这会让我把她揽得更紧，然后，回旅馆房间去。

冷既是一个客观事实，也是一个主观借口，更是一个亲近契机。禾木的夜晚，天似穹庐，夜凉如水，即使是在这六月间，也有切肤的寒意。我们相拥着回到旅馆，推开房门之前，我松开了揽着阿朵的手臂，那个时候有一瞬间的不舍。关门，开灯，面对单身宿舍一般的四张床铺，我们都愣怔了一下，从刚才的相依相拥的情形，陡然转换到这个煞风景的现场，如同浪漫的曲子忽然失去了调性滑向了梵音，突然有一种不适应的感觉。如果是一对情侣，当然不会有这样的不适，情侣会很自然地铺床，躺进同一个被窝相互取暖，但我们不是情侣，我们还需要重新找回原来的曲调；如果我是一个生猛的青年，也许会扑上去把她按倒在床上，但我是个四十八岁的中年男人，或许阿朵在内心里对那样的暴烈行动有些隐隐的渴望与期待，面对她我却没有那样的勇气。

我们各自坐在小桌旁的床边，目光对视了一下。内心的蠢蠢欲动和行为的欲迎还拒纠结僵持着，短暂的不知所措之后，我说："这灯可真暗。"

阿朵说："我觉得挺好啊，这昏黄倒给房间平添了些温暖的感觉。"她这样说的时候，我们都用目光在房间里巡视了一圈，最后停在桌上未喝完的半瓶酒上，阿朵说："想再喝点吗？""喝点也好，驱驱寒。"我回应着。

你肯定觉得，到了这个地步，两个人还像哥们儿似的对坐饮酒，是荒唐可笑的。我也这样觉得，不仅荒唐可笑，而且假模假式，如果是读小说，我都要失去耐心跳过这段直接读后面的部分了。但我们那会儿确实就是对坐饮酒，不过并没有杯子可以碰，而是直接用嘴对着酒瓶，你一口我一口地一来一回，几个回合之后，阿朵眼神幽幽地看着我，问我她是不是脸红了。我说是的，有点红。阿朵说，可我怎么还是觉得冷呢？我知道这是暗示，是给我的一个信号；如果明示，她也许就会说，我冷，抱抱我。如果她的身体需要强烈到不能自持，她就会主动过来坐到我身边，但她不会，她有她最后的一点矜持。

我过去坐到她身边，胳膊揽住她，她的头倚在我肩上，仰脸看着我，目光迷离，我用腮帮子蹭蹭她的鬓发，她闭上眼睛，身体绵软地向后靠去。

我们相拥着和衣躺下，脸对着脸，急促呼吸的气息相触，她闭上眼睛身体贴向我的时候，表情似乎也在用力，有种豁出去了的毅然决然的感觉。我吻她的额头，然后是眼睛，吻到眼角的时候，我尝到一点点咸湿的味道，似乎是一滴不易觉察的泪水。稍稍迟疑了一下，我还是吻向她的嘴唇。我的嘴唇覆盖住她的紧闭的嘴唇，在上面轻轻滑动，感觉她嘴张了一下，便用舌头探出去试探她嘴唇的反应。她的呼吸更加急促了，我用力地吻着她，她的嘴唇开始有了响应，胳膊揽住我的背，指头像是要抠进我的衣服里的身体。我也更用力地抱住她，手从背部滑向她的腰，然后滑向她的臀尖，揉捏着她的屁股。虽然隔着衣服，她一定感觉到我的勃起，感觉到我顶在她下部的力量，她的急促的呼吸已经变成了轻微的呻吟，在她的手小心地向下摸索的时候，我松开了她，开始脱自己的衣服

我全身赤裸着躺进被子里以后，试探着去脱她的衣服，但她却双臂交叉紧紧地护住胸部，让我无从动作。我以为是她有些害羞，于是起身去关了灯。在黑暗中，她是顺从的，但是内衣却始终不肯拿掉。我有些急不可耐地摸向她的胸罩，但我触到的是一个极不真实的存在。那一刻，我感觉到她的身体受惊般地颤动了一下，我的手也受到惊吓似的缩了回来。实际上我触到的是胸罩下面垫着的一只义乳，那个真实的乳房已经不在了。这是一个意想不到的局面，黑暗中我们都僵住了。

“你想看看吗？”过了一会儿她说，没等我回答，她接着说，“你开灯吧。”

她没有左乳，那个位置有愈合后的疤痕。

她后来告诉我：“就是因为这个，他离开了我。”

24. 漫长的一夜

我告诉你那一夜并非全如你所想，我们接下来什么都没做，你也许觉得难以置信，但事实确实如此。那是令人尴尬的情形，那一刻，无论是我的身体欲望还是内心的兴致，都被骇然出现的意外打得七零八落，情绪的方向陡然改变。一男一女，为走到这一刻做了艰难曲折的努力，费尽心机终于躺到一张床上，却突然遭遇了意外的障碍。

突遭意外只是对我而言，也许阿朵的全部努力就是在克服自己的担心，担心这个障碍造成的结果；或者她已经预想到了可能的结果，但她想冒险试一试，她想看看是不是男人在突然面对失去了乳房的女人时都要失去兴致。我觉得她并不是一个会随便放纵身体欲望的女人，即便她寂寞的身体有着强烈的需要，但我以为她可能更想知道的是男人在这个时刻的反应。她深爱的男人因为她失去的乳房而离开，她没有怀疑感情，却把原因归之于此，我想象那时她肯定是陷入了不能自拔的绝望境地，所以她才会把自己幽闭到戈壁之中。失去的乳房也让她失去了在男人面前的自信，但她一定心有不甘。选一个男人，尝试在他面前裸露自己，她想寻找答案。而我这个意外闯入者，正是那个突然中了彩的男人。当然这只是我内心的揣测，我并不知道她是怎么想的。

阿朵裸坐在床上，在一个萍水相逢的男人面前，露出自己作为女人最美丽部位的残缺，我不知道她做出此举需要多么大的勇气和内心力量。我只远远地看了一眼，她就迅速地用被子掩住了。重新回到床上，再次拥住她的身体，我能感觉到阿朵身体的颤动，她在强忍着内心的啜泣，眼泪却无声地流着。而我已经茫然失措，刚刚还是强烈冲动的身体欲望已经悄然消失，我既不知道如何安慰她，甚至不知道是不是应该安慰她，也不知道应该如何动作，只是拥着她，轻轻摩挲着她光滑的背部。这个晚上，我们所谓的肌肤之亲，就是我拥着她睡到了早晨。

那是漫长的一夜，寂静，寒冷，间或传来的狗叫声，让寂静和寒冷更加深重。而我怀里的女人，她是安静的，安静到我以为她并没有在呼吸。身体偶然触碰到她那只完好的乳房时，我竟然想起以前读过的一篇日本小说。那小说写日本北海道雪乡的夜晚，一位从东京来的男人和当地的一个女人初次约会，男人穿着睡衣上床，已经光着身子躺在被窝里的女人说，在雪乡，睡觉是要脱光了的。小说里写道，那个女人有着一对雪白饱满的完美乳房，男人触到她的时候，有种窒息般的惊心。我觉得手术之前的阿朵，大概就像那篇小说中的北海道女子，她那只完美的右乳就是证明。

阿朵在夜里醒来过两次。一次可能是被噩梦惊醒，她呻吟似的嗫嚅着什么，但我完全听不明白，而她的身体那时正努力地想要挣脱我的怀抱。醒过来之后，她愣怔了一会儿，然后又闭上眼睛，紧贴着我的身体睡去。另一次我感觉到她的身体动了一下，她悄然睁开了眼睛——虽然我在黑暗里闭着眼睛，但我能感觉到她是睁开眼睛在看着我。她轻轻地抚着我的肩，然后又把脸埋在我胸前。我以为她想说点什么，就用力搂搂她，我想让她明白我没有睡着，但她什么也没有说。

我早晨醒来的时候，阿朵已经不在身边，房间里也没有她的身影。我以为她是早早起来悄然离去了，连忙爬起来，我看到她的行李还在，但还是有一丝莫名的担心，她去了哪里？会不会出什么意外？

寻找阿朵花费了一些时间。太阳还没有出来，禾木的早晨仍然是寒冷的，村子里的牛已经自己出门，它们走过木桥往山上去吃草。远远看到阿朵就站在桥上倚着栏杆，我立即跑过去，不无责备地说："早晨这么冷，你站在风口干什么啊？会冻感冒的。"阿朵抬眼看看我，表情肃穆，脸色憔悴，楚楚可怜的样子。我不等她回话，上去揽住她往回走，我能感觉到她身体已经冷得瑟瑟发抖。"回去吧，这太冷了。"我觉得我那会儿的样子，一定像个大哥哥面对受了委屈跑出来的小妹妹，责备中含着怜爱。

回到青年旅舍的院子，阿朵突然说道："老刘，送我去乌鲁木齐好吗？"这让我有些愕然，不知道她的想法缘何而生，也不明白她突然想要离开此地去乌鲁木齐是什么意思。刚要开口问她为什么，她又追问了一句，"可以吗？"我立即打消了问的念头，眼睛直视着她："现在走？"阿朵很肯定地说，"嗯，现在。"

收拾好东西，结了账，我们离开禾木一路向南，冲乎尔，布尔津，乌尔禾，克拉玛依，除了在路上打电话订机票，阿朵一直是沉默的，到了克拉玛依已经是午后。

吃饭的时候我试探着问阿朵："你是要回北京吗？"

"回家，回濮阳。"阿朵并不多说。

"是想家了吧？"我想打破沉闷，改变一下气氛。

"想家，更想工作，"阿朵说，"我已经耽搁了太多的事情。"

"也是，忙起来可能倒更……更好一些。"在"更充实""更轻松"出口之前，我迟疑了一下，还是换成了"更好一些"。

"也许吧。"阿朵勉强回答着，然后埋头吃饭。

从克拉玛依出来，我们继续赶路，经过奎屯，石河子，玛纳斯，仍然是一路无话，只有许巍的歌声在车上的音响里反复地播放，到了《我的秋天》那首，唱到"窗外阳光灿烂，我却没有温暖，伴着我的歌声，是你心碎的幻想……"时，阿朵动手把音乐关了。过了昌吉以后天渐渐黑下来，进入乌鲁木齐已是华灯初上。

阿朵说她已经联系了朋友，我说要把她送到，但她拒绝了，让我把她放在人民公园门口，她自己打车过去。她的飞机是第二天上午起飞，她显然是不想再和我共度一个晚上。临分别时我们紧紧地拥抱了一下，我甚至敏感地感觉到她左胸部位的空缺，她伏在我的肩上说："刘老师，谢谢你。"她坐进出租车的时候，我说了声"后会有期"，她迅速地拉上车门扭过头去，并没有说再见。

目送载着阿朵的出租车汇入车流，我回到车里坐着，心头的滋味难以言说。我点上一支烟，深深地吸了一口，然后发动车子，打开音响。

今夜我依然在路上

依然在盲目地张望

那变得腐烂的理想

正在我身体里消亡

我这始终骄傲的心

没有方向

我那充满欲望的心

空空荡荡

……

第三部

Trip to the West

我们在前世约定

一起穿行这世界

一生都不会停歇

永远向着那春天

1. 三千公里

我是一路狂奔着回到古城的。当然我不可能一口气跑回来，近三千公里的路程，我必须用四口气才能跑完——我是说花了四天的时间。第一天跑到哈密，第二天跑到张掖，第三天跑到兰州，第四天回到古城。这个过程让我感觉是在从自己半个月前奔出去的线路上撤回来，就像一个在雪地上行走的人，又原路退了回来，而且一边退一边还在清扫自己留下的脚印，这样做的结果是就好像自己从未在雪地上走过一样，这个感觉奇特而且怪异。我觉得自己像个溜溜球一样，把自己扔出去之后又按原来的线路弹了回来；一个真正的过客，在折返过程中把之前的经历都消解了，抹去了。在要接近古城的时候，我已经意识到这是个错误。自驾旅行者有一个共同默认的规矩就是不走回头路，而我却稀里糊涂地犯了规，这既不是我的初衷，也不是我刻意的选择，却莫名其妙地踏上了归程。

在乌鲁木齐那晚，目送阿朵离开之后，我突然觉得兴味索然，内心空落落的。我随便找了个旅馆住下，既不想见老同学程家正，也无意再跟李晓丽联络，我只想一个人待着，像一个仅仅投宿一晚的过客那样待着，不跟这个夜晚的乌鲁木齐发生其他什么关系。躺在旅馆的床上，望着天花板发呆，突然就动了回来的念头。既没有工作在等着我赶回来做，也没有人催促，如果硬要说是半个多月跑得累了倦了似乎也很牵强，但是突然就想回来了，而且有了这个想法之后就被这个念头攫住了似的，恨不得立即就开车狂奔，就像我从家里出来时一样突然。

第二天一大早起来，草草地吃了早饭，找到加油站加满了油，沿着来时路不停歇地高速行驶，全然不顾窗外的景色，此时我已经不是一个旅行者，而是一个赶路的人，一个听到发令枪之后驶入赛道的拉力赛选手。经过柳园时我想到了桑娅，我动念想给她打个电话，我想知道她在干什么，但是迟疑了一会儿又放弃了；在兰州的那个晚上我想到刘姗姗，这是她的城市，仅此而已，只是在脑子里想了想，连打电话的念头都没有；而在快要接近古城的时候，似乎有点近乡情更怯的意思，就是在这个时候，我才突然意识到这么一路狂奔着跑回来是个错误。意识到这一点的时候，我把车停了下来。在高速公路边上的紧急停车带，我打开双闪坐在车里，点了根烟抽着，我这么急切地赶回来是为了什么呢？仔细检讨自己，我并没有想要回家的强烈愿望，那么到底是为什么呢？我想到了桑娅，如此自然地就想到了桑娅，是因为她时不时地给我发短信、打电话，还是我心里原本一直就惦记着她？似乎桑娅一直就在我的潜意识里潜伏着似的，或许是老男人本来就偏爱和小姑娘在一起的感觉？犹豫了片刻，我给桑娅打了电话。

桑娅第一句话就问："老刘你老回来了？"我能感觉到，她的声音里有种抑制不住的惊喜。她说她不在古城，她被公司临时派到临潼分公司了。我几乎未加思索，顺口就说了句我会去看你的。桑娅立即追问，什么时候？我说，很快。这时候我已经有了一个决定，我觉得我的旅行并没有结束，我还不想回家，我想继续我未完的旅行。挂断电话，发动车子，我没有进入古城，而是沿着绕城高速公路绕过了古城，驶向了桑娅此刻所在的临潼。

绕城高速公路是为过境车辆准备的，但我并不是过境者，我的家在古城，我狂奔三千里赶回来，却过家门而不入，沿着绕城高速公路驶向城市的另一边。无论怎么说，这都有点荒唐，起码在驶入绕城高速公路的时候，我内心里生出了一丝荒唐的感觉。好在绕城高速公路远离城市，它带给人的感觉就像是一直在狂奔，就像没有经过这个城市一样——如果自己内心里没有正在绕过城市的想法的话。但我不是一个纯粹的过客，我不能不想我正在绕过自己的城市，正在绕过自己的家。路边的景色能让我判断出自己的位置，甚至我能准确地知道自己与家之间的距离，即使我不去想，经过的每一个出口也都会提示我，下了这些出口，然后沿着哪条路可以回家。但我没有回家，经过了三个出口之后，我已经由绕城高速公路转入了离家渐远的另一条路。在绕城高速公路上行驶的时候，我的车速是慢的，我得承认，那时候我的内心里是有一些挣扎，我为什么要这样？是为了继续自己内心里觉得似乎仍然未尽的旅行感觉，还是仅仅出于对桑娅的想念？而且这所谓的"想念"似乎也很可疑，是想念还是身体欲望？但无论是想念还是身体欲望，又似乎都不那么明晰，确切地说大概仅仅只是一时之间的一个念头，而我竟被这念头左右了。与此念头相对应的，应该是回家的念头，在这两个念头的纠结之间，回家的念头显然更弱一些，我还不想回家，所以需要一个去处，而桑娅不在古城而在临潼，她的位置适时地契合了我不想回家的心理。如此说来，过家门而不入，与思念和身体欲望都没有什么关系，我只是还想继续在外旅行的感觉而已。这样想过之后，我似乎为自己找到了心理依据，于是之前短暂的心理纠结变得释然了。

离开绕城高速公路转入通向临潼的道路之后，我本能地踩深了油门，让车子加快了速度，但脑子却并没有闲下来，而是立即就在想象，我如此之快地突然出现在桑娅面前，她会是什么感觉，会是什么表情？她会惊喜地扑上来拥住我，捶打着我的肩，含着泪说“老刘我想你”吗？我得承认，我这个老男人在那一会儿有些想入非非了。

2. 生活在别处

从古城到临潼只有三十多公里路程，一脚油下去，就差不多要到了。临潼虽近而且著名，骊山、华清池、秦始皇陵、兵马俑都在这里，可我并没有来过。我从年轻的时候就渴望出行，但是连身边近的地方都几乎没有到过，而当我开着我的二手老吉普想要出门的时候，一口气就跑到了几千公里以外。身边和远方，故乡和别处，在我这个有着强烈出门愿望的憋了几十年的男人心里，只有远方和别处才充满诱惑，才是应该去的地方，至于身边一抬脚就可以到达的地方，都不在考虑之列，正如那个著名的捷克作家米兰·昆德拉所说：生活在别处。现在我从别处归来，却并不想回家，而是绕过家门来到了另一个别处。从别处到别处，从异乡到异乡，我大概已经不能自拔地陷入了某种旅行惯性之中。

出了高速公路收费站之后，我停下来坐在车里给桑娅打电话。我说我现在到了临潼，但是电话那头的桑娅并没有表现出我期待的惊喜感，起码她的声音里并没有惊喜，她认为我是在开玩笑，我说我就在高速公路的出口，但她仍然难以置信，她甚至让我描述眼前看到的东西以证明我不是在胡说八道。在她一再的怀疑中，我原本兴致勃勃的情绪陡然低落，像个游戏失败的孩子失去了劲头。虽然如此，我还是以足够的耐心让她相信我现在确实离她不远，只是不知道怎么找到她。

临潼虽小，却也费了一番周折才找到桑娅的临时住处，那时候天已经黑下来了。桑娅站在路边一个小区的门口，她眼神幽幽地看着我，说她刚才是在和客户一起吃饭，菜刚刚上来她就把客户甩掉自己走了，这多少让我感到欣慰。我张开手臂做出想要拥抱她的样子，但她并没有理会，只是略带抱怨地说，你怎么才回来啊？我说，是啊，才回来，没有回古城直接就过来了。听到我这么说，桑娅露出了孩子似的笑容。

“刘老师，我请你吃饭啊，这附近有个夜市。”桑娅没有像在敦煌那样叫我“老刘”，也没有像短信和电话里那样称我“老头”，才隔着十几天的时间，突然见面的生分和距离感却分明是有的；或许，这跟时间和空间都没有太大的关系，只是因为我们不过是在异地异乡有过三天的交集，互相路过了彼此的内心和身体而已。所谓艳遇，可以用来回味和想象，甚至隔空调情幻化思念，但要再次真切面对，还是难免尴尬和短暂的不适吧。人心的微妙，大致如此。好在桑娅是个没有那么多心机的女孩子，在夜市吃着烤肉喝着啤酒的时候，她已经恢复到了之前在敦煌时我所看到的样子。她问我都去了哪里，遇到别的女孩子没有，她说很后悔没有跟我一起去新疆漫游，她说下次我去别的地方一定要带上她。吃饭过程中，我注意到她手腕上我送她的那两只玉镯仍在，而她已经不自觉地又称我老刘了，就像我们昨天刚刚见过似的，到这个时候，我才觉得我和桑娅之间的状态又和在敦煌那天接续上了。但这接续又似乎只是言语上的，情态之中似乎仍然有那么一点微妙的距离感，我觉得更像是老少朋友，少掉的部分大概就是那种亲昵感吧。这种微妙的感觉很难用言语描述，但就是和在敦煌时有些不一样了。

坐在马路边的露天夜市里，一边和桑娅聊着，一边在想这微妙的差异原因何在。但我当时并没有想明白，只是在过后，我才恍然大悟，是地点和状态的差别造成的。从酒泉到敦煌，那三天里，我们是在路上，在异地，在脱离各自原本的生活现场和社会关系的一种悬空的状态，那时候我们两个都是没有背景和负担的单纯的个人，各人的心理都处在最大程度的放松状态。但是在乍一见面之后的这个夜市上，则和在异地完全不同。虽然就地点而言，临潼是古城的郊县，于我也算是异地，这里没有认识我的人，不存在我的生活背景和关系；而桑娅也才到此几天，于她也算是异地，但她来此是短期工作，已经掺入了淡淡的生活底色；更重要的可能还在于，当晚的临潼，对我，对她，都已经没有了在路上的感觉，准确的状态是我开着车到临潼来看她了，虽然我是在经过了三千公里长路绕过了家门来到此地的，但也似乎已是长路的末端，在路上的感觉正在消失。我想明白这一点，是在离开夜市的时候，桑娅说：“你晚上回古城吗？”她这么一问，我才恍然了悟，此时，我确确实实已经不是在路上的旅人了。

我盯着桑娅，沉吟了一下，问：“你说呢？”

“我没有意见啊。”她的意思大概是“随便”，我想，如果是在异地，在路上，她一定不会这么说，那时候她会含娇带嗔甚至涎皮赖脸地黏着我吧？但是现在，不仅是她，我也是一样，我们都在内心里周旋推诿，似乎是在试探着对方的想法。

“我还没打算回去，”我明确地说，“我想在临潼转悠几天。”

听我这么说了之后，桑娅既没有表现出意外，也没有对我留下来表示喜悦，只是轻轻“哦”了一声，然后问我：“那……晚上去我那儿住吗？”她在询问我的想法，但语气里明显地含着一些犹豫，也许还有一丝勉强。

我毫不迟疑地含着笑说：“好啊，就去你那儿。”

桑娅租住的房子非常简陋，一室一厅，除了一张大床之外，再无别的家具。开门进屋巡视了一圈之后，我理解了桑娅问我住不住她这里时的犹豫和勉强，她可能是觉得自己的房间太简陋了。桑娅有点歉疚地说：“不像样子，老刘你将就一下啊。”

我说：“厨房、卫生间都有，你一个人临时住住，也可以了。”

桑娅收拾着床铺，把床里边靠墙堆叠着的衣服收拾到大包里放到床下，然后开始铺床，我看着她收拾床铺的利索劲儿，感觉像一个尽职的主妇。可能感觉到我在盯着她，她觉得有些不好意思，说："洗洗睡吧，你先去。"我笑笑，心想，晚上回到这样的房间里，恐怕能做的事情也就只能是"洗洗睡"了。

我洗完澡躺进被窝里，斜靠在床上，桑娅的床头放着两本最新的《小说月报》，我随手翻着，等桑娅洗澡。那个时候我的心里突然泛涌起一种温暖的感觉，是和躺在旅馆的床上完全不一样的家的感觉，也许是这半个多月来一直都是在路上，现在躺在桑娅的床上，旅人的感觉正渐渐消失。桑娅穿着睡衣从卫生间出来，迅速地拉开被子躺了进来，她并没有贴着我，而是侧着身子手支脑袋看着我。

"老刘，想什么呢？"桑娅说。我说什么也没想，就是感觉有点异样。"怎么异样？"我说，说不太清楚。桑娅"哦"了一声说，"这些日子，你想我了吗？"我"嗯"了一声，然后把她揽进了怀里。

那晚我们并没有做爱，我只是揽着她，而她也很安静地依偎在我怀里，很快就睡着了。

3. 一个过客的处境

我在临潼住了几天。白天桑娅上班的时候，我就一个人出去转悠。沿着街道漫无目的地瞎走，十足一个无所事事的闲人。小小的县城，很快就被我转遍了，感觉有点索然无味，于是开着车跑到更远的地方，在麦田之间的土路上，一直把车开到无路可走，然后再回来。我甚至一个人去看了兵马俑、华清池，但我却没有游客之感，就像在古城，去了趟我家旁边不远处的大雁塔一样。这是一种很奇怪的心理感受，虽然身在异地，却没有在异地旅行的感觉，倒好像是闲居度假，这也许和住在桑娅临时的家里而不是住旅馆有关。驾车旅行，从一个地方赶往另一个地方，无论那地方是否有风景，总是在路上的旅行者状态，而现在却是从一点出发，反复地画着射线，就像在家门口玩耍的孩子，并没有跑出去太远，还要时不时地回来。到了晚上，如果桑娅没有客户的饭局，我们就一起出去，在夜市里消磨时间。

我在临潼的第三天晚上，桑娅说，我们去爬骊山吧，来这里十来天了，我还哪里都没有去过。夜游骊山，听上去似乎很不错，但是沿着整洁的山路走了一段之后，我却很快就失去了兴致。夜里上山的，大多是些谈恋爱的男女，相比之下，我和桑娅就有点暧昧，既不像恋人，也不像游客，更不像父女，我们是在干什么呢？只是爬山吗？骊山其实只是贴着县城的一座不高的小山，一个沿山而成的公园，而我早已过了手拉手逛公园的年龄，更何况，我还做不到和桑娅无所顾忌地手牵着手。尽管是在黑暗之中，桑娅也感觉到了我情绪黯然。我走得很慢，一路上话也很少。“老刘，”桑娅停下来等我，“你是不是觉得累啊？”我只好说是有些累，这些天长途奔跑，还没完全缓过来。“那我们回去吧。”我得承认，桑娅是个知道体贴而且善解人意的女孩子。

回到房间里其实也无事可做，没有电视，没有电脑网络，除了“洗洗睡”之外，就剩下看看书、说说话了。而桑娅似乎也有什么心事，显然没有在敦煌时那么活泼多话。桑娅的这个变化让我产生了强烈的心理落差，我无法确定是环境不同造成的还是她心里有什么事情或者生活上起了什么变化。桑娅洗完澡躺在床上看《小说月报》，我则倚在床上似睡非睡地闭目养神，这样的情形，让我感觉像是一对在一起生活了很多年的已经无话的夫妻。实际上桑娅手里的小说也许没有看进去，她睡前总是捧着《小说月报》看，我觉得那更像是用来催眠而不是阅读。桑娅放下杂志捅捅我说："老刘，抱抱我。"她知道我并没有睡。我把她揽进怀里，她把头埋在我胸前，紧贴着我，用手轻轻挠着我的肩，"老刘，我……想……好想……你……"她说想的时候，有些害羞的样子，也完全不像在路上的桑娅。我轻抚着她的背，埋头在她的头发里深深呼吸着发丝里的清香，桑娅说，"我例假今天完了。"

在我进入桑娅的身体之后，我感觉到她仍然是在敦煌的旅馆里的那个桑娅，我深入她身体的最里面时，才有了和桑娅在一起的真切感。相比之下，这两天来我看到的桑娅竟是隔着些雾霾似的有些恍惚，尽管我很努力地想要厘清缘由，但在我进入她身体之前，都还在飘忽之中。我在桑娅的身体里更用力地动作着，好像是为了确认桑娅的真实存在似的。我很清晰地知道，这样的做爱，并不是两情相悦情意绵绵的身心欢愉，很大程度上只是在对两个人之间貌似投机的关系寻求证明，而人的身体在这样的时刻总是能够给予这样的证明；相当多的男女之间的暧昧关系就是在这短暂的时刻里被彼此确认着，以为那就是相悦的真相，但这种时候由身体激情和快感提供的证明，到底是真实的还是虚幻的，或者只是一个未被戳破的伪证，却都值得怀疑；而在怀疑之后，又期待着到下一次的身体欢愉中去再次求得证明。一对暧昧的男女之间的感情和身体关系之所以能够持续，大概也是因为有这种需要不断地寻求证明的过程；而人的身体在这样的时刻并不吝啬，尤其是双方都能抵达快乐的巅峰获得高潮体验时，身体给感情以心理证明的时候总是慷慨的，彼此身体的绝对满足让此中的男女都感到满意，感到情爱被证实了，于是心安，于是释然。

桑娅的身体很快就进入了高潮，她快活地呻吟着，手指用力地抠着我的背，我能感觉到她痉挛似的收缩，因为少了那层薄薄的膜的存在，我的感觉特别真切，久久停留在她的身体里不忍让那种感觉消失。平静下来以后，桑娅偎在我身边，轻声说:“真好。”我摩挲着她的肩表示回应，可是她紧接着又说了句，“谢谢你，老刘。”我还在享受着酣畅之后的安逸，她这一声“谢谢”，却像电击似的打了我一下，仿佛突然把我推远了似的。她还在我的怀里，但我觉得刚才获得的真切感骤然消失了。我把她搭在我身上的胳膊拿掉，收身坐了起来，桑娅迷迷糊糊地嘟哝了一句:“老刘，你干什么啊？”我说:“想抽烟。”

桑娅转过身子，脊背贴着我的腿，很快就睡着了。而我抽着烟，坐在黑暗里，心中有一种莫名的失落感，就像一个游客，刚刚从一处迷人的风景里出来，既有享受美景之后的满足，又有不得不离开的遗憾，这其实就是一个过客的处境了。我和桑娅，其实我们心里应该早就清楚，彼此都是对方身体和心灵的过客，也许桑娅比我更早地就明白，而我却还试图寻求两人关系中真切的存在感。在这样的关系中，过客的身份是一开始就注定了的，那么我想寻求的是什么呢？我绕过家门直接来找桑娅，真的是为了持续自己在路上的状态，还是潜意识原本就只是想和她睡觉？过客之外，还有没有更多的一些东西存在？但同时我又很怀疑，我们真的仅仅是彼此的过客吗？抽完烟躺下，我被“过客”这个词折磨得难以入睡，为了强迫自己摆脱这个词的纠缠，我心里开始默默地数羊：一只羊，两只羊……三百只羊……

4. 风陵渡

桑娅早早起来去上班了，我也不想再睡，但是起床之后也无事可做，困兽似的在屋子里转悠了两圈之后，突然又想狂奔了。而当我很冲动地下楼发动了车子，却又不知道该去哪里。那时候我并没有想到要回家，而是想要出门，虽然桑娅这里并不是家。在桑娅这里住了几天，似乎已经有了类似在家的幻觉，我知道这是一种很奇怪的想法，既真实又恍惚，既在家又不在，但我当时就是想要出门。我并没有像在路上那样习惯性地打开地图寻找一个确切的可去之处，而是开着车就盲目地上路了，有点像我刚刚驾车西行时的那种冲动，直到离开城区驶入310国道的时候，我才确定，就一直向东吧。

在国道上行驶，车子的速度快不起来，而我也并没有要赶着去的目的地，只是在路上，信马由缰地走着，虽然慢，但我又找到了在路上的感觉，我喜欢这样的在路上的感觉。一路东行，经过渭南、华县、华阴，我没有停留，到了通往华山的路口，我突然动念想去华山，但是当我把车开到华山脚下的时候，却又没有了去登山的兴致。后来回想，那天我内心空茫地盲目开车上路，实际上是因为内心里有一种不安，而不安下面隐藏着的是要不要回家的纠结，只是当时我并没有清晰地意识到。我以为这躁动不安只是因为想要重新找到在路上的感觉，而当我驾车行驶在路上，却又有些恹恹的，全无情绪。重新回到310国道继续向东，经过潼关，一直把车开到了黄河边上的古渡口风陵渡，我才停了下来。对岸就是山西，但我并不想过去。确切地说，其实我也不知道我想不想过去，只是到了黄河边上，到了省界，有这样一个自然的节点，不由自主地就要停下来。开车行路跟头脑思考问题有点相像，遇到一个节点就会不由自主地停顿下来；我停在黄河边上，并不是因为我想停下来，而是遇到了黄河，是黄河让我停了下来。

我停好车，站在风陵渡黄河大桥桥头，望着浑黄的滔滔河水，耳边隐约地响起一首歌的旋律，“风在吼，马在叫，黄河在咆哮……”河边风很大，但并没有吼声，当然更没有马的嘶鸣，河水也没有咆哮的声音，但是我站在黄河边古渡口，我觉得我应该想点什么，发点思古之幽情与感慨，但我那时候脑子却是麻木空白，只想到了一个词：不到黄河心不死。这样想的时候，我觉得自己有点可笑。我在脑子里努力地搜寻着与黄河有关的事情，我想起了一部早年看过的小说《北方的河》，想象着那个主人公在浑黄的河水中游过去时会是什么样子，他从河里出来的时候，会不会完全变成了一个黄泥人儿；接着又想起一句诗：一泡尿的工夫，黄河已经远去。这竟然让我也条件反射地想要撒尿了，但是路上车来车往，我不能无所顾忌地站在路边撒尿。兴味索然地站了一会儿，我决定掉头。

回程是无聊的，路上没有风景，心中没有目标，甚至也没有了在路上狂奔的激情，我缓慢地驾着车，像个盲目的流浪者，任凭路把自己带走。多年以前，我曾经幻想着独自出门去浪迹天涯，正像许巍《那一年》唱的那样：

那一年你正年轻

总觉得明天肯定会很美

那理想世界就像一道光芒

在你心里闪耀着

怎能就让这不停燃烧的心

就这样耗尽消失在平庸里

……

但是许多年来，我一直就在平庸里，耗着，憋着，这回我终于不管不顾地出了一次门，像完成一个壮举似的放肆地狂奔了一圈，似乎要证明自己的不凡，但现在却有一种莫名的惆怅，开车走在路上，心中空空荡荡，我感到刚刚出门时的那股子狂奔的激情似乎快被无聊吞噬殆尽了。

回到临潼的时候已经是下午，车停在桑娅租住的小区门口，望着这个陌生的居民小区，心里突然泛起一种荒唐的感觉。我现在已经不在旅行的路上了，可我回到的这地方却又不是我的家，我为什么要回到这里呢？桑娅是我什么人？是我的情人还是同居女友？我住在这里算什么呢？把在路上的艳遇延续到路的尽头，在离家三十多公里的地方住着，期望着仍然保持在路上的感觉，实际上是自己在内心里给自己制造的一种幻觉。我坐在车里，望着那栋楼上桑娅那间房子的窗户，荒唐之感越发强烈。这个小区，这栋楼，和我有什么关系呢？当然是因为桑娅。而临时住在这里的桑娅，也不过是它的一个过客式的房客，而我就是过客的过客。我停在这里，既不是在路上，也不是在家，路和家都是幻觉，现在连这样的幻觉也骤然消失了，只是觉得荒唐。就是在那一刻，我才突然明白，我这天的躁动不安下面藏着的是什么了。我觉得到了该回家的时候了。

我坐在车里给桑娅打了电话。

我想告诉她我要回家了，但是说出来的却是："我出门了。"

"你又要去哪儿？"桑娅问。

"我自己也不知道，转悠转悠再看。"我说了假话，心里有些不安，又补了一句，"过些天我再来看你。"

"你应该回家看看再出门。"桑娅很聪明，她似乎明白了我话后面的意思，替我说了出来。桑娅是如此善解人意的一个女孩，倒让我为自己的谎言感到有些羞愧，她这样说非但没有让我轻松起来，反而加重了我的不安，于是又重复了一句："过些天我来看你。"

挂了电话，驶向回古城的路，想到很快就会到家，我的内心里又有了另一种不安。出来这么长时间，一直疏于跟家里联系，现在就这么两手空空地突然到家，自己竟觉得有些别扭，甚至有种莫名的不适感，感到心里的哪个位置有点不对劲了，但是一时却难以厘清。我后悔没在新疆买点特产带着，巴旦木和葡萄干什么的，我甚至很荒唐地想到进城之后先去一下古城的超市买点特产，假装是从新疆带回来的，但立即又打消了这个念头。我觉得我心里莫名的不适感，并不是因为两手空空，而是忐忑不安，突然想到了一句古诗：近乡情更怯。怯就是怕，我在怕什么呢？

5. 记忆的暗角

我回到古城的家里，踏踏实实地睡在自己的床上，但内心里却怎么也没有踏实的感觉，确切地说，是有些陌生和不适。在自己住了十几年的房子里，在自己生活了二十几年的家里，竟然感到陌生和不适，这让我感到吃惊。十几年前刚搬进这套房子的时候，陌生、新鲜中带着兴奋，现在我不过才离开二十来天，回到家里竟有着和那时类似的陌生感，不同的是少了新鲜与兴奋，多了疲惫与无聊，打不起精神。十几年前刚搬进来的那天晚上，我和老婆带着迁入新居的兴奋在床上缠绵了半个晚上，但是这次出行回来，却完全没有小别胜新婚的激情，老婆就躺在身边，但我全无欲望。她问起我在路上的见闻，我有一搭没一搭地应付着，老婆感觉到我有些不耐烦，于是不再出声，扭头睡去。而我当时的感觉，就像和陌生人同居一室似的，忐忑不安，小心翼翼，难以入眠。

我感到疲惫，但却难以入眠，这种状况持续了好几天。老婆当然也感觉到了我的异样，她问我，是路上不顺利吗？遇到什么麻烦事情了？

我敷衍着说，路上很顺利，没有出什么事情，就是觉得太累了，休息一阵，缓过劲儿就好了。

那段日子我每天都是睡到中午才起床，吃过饭后，就在电脑上整理一路上拍的照片。刘姗姗、桑娅、阿朵的照片，让我回忆起和她们在一起的一幕幕情景，边整理边回想，一幕幕情景历历在目，时不时地还会感到脸红发烧，而当我把它们分类放入不同的文件夹后，闭目回想，又觉得非常遥远，就像在回忆年轻时的孟浪，甚至有一种不真实的感觉，于是重新打开照片，但是当我想要在内心里还原当时的感觉时，却又感到难以捕捉，甚至难以确定在路上和她们之间发生的事情的真实性。我甚至想到，如果没有这些照片，她们会不会消失在记忆的角落里，只有在搭错了神经的梦里才会再次出现，而我关掉照片时的一个感觉，恰恰就是“旅途中的艳遇就像做梦”。旅行结束，梦也随之消失，而我讲给你的故事，或许是梦的碎片的缀连，或许是别人的故事，那些天里，我总是陷入这种回忆的恍惚之中。我把她们的照片挑选出来，分别打包压缩，原本打算发给她们，但却在反复的犹豫中放弃了这个想法，最终让它们沉睡在电脑硬盘的某一个角落里，就像落入记忆的暗角。

我挑选了一些自己感觉拍得不错的风光照片，陆续贴到古城热线的行游论坛里，一边贴一边察看别人的反应和回帖，和陌生的网友交流路上的见闻和照片的优劣。正是这些照片，让我在这个论坛里结识了不少喜欢自驾旅行的网友。聊得最多的是一个叫“汪冰”的人，他是个狂热的自驾旅行爱好者，论坛里差不多每个人都认识他，说他是个自驾达人也不为过，他已经驾着车跑遍了甘肃、青海、新疆、西藏，他出门几乎不需要任何理由，只要时间足够，他就会开着车往西部跑，不出远门的时候，他也会开车去南边的秦岭里转悠。汪冰是个感觉细腻的人，他说每一次出行都会有发现，即使是走过多次的地方，他也总能有新的发现和感觉，我觉得他是自驾旅行者中的奇人，这让我对他心生敬意。

那段时间，每天泡在行游论坛里，一定程度上缓释了我远行归来之后的不适感。但是很快，我又回到了之前的困居状态，就像没出去之前那样焦躁不安，蠢蠢欲动，时不时地就会漫无目的地把车开到南边的山根，随便找一条能够行车的路，钻进终南山的某一条峪口，瞎转悠一阵再开车回来。有一次开车在环山路上瞎转悠，七绕八拐之后，竟然鬼使神差地绕到了临潼。事先我并没有计划要去找桑娅，但却莫名其妙地来到了临潼，也许，是我潜意识里有个导航仪在引路，或者是我的身体里的欲望在暗中引导着方向，当我稀里糊涂地跑着，吃惊地发现已经来到了临潼的时候，我才突然意识到，自己在内心深处，一直是惦记着桑娅的。

我停下车给桑娅打了电话，她说正在外面办事，很快就完了，让我开车去接她。

桑娅穿着西装短裙黑丝袜，看到她的那一刻，我的心竟然剧烈地跳动着，就像困居的大兵突然看到一个性感的女人，她上车坐在副驾驶的位置，坐姿让她的腿在丝袜的微妙张力下显得格外性感，我的身体一阵强烈的冲动。那时候是半下午，离下班还有一段时间，虽然身体的欲望强烈，很想立即拥住她，但我还是很虚伪地问她，去哪里？回公司吗？桑娅看看我，眼神里似乎含着些委屈，“你才想起来看我啊，”

她说，“回住处。”

进了房间之后，我们都有些迫不及待，关上门之后我马上拥住桑娅，亲吻着，手在后面抚摸着她的背、腰，然后撩起她的裙子，摸着她的臀。桑娅顺从地回应着我的动作，身体主动移向床边。我们都没有说话，但彼此都在用身体不停地诉说着，那是我和桑娅最为酣畅淋漓的一次。身体的激情平静之后，仰躺在床上，我感觉到从新疆回来之后的所有疲惫和不适到此才算彻底释放了。与此前我和老婆有过的一次蜻蜓点水式的床笫之事相比，老婆的身体和气味都是陌生的，我觉得自己的身体是排斥的，而和桑娅的这次，却让我真正有了回家之感，似乎桑娅的身体才是我的家，而我的家却不过是路上的一个驿站。这看上去是一个悖论，一种非常奇怪的感觉，但是很真实。那一刻，我想不出到底是哪里出了问题，是一次长时间的出行所带来的切实的改变，还是仅仅是桑娅的身体所给予我的幻觉？但我那会儿并没有深想，也不愿意多想，我转过身，拥着桑娅，平静地吻了吻她的脸，头埋在她的肩窝里，闻着她微微带汗的体味。“你待会儿要回去吧？”桑娅这轻声的一问，像突然响起的一记鞭子，打在我的身体上，内心随之颤动了一下。

6. 带她回古城

桑娅其实是想让我带她回古城。她说到临潼分公司已经两个星期了，还没有回去过呢，明天是周末，她要坐我的车回去。桑娅说完之后，我心里顿时轻松了。但在她开口说到“你待会儿要回去吧”时，我为什么会感到心颤呢？一方面是觉得她可能在试探我是不是要走，如果她是想要我留下来陪她，那样我就得临时编个不回家的理由跟老婆交代，对我来说这并不容易，毕竟我现在不是一个人开车在遥远的地方，我只是开车出来在城外转悠，不回家的理由并不那么充分；另一方面我又怀疑桑娅这样问是不是在撵我离开，这让我不由自主地猜测她是不是还有别的约会，隐约的莫名的醋意突然泛起。既害怕她让我留下来，又担心她是在撵我走，这种矛盾纠结的心理，正是我听到她突然问道“你待会儿要回去吧？”时感到惊心的原因。而那时我们刚刚从身体的激情中平静下来，正是温情缠绵的时候，这一问，在我迷醉于身体之欢的耳畔，突如响鞭，令我心颤。好在很快就释然了，她既不是撵我离开，也不是要我留下来，而是让我带她回古城，就像在两个矛盾的令人痛苦的选项之外，突然出现了第三种解决之道，而且是一个令人愉快的选项。我捧住桑娅的脸，在她的嘴上长长地吻了一下，然后说：“我们起来吧。”

回古城的路是愉快的，一开车我就打开了音响。

没有什么能够阻挡
你对自由的向往
天马行空的生涯
你的心了无牵挂
穿过幽暗的岁月
也曾感到彷徨

当你低头的瞬间

才发觉脚下的路

心中那自由的世界

如此的清澈高远

……

桑娅说：“你怎么总是放着许巍的歌啊？”

“你不觉得他的音乐很适合开车在路上听吗？”我说。

“是很适合，但也不用一直听嘛，别的也可以有啊。”

“可我就是喜欢他，听着他的歌，一开车就觉得有感觉。”

“什么感觉？”

“在路上的感觉啊。”

“在路上的感觉又是什么感觉呢？”桑娅似乎故意地调皮起来，我觉得又看到了去敦煌的路上坐在我身边的那个桑娅。

“唔，难以言表，譬如吧，就像我一看到你就会有感觉一样。”我笑着看她一眼，并且故意挤挤眼睛。

“那你看到我又是什么感觉呢？”

“就像永不凋零的蓝莲花啊。”

“可是，世上并没有蓝莲花。”桑娅这么说的时候，声音里有些幽怨。

我不知道这个比喻触动了桑娅内心里的哪一根敏感神经，连忙圆自己的口误：“但我心里有啊，你在我心里，就是永远的蓝莲花。”

“没有什么是永远的。”桑娅声音低了下去，似是回答我，又像是自语，神情也随之忧郁起来。

我刻意岔开话头：“快告诉我送你到什么地方。”那时候我们已经下了高速，进入华灯初上的古城，“这会儿正是晚高峰时间，我得提前选择路线。”

桑娅说了城北的一个小区的名字，我驶入二环东路，转向二环北路，城北堵车并不严重，很快就到了她的小区。停在小区门口，我并没有下车，正欲和桑娅告别，她却说：“你不去我家坐坐吗？”到此时我才知道，她的家人并不在古城，桑娅在古城也是一个人住。

进屋之后，我看到桑娅的情绪立即好了起来。我坐在沙发上，等着桑娅洗脸、换衣服，心里在感慨，家是会让女人心安的地方，即便是一个人，即便是桑娅这样的看上去没心没肺的女孩子。桑娅换了衣服从里屋出来，兴致颇高地说：“出去买点菜，我给你做饭吃吧。”桑娅这样说的时候，神情里本能地透出的柔情，让我感到她真是一个可爱的小主妇。我虽然不忍拂逆她的美意，但还是委婉地说：“那太麻烦了，改天品尝你的手艺好吧？我们在古城的第一顿饭，还是我请你吧。”仪式感就是给事情赋予某种意义以强调它的重要性，“我和你”“在古城”“第一次”，这样的强调和暗示，似乎让一顿平常的晚饭产生了某种不寻常的意味，而它意味着什么，又模糊不明，但这个说法是有魅惑力的，桑娅很高兴地同意了。

我们在附近找了个饭馆，桑娅主动要了酒，她说第一次和我在古城吃饭，一定要喝点酒，但我操心着晚上要开车回去，只喝了一杯啤酒。那天晚上桑娅话特别多，她告诉我，她老家在远离省城的一个小县城，在省城读完民办大学之后，她发誓绝不回去。她说她干过很多工作，接触过不少男人，但总是漂来漂去的，没有稳定的感觉，直到遇到那个地质队的让她怀孕有了孩子的小伙子，她以为生活从此改变了，要过上稳定的小日子了，可是却出了意外，让她绝望得想死，但她挺过来了。她说从那事之后，就什么都不怕了，也什么都不在乎了。她说现在这套房子，就是当时准备结婚用的，分手之后她一个人还着房贷。她说她看透了，什么都不在乎；她说有时候又觉得心里很苦、很累，觉得活着没有意思。

桑娅喝了很多酒，渐渐地有些语无伦次："你别拦着我，我没事，我酒量可大了，我就没喝醉过，有时候很想醉一次，可是从来都没醉过。"我觉得这个看上去没心没肺的女孩子，可能是内心里太憋闷了，她想释放就由着她吧。"老刘，你是有学问的人，你说，女人是什么？男人又是什么？我觉得女人比男人要好，女人比男人苦，可是女人比男人好，男人没几个好东西。"我看着桑娅，觉得她快要醉了，就说："我们回去吧。"

结了账出来，我扶着桑娅往回走："老刘，你是好人吗？是好男人吗？"

"你觉得呢？"我说。

"你不是好男人，你有老婆，还和我在一起。其实这也没什么，你不是个好男人，但你不是坏人，我喜欢你。"桑娅倚在我身上，"真的，我挺喜欢你的。可惜你有老婆，要不我就跟你了。"

回到桑娅家里，我安顿她躺下，给她泡了杯茶，"你喝得太多了，要好好睡一觉。”

“你是要走了吗？”桑娅拉我坐在床边，眼神里透着无助，“老刘，你抱抱我吧。”

我和衣躺在桑娅旁边，把桑娅揽在怀里。但是桑娅并不满足，她动手脱我的衣服：“我要你贴着我的身体，老刘，我要，我想要……你要吧……”

我们再次做爱，完事之后看着桑娅安静地睡着了，我亲亲她的额头，然后悄然离开了。

我开车回家是在深夜，老婆已经睡了，我躺在床上，却难以入眠。从一个女人的床上，回到自己家里，躺在另一个女人旁边，我这算是什么呢？我感到羞愧。桑娅说我不是个好男人，我检讨自己的作为，我得承认，我确实不是。

7. 终南山

我很想终止和桑娅的关系。虽然我觉得桑娅非常可爱，我也很迷恋和她做爱时的感觉，但是理智告诉我，把长途旅行时路上发生的艳遇延续到回家之后，也就是把短暂的艳遇变成长久的情人，是非常不明智的做法。我克制着自己不给桑娅打电话，有时候她会发几句暧昧的短信给我，我也只是简短地问候一下，不过多地纠缠。

那段时间里，我经常开车往终南山里跑，但我再也找不到在路上的感觉。夏天的山里，总是能碰到许多成群结队游玩的人，他们像盲目的野蜂，一会儿扑向这里，一会儿扑向那里，我不知道他们想干什么，我估计他们也不知道，和我一样，只是想要短暂地逃离开日常生活的现场，逃离喧嚣，但却在原本宁静的山里制造了另一种喧嚣。为了避开他们，于是我跑向山的更深处，有时候会遇到据说是终南山隐士的人，但我从他们身上看不到修行的迹象。我觉得，他们也许只是想短暂地脱离开日常生活的困扰，给自己一段心灵的假期吧。这和我独自驾车跑出几千里，本质上似乎也没什么两样。区别只在于，他们也许真的有烦恼，而我则是困于无扰中的内心躁动。这样想的时候，我就觉得自己是太无聊的人，需要找些事情来填充自己，或者说，给自己的频繁出门找一个看上去还算正当的理由。就是那时候，我想到了一个看上去颇为诱惑人的计划，我打算把终南山七十二峪都走上一遍，拍些照片，用文字记录过程和自己的感受与发现。我甚至被自己的计划感动了，兴冲冲地到网上和书店里搜寻关于终南七十二峪的资料，但我很快就泄气了。书店里有好几本关于终南七十二峪的书在卖，而网上，不仅有照片，还有七十二峪详细的地图、自驾车线路和徒步旅行线路。我为自己在孤陋寡闻中制订的宏伟计划感到可笑，我甚至觉得我可能是最后一个想到做这件事情的人。

我又回到了困居的状态，像个被霜打了的茄子，蔫头耷脑地吊在虚空之中。

有一天，汪冰给我打电话，说他们一些玩吉普车的人要去秦岭深处的大寺，据他说很有挑战性，问我愿不愿意一起去，并且说最好再带些人，我很自然地想到了桑娅。我说：“带女的行吗？”汪冰在电话里坏笑一声："那当然更好啦。"大寺是驴友们喜欢玩的徒步穿越线路，驾车上去并不容易，但这恰恰让我有一种莫名的兴奋。

确定了时间之后，我给桑娅打了电话。拨通电话之前，我短暂地犹豫了一下，我怀疑自己这样做是不是过于冲动，但很快就否定了。理智上我很想终止和桑娅的关系，但内心里却一直惦记着桑娅，我实际上一直都没有放下她。我甚至给自己找到一个理由，我答应过桑娅下次出门的时候带上她，我觉得我应该践行自己的承诺。但是一转念，我又一次犹豫了，一想到我将和桑娅一同出现在一群古城车友的面前，没准其中还有我的熟人或者桑娅认识的人，我该怎样面对和解释呢？即便没有熟人，但同行者也难免会猜测我和桑娅的关系，甚至私底下嘀咕，想到那样的情形，我就觉得浑身不自在，也许还会尴尬得脸红发烧。我并不是一个优柔寡断的人，我可以一念之下就把车开出几千里，我可以在遥远的异地肆无忌惮地和桑娅同行同居，但那毕竟是在脱离了自己生活环境的地方，没有熟人，也几乎好像割断了既有的社会关系，起码是暂时性地失掉了社会关系的悬空状态，而这次的情形却有所不同，这次不是我和桑娅两个人的旅程，而是一群人的集体出行，是在众目睽睽之下……就在我这样想的时候，电话已经拨了出去，不过好在还没有接通，我立即挂断了。

带还是不带桑娅呢？我手握电话，颓然地坐在椅子里。换一个角度，如果作为这次同去的人中的他者，会怎么看我带着个女孩子同行？我会感到好奇吗？会猜测他们之间的关系吗？会嘀咕吗？我很认真地琢磨了一下，却很难确定。也可能会，也可能不会，很大程度上大概会随着他们之间的言语、情态和行为下一个判断，仅此而已，如果她是个漂亮的女人，我也许会多看几眼？不过桑娅算不上漂亮，大概不会那么引人注意吧？

我点了根烟，再次审视自己的心理，感到了自己的可笑。既然大家都是带着自己的朋友出来玩的，谁会关心我和桑娅的关系呢？这完全是一个拘谨惯了的中年男人的心思，一种畏缩的想法！我在内心里嘲笑了一下自己，但是与此同时，我又有了另外一个可笑的念头：如果同行者中有年轻的帅哥喜欢上了桑娅呢？这个念头刚刚闪过，我就立即告诉自己，不要再往下想了。因为我意识到自己不仅有着中年人的畏缩，甚至还有着一个中年男人和一个年轻女孩子关系中心底里深潜着的猥琐，我为自己内心里的不干净感到惭愧和自责，我强迫自己不要在这个念头里打转，却很难奏效。我仍然止不住地在想，如果真的有年轻帅哥喜欢上了桑娅，而桑娅也对他有好感，我该如何对待？我会如何对待？理智上我应该坦然接受，我本来也有要终止和桑娅的关系的考虑，甚至我应该高兴；但在心理层面，我觉得我可能很难接受这样的事情在我面前发生。理智上很清楚自己不过是她的过客，迟早要成为过去时，但在感情上似乎总是难以越过。同时我又在问自己，是不是想得太多了？我这种心思是不是太过复杂了？

就在我痛苦地转着脑筋胡乱琢磨的时候，桑娅把电话回了过来。我说了要开车去秦岭深处的大寺，问她有没有时间，想不想去。“一个车队去山里，多好玩啊，那一定很有意思，”桑娅很兴奋，“我太想去了，啥时候去啊？我好提前请假。”

8. 未知境地

为了赶在早上八点钟之前到体育场门口与大家会合，我六点钟就起床了，去城北接头一天晚上回到古城的桑娅。桑娅早早就收拾好了在等我，她显然很兴奋，一上车就问我，有多少人去，几台车，都是些什么样的人，而我却全然不知，但为了不扫她兴，我估摸着说可能五六台车吧，但这显然跟她的预期有落差。

桑娅说："要是有十几二十台车该多壮观啊，'一'字长蛇阵排开，多好玩啊。"

"这是越野线路，车太多了很难组织，也很难管理的。"我说。

"那倒也是，我们那次五台车还老闹矛盾呢，后来还各走各的了。"桑娅仿佛突然才想起来似的，"不过幸亏走散，才让我在酒泉遇到了你。"

我笑着说："那是你们那车队太不专业了啊。"

"哼，要是专业，你能有机会遇到我吗？"

"是啊是啊，幸亏你那次的车队是乌合之众，"我说，"不过这次不同，汪冰可是个著名的车友，自驾游专家呢。"

"怎么著名？"桑娅很好奇。

我不无夸张地说："他已经跑遍了西部，大半个中国呢。"

"好让人佩服。"

"等你见识了再佩服吧。"

一路说着话，很快就到了体育场门口。五台车都已经到了，一台帕杰罗，两台北京吉普 2020，加我一台小切，另外还有一台捷达轿车。

汪冰正在跟捷达车上的人说着什么，似乎还有争执。我后来听清楚了，开捷达的人原本说的是开陆风越野车的，但车临时出了毛病，换了捷达。汪冰坚持轿车无法开进去，希望他们退出，但捷达车上的人显然很不情愿。汪冰提出了两个方案，一是他们把车放在这里，人员分散到其他车上；二是开车上去，但不能进大寺，只能停在分水岭停车场，进山时人员转到其他车上。捷达车上的人勉强同意了后者，但我从他们流露的表情里感觉出好像不太认同，估计是打算先到了那里再另说。接下来汪冰给每台车发了对讲机，安排了顺序，一台 2020 在前，中间是捷达、帕杰罗、我的小切，汪冰自己的 2020 殿后。我是第一次参加这样的集体活动，既觉得新鲜兴奋，又有些惴惴不安，小心地按照安排的顺序行驶。但是走着走着，队伍的顺序就有了变化，帕杰罗和捷达显然是不满意头车 2020 的速度，出了城之后很快就蹿到前边，我听到对讲机里传来汪冰的不满，一直在提醒二号、三号车保持纪律，但前面的两辆车并不服从，在对讲机里回答说，反正这一段都是公路，不用这么拘谨，到了分水岭以后再排队。我车上的对讲机在桑娅手里拿着，她听着他们的对话，不以为然地跟我说："你还说他们是专业的呢，我咋觉得也是乌合之众呢？跟我们那次的情形也差不多啊。"我笑着"呵呵"了一声，没有多说。

对讲机里有人在讲段子，桑娅听得开心，时不时地发出笑声。我却在听着车里许巍的歌声：

我们在前世约定

一起穿行这世界

一生都不会停歇

永远向着那春天

迎着天边的夕阳

让我们一起在风中起舞

穿过这午夜星辰

让我们旅行的梦更精彩

一生都不会停歇

……

我渐渐进入了歌声带来的想象之中，似乎我和桑娅也可以一直这样一起穿行。

开车走在路上，身边坐着一个女人，就像是在一个封闭而又独立的时空里。离城渐远，自己的生活也随之远去，这种时候人很容易陷入虚幻的想象，恍恍惚惚地就以为世界上只有我们两个人了。而此时桑娅在我车上，已经不是偶然的搭车客，而是自己人；自己人坐在旁边，就不会有我的空间被人侵入的感觉，就无须戒备、提防与周旋，当然也没有了陌生搭车人带来的新奇与刺激，但却有另一种微妙的快乐，尤其是桑娅，让我有一种身边坐着一位吉卜赛女郎的恍惚。

驾车出门旅行，重要的并不是去什么地方，而是和谁一起去，大多数时候，旅伴会在很大程度上决定一次旅行的性质。和家人同行就像是换个地方过周末，改变的只是环境，适合调节家庭气氛；和同事、朋友结伙出行，是移动中的大派对，不过是换了一种方式；和陌生人组团上路，跟网络聊天室的性质有点相似，旅行成了一种交际方式；独自驾车出门，才是真正的自驾旅行，是主动关上工作、生活和社会关系的门，打开另一扇通向未知之门，可以是修行，可以是放纵，可以是审视与自省，可以去发呆，可以去经历与见识。独自在路上，是生命的大开大合，有着不可设计的可能性，最接近旅行的本质。

而我和桑娅的这次旅行，属于哪一种呢？和一群陌生人结伴组队，但我们两个却是熟人，而我们的熟又只限于一种单纯的关系。我们刚刚认识不久，对身体的熟悉远远超过了对对方生活的熟悉，既不是深交的朋友，又还算不上情人，只是旅行中的艳遇在向生活中延伸，这种延伸让艳遇脱离了原本的情景，正在滑向未知的境地，就像一个人独自驾车来到了一处地图上没有标明的陌生地方，参照物模糊，导航仪失效。我和桑娅的关系正像我们此时的处境：在陌生人组成的车队中，我们是相熟的人；而在诸多可称为熟悉的人际关系中，我们的关系又处于暧昧不明的地带。当我这样想的时候，心理上有一种奇妙的感觉，当渐渐找到了在路上的感觉的时候，我几乎忽略了我们是在一个车队当中，仿佛仍然是我和桑娅两个人，在延续我们在西部的旅行。“没有什么能够阻挡，你对自由的向往，天马行空的生涯，你的心了无牵挂……”音响里的许巍，似乎适时地唱出了我的心声，但是另一个声音，却把我从走神的思绪中拉了回来。

“我们已经进入山区，弯道多，起伏大，请大家保持车距，注意会车、避让，小心驾驶。”对讲机里传出的是领队汪冰的提醒，我知道已经过了沣峪口，车行山中，不敢大意，连忙收神专心开车。坐在旁边的桑娅并不理会这个提醒，可能是山里峰回路转的景色变化，让她情不自禁，竟随着许巍唱了起来：“心中那自由的世界，如此的清澈高远，盛开着永不凋零的蓝莲花……”

9. 高山草甸

分水岭是黄河水系与长江水系的分界线，站在分水岭上向两边看去，一览众山小的感觉让人不由自主地生出一种豪迈来，兴奋的同行者们，纷纷和界碑合影。桑娅挤到界碑旁边，做出胜利的“V”字手势，让我给她拍照。汪冰对这已经习以为常，他把大家招呼到一起，再次强调了车队纪律，因为接下来就要离开210国道，拐向去往大寺的土路，为了保证下一段行程的安全顺利，他不由分说地宣布，捷达车的旅行到此结束，不能随车队去往大寺。这让捷达车上的人难以接受，但是汪冰非常坚持，捷达车底盘过低，前面的路根本无法通过。一番争吵之后，汪冰断然宣布，捷达车离队，如果自行进入，后果自负。说完之后，他重新安排了行车顺序，这次由他的2020打头在前面带路，后面依次是我的老吉普小切、帕杰罗，另一台由越野玩家驾驶的2020殿后。车队离开国道，沿着通往大寺的土路行进，我注意到那台白色的捷达并没有善罢甘休，尾随着车队出发了。

目睹整个过程，资深玩家汪冰的专业精神、果断和指挥若定，都令人心生敬意，但我内心里却并不喜欢这种结伙组队的旅行方式，自驾旅行的自在、随意、信马由缰必须服从于团队协同行动，个人的自由也随之丧失。这样的旅行，并不是我想要的，但是这次既然已经加入了车队，也就暂且安心随行吧。实际上，我的想法是有些偏颇了，后面的路段证明单车独行是不现实的，在不能称之为路的路段上行车，随时可能出现的意外，都需要有同行者施以援手才能安全，如果单车独行，那些险途之后的风景就可能与自己无缘了。

在山中土路上行驶了约十公里之后，来到一处叫作“发射塔”的地方，车队停下来，休息，午餐。我看到汪冰走向尾随而来的捷达车，这次他很耐心地劝说他们返回，他说再往前开，轿车会因为托底被撂在路上，那样大家就都没法行动了。经过十公里土石烂路的颠簸，捷达车上的人这回好像有些明白汪冰的苦心了。

休整完毕，再次出发，驶上一段曲曲折折的沙土路面的坡道，只有挂上四驱，人和车才能稍感踏实，而且必须低速缓行。在这样的路段，如果出现托底、侧滑或者熄火，就只能撂在路上等待救援了。在这人车少有的大山之中，如果是单行、独行，没有自救的绞盘，等待救援也就等于听天由命。所以在这样近乎探险的路上，组成一个可以互相照应的车队一同行动，就是必须之选。

爬上一段三四公里的坡路之后，沿着山坡一路向下，路况更差，汪冰在对讲机里提醒，不得空挡行驶。我挂着一挡的位置，脚在油门和刹车之间随时切换，双手把着方向盘随着路况的变化左右转动，不敢有丝毫的懈怠。坐在旁边的桑娅，似乎比我还紧张，一直紧拉着扶手，随着车子的颠簸不时发出惊叫。桑娅大概和我一样，是第一次经历这样的越野体验，好在有惊无险，两个多小时之后，我们来到一处开阔的地方，旁边有几个废弃的房子，车队在一片草地上停下来。这里原是大寺村民四组的地方，山民们已经被迁往山外，废弃的房子正是他们留下来的。目的地已到，汪冰说车不能再往前走了，我们得在这里扎营，明天上午可以步行深入。

站在草地上，活动活动筋骨之后，才注意到周围的风景。这里是海拔一千七百多米的高山草甸，周围视野开阔，远山林木葱茏，近处开阔，开满紫黄相间的野菊花，极目四望，有神清气爽之感。桑娅近乎起舞似的在草地上转着圈儿，然后顺势倒在草地上。但是兴奋劲儿还没过去，身体立即感到了山上的凉意，大家本能地到车上去找厚衣服。汪冰适时地提醒大家，抓紧时间扎帐篷，到了晚上会更冷。

我是第一次在外野营，扎帐篷并不熟练，所以颇费了一些时间。桑娅也是第一次，带着些新鲜和兴奋，看看别人的搞法，然后又跑回来帮我，像个欢快的孩子。帐篷扎好之后，她迫不及待地先躺了进去，然后又坐起来，拉开帐篷的门链，眼神幽幽地看着我，好像怕别人听见，低声说：“我们两个……晚上就这样……睡这里面？”我说：“是啊。”桑娅脸上泛起有些羞赧的红色，我明白她想说的是：我们就这样在众目睽睽之下睡在里面？“不过得钻到睡袋里，要不会冻坏的。”我说。

帐篷扎好之后，天色已经有些暗了，大家从各自的车里拿出食品和酒，围坐在一起开始野餐。我注意到碰杯聊天的时候，不止一个人眉目和言语之间有向桑娅献殷勤的嫌疑，几杯酒下去之后，有人开始唱歌，竟然是《蓝莲花》！竟然是看着桑娅在唱！而桑娅后来也跟着唱了。我坐在桑娅身边，明显感觉到了对方的用意。我故作随意地拨弄拨弄桑娅的头发，以显示我和她的亲昵关系，而我的目光则警惕地观察周围的动静，那一会儿我觉得自己就像一条狗一样守护在桑娅身边。

入夜之后，山间越来越冷，人们钻进各自的帐篷，但是对习惯城市生活的人们来说，还没有到入睡时间。我和桑娅各自一个睡袋，面对面躺着，一时间无话，听着周围的声音。有一个帐篷里似乎在点着灯打扑克，隐约能听到别的帐篷里的低语，但却听不清楚在说什么。桑娅全无睡意，眼睛睁得很圆:“老刘，说点什么吧。”“嗯？说什么呢？”其实我们对现在这个处境都有些不适应，一时不知道说什么做什么好。

桑娅说:“给我讲个故事吧。”可是我很不善讲故事，只是桑娅那么说的时候，让我突然想起来了少年时代看过的俄国小说《狄康卡近乡夜话》里的情景，夜里，草原上，一群孩子，牛蒡草，萤火虫……遥远而又悠远的童年。“从前，在大草原上，有一个大人和一群孩子，”我随口说，“大人给孩子讲故事，讲的是，从前，在大草原上……”

桑娅意识到我在瞎说:“老刘，你真当我是孩子啊？”

“你当然是大人。”

“可在你眼里是孩子。”

“你不是孩子，是女人。”

“嗯，我是女人。”桑娅动动身子，想要贴近我，但是裹在睡袋里的身体并不能像在床上那样方便地移动。我伸出胳膊，搂住她的肩，把她揽向我。她说:“老刘，你有过很多女人吗？”

“为什么这样说？”

“没有为什么，就是随便问问，找话说嘛。”桑娅贴近我耳朵说，“你看他们这些人，我觉得都不是夫妻，可他们就这么睡在一个帐篷里。”

“在外野营，这不奇怪啊。”

“那你说，他们夜里会不会做爱？”

“你觉得呢？”

“我不知道，也许会，也许不会，”桑娅停一下，又说，“像我们俩这样的，也许就会。”

“会吗？”

“可能会，在这样的地方做跟在家里床上不一样嘛。”

“你是说很新鲜？”

“嗯，不过，也许不会，万一叫出声了，被别人听到，多难堪。”

“那我们竖起耳朵仔细听，”我一脸认真地说，“看能不能听到点什么。”

“好吧。”桑娅这么说着，可我觉得她似乎更想自己体验，她从自己的睡袋里钻出来，然后一点点地进入我的睡袋，两个人睡进一个人的睡袋里，实在是有点紧张，只能紧紧地抱在一起。屏息静气地躺了一会儿之后，桑娅说：“看来在一个睡袋里是不行的。”

桑娅爬出我的睡袋，穿好外衣，像个孩子似的说：“我想尿尿。”

我陪着桑娅走出去很远，到那排旧房子的后面去方便。回来的时候，桑娅拉着我刻意轻手轻脚地经过别的帐篷，我明白她的意思。回到自己的帐篷里躺下，我问桑娅：“听到什么了？”桑娅说：“呼噜声。”

10. 大寺村

大寺早已无寺，甚至寺的遗址都已经难觅踪迹，虽然它在唐朝曾经是规模宏大、香火旺盛的方外之地，时间过去还不足千年，辉煌盛景就只剩下了一个名字，甚至名字都没有留下，只因其大而传为大寺。曾经的大寺村，现在却实实在在地算是一个遗址，村民们迁出之后留下的房屋，不几年的工夫，已经破败如荒村，偶然碰到的村民，不过是为了做登山穿越者和游客的生意，他们背着瓶装水和方便食品上来，有时候也兼做导游，赚几个小钱。千年前的寺庙和寺庙里的僧人，成了时间的过客；大寺村和它的村民们，现在也已经是这秦岭之巅的大自然的过客；只有大山和岩石数万年依旧，只有大树数百年站立着，而野草野花们，则是一岁一枯荣的过客。而我们这些旅行者，更是过客，一日之过客。

在大寺的这天，我早早地就醒来了，在破败的大寺村边转悠，山涧雾霭飘浮，山顶晨光熹微，习习晨风中，一阵悲戚感叹，令我浑身寒凉。收拾了卧具帐篷之后，一干人在汪冰的带领下从大寺四组向大寺三组方向徒步前行。据说这一段是大寺最为神秘美丽的风光，但我也没觉得震撼，无非就是海拔高差变化中的植被垂直分布，针叶、阔叶林次第交替，峰回路转之后，开阔平坦处有大片的野花招摇，我也没感到诱人。我们这些过客队伍中，时有惊讶、欢呼、叫唤的声音，比起被惊起的林鸟的叫声，实在是逊色多了。

我这一日的情绪，没来由地低落，美景于是也失去了光彩。跟着队伍转悠到中午，返回营地吃喝完毕，汪冰指挥大家沿着来路回到分水岭。

本来的安排是回到泮峪口时车队集体聚餐，但我让桑娅在分水岭就交还了对讲机，我说我们想自己慢慢走，不再随队同行了。实际上我是对这种结伙组队的旅行方式感到厌倦了，我只想自由自在地行动，即便是无趣的赶路式的回程。桑娅看到我表情严峻，她也不怎么说话，只是看着窗外，出了山之后，桑娅迷迷糊糊地睡着了。

回到桑娅在北城的小区，天已经黑了。停好车去吃饭的时候，桑娅怯怯地问我："老刘，你今天为什么一直都不高兴呢？"我说我不大适应一大群人一起出去玩，桑娅面带调皮的表情说："你是不是得老年孤独症了啊？"

我明白她是试图以玩笑打趣让我开心，于是随声附和着说："也许更严重呢，可能是提前痴呆了吧。"

看到我情绪渐好，桑娅说："老刘，你一脸严峻的时候，看上去特别酷，特有味道。"

"什么味道啊？米饭味还是面条味？"

"男人味道，"桑娅看着我说，"很深刻、很迷人的那种。"

"是吗？"我盯着她问。

"当然啦，要不我怎么会和你……"桑娅略带羞赧地收住了话，然后又抬眼看着我。

在熟悉了彼此身体语言的男女之间，一颦一笑、一个表情中流露出的意思都会被迅速地读到。我说："可是……"

"没有什么可是，"桑娅说，"你们中年人就是想得太多。"

送桑娅回到家里之后，桑娅说："老刘，你今天别回去了吧，明天早上送我去临潼，好吗？”我知道她想我留下来陪她，但我沉吟着没有出声，桑娅摇摇我的胳膊，娇嗔地说，“好不好吗？”

“我没说要走啊。”

“老刘你坏，”桑娅开心了，“那我去洗澡澡了啊。”

桑娅去洗澡的时候，我打开电视，似看非看地靠在沙发上，实际上那时候我的上下眼皮疲倦地打着架。房间里的灯光很暗，随着电视屏幕的闪烁，我有一种不知身在何处的恍惚。我感觉自己似乎是在路上的某一个旅馆里，电视里的声音在响，但我并没有在看，我斜倚在床头被子上，但房间的布局又不像旅馆，更像是家，旅馆里没有这么宽敞，也没有这么多摆设；但这个似乎是家的地方又显得既熟悉又陌生——熟悉的家的气息和陌生的房间格局，我似乎是在家里，同时又感到自己是客人，似家非家，似旅馆又非旅馆，恍恍惚惚中我的眼睛渐渐地睁不开了。我觉得我驾着车在没人的路上狂奔，有一阵子车甚至离开地面飞了起来，就像飞机起飞时刚刚拉起来的样子，但我并没有盘旋上升，而是贴着地面在飞，我很用力地踏着油门，我想飞起来，但却怎么也飞不起来，仿佛车子陷在了沼泽之中，我能听到飞转的轮子在泥沼里打滑，我急得满头大汗。这时候我听到有人在喊我，很不真实的声音从遥远的地方传来：“老刘，老刘，刘老师……”渐渐地我听清了是桑娅的声音，桑娅把我从泥淖里拉了出来。

我睁开眼睛，看到桑娅穿着睡衣站在我面前，我目光迷离地看着她，有种不知身在何处的迷茫与恍惚。她俯身捅捅我的肩膀：“老刘，醒醒，去洗澡吧。”她俯身的时候，披散着的湿湿的头发撩到了我的脸上，带着浴液香味的水滴的清凉，让我的身体激灵了一下，我骤然醒了过来。我呆呆地看看她，愣了会儿神。我听到电视里的声音说到西藏，桑娅说："去洗澡吧。"我没有理会，转而将视线投向了电视，此时电视里正在播放西藏风光。"真想去西藏啊。"我自语道。桑娅也转身朝向电视机，一边不停在撩散着头发，一边看着电视。"我也要去，"桑娅说，"你带着我吧。"

西藏风光很快就播完了，但我仍然盯着电视，愣了会儿神，这才起身去洗澡。站在淋浴头下，水流冲着我的身体，脑子里仍然是刚才电视里看到的西藏风光，心里有一种强烈的冲动，我要去西藏。我在想，我得把车子收拾一下，再买些西藏的书研究研究，我甚至在脑袋里开始规划线路了，是走青藏线还是走川藏线，青藏线路况好，但川藏线风光更美而且有挑战性，如果兼顾两者，不如就从川藏线进去从青藏线出来。这样想的时候，我觉得自己有些迫不及待想要立即开车出门了。

我的渴望奔跑的心，被这个想法闹得不安宁了，洗完澡躺到床上，我的脑袋里还在出神地想着开车去西藏的事情，以至于忽略了躺在旁边的桑娅。"你现在修炼得可是真有境界了啊。"桑娅冷不丁地冒出这么一句，让我一下子摸不着头脑："什么境界？"

"谁知道你是什么境界啊？"我听出桑娅幽怨的声音里不无讥讽。

我意识到了自己的疏忽，连忙转过身去把桑娅揽过来，然后打趣说："所谓境界，就是自己哄自己啊。哄着哄着，自己还真信了，就算到境界了。"

桑娅贴紧我，手在我的身体上滑动："那你到底是有境界还是没境界啊？"

“我现在被卡在有境界和没境界之间的缝隙了。”

“老刘，我喜欢你这样子。”

“什么样子？”

“又有境界又没有境界。”

“说话有境界，做事没境界，”桑娅调皮地说，身体更紧地贴着我，“老刘，去西藏带着我吧，我去考个驾照，到时候可以和你换着开车。”

我很吃惊桑娅竟然知道我的脑子里此时在想什么，有些感动地吻吻她：“唔，好。”

尾 声

刘军最终并没有带桑娅去西藏，原因是他们的关系出现了问题。刘军说，那是一个意外的发现。那时候桑娅已经从临潼的分公司回到了市里，有一天晚上他去她那里过夜，他习惯性地把手伸向靠墙那一边的床架侧面的小抽屉，拉开一条缝，去取放在那里的安全套。他吃惊地发现，摸出来的却并不是他买的那种，而是另一个牌子。他明白了桑娅还跟别的男人有关系，情绪立即就坏掉了。桑娅解释说是以前的男友留下来的，但是刘军根本就不相信，也不愿意听她解释。他默默地穿上衣服，全不理会在旁边流泪的桑娅。“我就那样逃跑了，”刘军说，“其实我也明白，我知道自己不过是一个过客，她那么年轻，我又给不了她什么。”

我的朋友刘军，一个奔五十的中年男人，给我讲他的旅行故事，是在离开桑娅之后，我觉得他一定是憋得太难受了。他本不是一个喜欢倾诉的人，除非是喝大了酒之后，他心里堵得慌，他会絮絮叨叨说个没完，就像他准备开车去新疆之前的那次。那次是一群人在喝酒，而这次是和我，我们两个人，坐在我的书房里，话匣子打开之后就止不住了。“给你提供个素材，拿去写小说吧，你成天坐在书房里瞎编，还不如写个真实的故事呢。”

那时候刘军已经喝得有些大了，我不知道他所讲的路上的事情，有多少是真实的，有多少是他自己想象的。刘军早年也算得上是个文学青年，他把自己在旅途中想象和幻想的部分，顺便拉进自己的旅行过程中，当成真实发生在自己身上的事情，也是有可能的。作为多年的朋友，以我对刘军的了解，他并不是一个放纵自己身体的男人，作为一个大学老师，他有拘谨的一面，譬如他和刘姗姗、和李晓丽之间发生的事情，我就很怀疑只是他的心念，而非事实，也许他当时确实那么想了，但是不是真的做了，却很值得怀疑。不过，我的怀疑并没有什么依据，一个人独自驾车出门远行，在社会关系和生活环境被暂时悬置的“失重”状态下，人性中的某一个被压抑的侧面会无所顾忌地暴露出来，也并不奇怪。一个说自己被憋了几十年的男人，独自驾车出门，突然进入一种失禁的状态里，也许会和现实中的他判若两人。他说他从新疆回来之后的这段时间，一直觉得自己在家里就像在路上一样，有一种客人的感觉，或者可以反证他在路上确实有过一些异于平常的行为，说明这种放纵、放任的旅行，确实让他的内心里发生了一些我难以确知的微妙变化，我能感觉到他的躁动，他的心似乎不再安宁了。

坦白地说，我并不了解那些喜欢自驾旅行的人，尤其是那些一有时间就要开车出门的人，我感觉他们好像处在某种“旅行强迫症”下。刘军说到“在路上的感觉”，他说他喜欢那样的感觉，但对我这个常年蹲伏在书斋里的人，那样的感觉到底是什么样子，只能凭借刘军的讲述来加以想象了。在路上，没有羁绊的完全由自我操控的旅行，大概正好满足了人对自由的渴望与想象吧，而当一个人独自驾车走在远离自己的生活现实的陌生路途上的时候，人对自由的渴望与想象就有了获得实现的感觉，虽然也许只是短暂的实现感；而这种实现的短暂性，也许正是过客心理被不断地具体化的过程。对自由的向往促使他们一次次地不断地开车出门，而这种自由的暂时性又在不断地强化着内心里的过客之感，路过，然后回来，又渴望着下次的出行。在这样的循环中，躁动的心变得永无宁日了。我想在刘军这里验证我的想法，但他却并不理会，他说你没有一个人开车出门，根本就体验不到在路上的感觉。

我承认我体验不到那种感觉，我只能记录刘军讲的故事。我尽可能地忠实于他的讲述，我所能做的就是把他的碎片的不连贯的讲述，按照时间顺序缀连起来，在这个过程中，我很努力地想要体验到他一直在强调的“在路上的感觉”，我把自己置换成他，就像我自己在旅行并经历他所经历的一切，当然只是在纸上。其中真实的人物都被我换了名字，甚至换了工作和生活背景，我不知道我的朋友“刘军”在看到这部“小说”的时候，会不会对自己有新的发现。我写了一个“过客”，而“过客”总是在不断的路过之中，路过世界，路过他人，也许在某一刻会路过自己，而当已经独自驾车跑了大半个中国的刘军路过几年前初次出门的“刘军”的时候，他会发现什么？是有所悔悟还是会淡然一笑？

刘军的故事并没有到此结束，他的漫长的旅行还在继续，但是作为一本实录性的小说，我觉得写到这里差不多已经够了。李白说：“夫天地者，万物之逆旅；光阴者，百代之过客。而浮生若梦，为欢几何？”

过客者，过，而且客，大致如此吧。不过后来的刘军似乎不太同意李白的说法，那是在从西藏回来之后，那时候他喜欢说天人合一，喜欢说人神共居，却不再强调什么在路上的感觉了。

刘军后来又去了丽江，从丽江回来不久，他就和汪冰合伙在二环边上的一个僻静小街上开了一间叫作“在路上”的酒吧。酒吧的门脸被装修成越野车的尾门的样子，尾门上背着的大轮胎被刷成鲜艳的红色，在夜晚的灯光下格外醒目。酒吧里面的装饰品，大多是些汽车用品和他们从各地旅行带回来的东西，而墙壁则全被旅途中拍摄的照片占满了，一张张的小照片镶嵌在精致的相框里，足有上千张，据说每天都会有客人买走几张。开业不久，刘军请我去酒吧里坐了坐，刘军说他现在除了上课，就是在酒吧待着，时不时地仍然会开车出门。那次我很想问问他，墙上的照片里有没有刘姗姗、阿朵、桑娅的身影，但是话到嘴边，我还是忍住了。

FONGHONG
凤凰联动出品